Lucía Etxebarria

La Eva futura

Cómo seremos las mujeres del siglo XXI y en qué mundo nos tocará vivir

Ediciones Destino

Provença, 260. 08008 Barcelona (España)

Diseño de la cubierta: adaptación de la idea original de Pablo San José (PSJM)
Fotografía de la autora: © John Foley / Opale
Primera edición en Colección Booket: abril de 2001
Segunda edición en Colección Booket: mayo de 2001
Tercera edición en Colección Booket: julio de 2001
Cuarta edición en Colección Booket: octubre de 2002

Depósito legal: B. 42.136-2002
ISBN: 84-233-3315-9
Impreso en: Litografía Rosés, S. A.
Encuadernado por: Litografía Rosés, S. A.
Printed in Spain - Impreso en España

Biografía

Lucía Etxebarria (1966) cursó estudios de Filología y Periodismo en la Universidad Complutense de Madrid. Ha sido promocionera en una casa de discos, traductora e intérprete, camarera y jefa de prensa de varias multinacionales serias, ha escrito en casi todas las revistas femeninas del país, y actualmente colabora en *El Mundo*, entre otros medios.

Es autora de *Aguanta esto*, *Amor, curiosidad, prozac y dudas*, *Beatriz y los cuerpos celestes* (Premio Nadal 1998), *Nosotras que no somos como las demás* y *La Eva futura / La letra futura*, y participó en el libro colectivo *Ser mujer*. Su última novela, *De todo lo visible y lo invisible*, ha sido galardonada con el Premio Primavera de Novela 2001.
Ha coescrito los guiones de las películas *Sobreviviré* (dirigida por Menkes/Albacete en 1999), *Un marido para Faby* de Antonio del Real y *Prozac y Dudas*, de Miguel Santesmases.
Sus libros han sido traducidos a diez idiomas.

ÍNDICE

El título de este libro remite a una novela de Villiers de L'Isle-Adam publicada por primera vez en 1885 en forma de folletín por entregas, en la que narraba el intento de crear una mujer artificial hecha a medida de los deseos del protagonista. (Editorial Valdemar la ha traducido al español.) Retomo el título desde una perspectiva diferente, en un intento de aproximarme a la idea de lo que podría llegar a significar el papel de la mujer en el tercer milenio. También quería hacer un recorrido por distintos aspectos de la sociedad en la que vivimos, para adelantar una antiutopía referente al siglo XXI. *Pero como una no es adivina y no tiene bola de cristal, sólo aventura, no predice. Es la diferencia entre estocástica y videncia.*

Me gustaría agradecer infinitamente la colaboración y el apoyo de Carmen a la hora de recopilar el material que compone el libro (conferencias, artículos y apuntes varios). También expresar mis gracias, por todo, a Pilar Lucas. Otros agradecimientos que se refieren a cuestiones puntuales van señalados a principio de cada capítulo.

Este libro está dedicado a mi abuela EVA.
A mi hermana EVA.
A mi madre, Lucía (Gracias).
A mis hermanas Marta, Cristina y Susana,
y a mis sobrinas Paula, Mar, Berta, Marta y Clara.
Y, sobre todo, a Carmen Nestares:

When I am dead, my dearest
sing no sad songs for me

No temeré como un cobarde a mis pasiones

Konstantino Kavafis

1. ¿QUIÉNES SOMOS?

1.1. QUÉ SIGNIFICA SER MUJER Y POR QUÉ NECESITAMOS HOMBRES FEMINISTAS

My candle burns at both ends.
It will not last the night.
But ah, my foes, and, oh, my friends.
It gives a lovely night.

EDNA ST. VINCENT MILLAY

Ser feminista no quiere decir odiar a los hombres, ni por supuesto, ser lesbiana. Tampoco implica renunciar al sujetador, el lápiz de labios, los tacones de aguja y los pendientes. Se trata de reclamar el poder de las mujeres y el derecho de cada una de nosotras a utilizar ese poder según nuestros propios términos. La que suscribe, por ejemplo, se considera feminista y usa maquillaje de cuando en cuando y sujetador todos los días (y más le vale, dado que no es precisamente una sílfide).

Esa concepción trasnochada que equipara el ideario feminista con la corriente más radical del feminismo histórico es tan absurda como la que asocia nacionalismo a terrorismo: se trata de tomar la parte por el todo.

En nuestra sociedad hemos heredado una visión del feminismo como ideología represora a través de los medios de comunicación –dirigidos sobre todo por hombres– y, según esta visión, una feminista es una mujer difícil. Impera un concepto monocromo, unidimensional, del feminismo que se identifica con el feminismo separatista, la corriente más radical del feminismo de los años setenta que propugnaba que, siendo el macho el explotador directo de la mujer, ésta debería distanciarse del hombre, «no pactar con el enemigo». En los noventa se requiere una redefinición, para que deje de existir ese absurdo personaje de mujer que dice: «*Yo no soy feminista, pero...* (y a continuación va desglosando los puntos fundamentales del ideario feminista, uno por uno) *... pero aspiro a ganar igual que un hombre, pero no me gusta que se me juzgue sólo por mi físico, pero creo que los medios de comunicación presentan una imagen falsa de lo que es la mujer, etc, etc, etc...*». Resultaría gracioso si no fuese aterrador el hecho de que la mayor parte de las mujeres que están de acuerdo con el ideario feminista no se identifican a sí mismas como feministas.

El feminismo se engloba dentro de una ideología progresista en la que también se integrarían la lucha contra el racismo, la xenofobia o la homofobia, es decir, una ideología que asume que a todos los seres humanos han de corresponderles los mismos derechos sin distinción de sexo, raza, opción sexual, religión o credo.

En el imaginario popular, una feminista es la mujer que quiere ser más fuerte que los hombres, o que quiere vivir sin hombres o que quiere ser un hombre. Pero para mí una mujer feminista no se define en absoluto según su relación con los hombres, sino según su relación consigo misma y con el resto de la población en general. Feminista es la mujer que quiere ser considerada y tratada como un *ser humano* y pretende conseguir ciertas medidas sociales que se lo garanticen: control de su cuerpo, incluyendo el derecho a la anticoncepción y al aborto, el fin de la discriminación social y salarial, permisos de maternidad, guarderías subvencionadas... Feminista es la mujer que se plantea el derecho a disfrutar de su propio bienestar y que desea ser juzgada como un individuo antes que como miembro de un grupo con una sola personalidad, una sola función social, un único camino de acceso a la felicidad. La feminista es la mujer que considera que tiene valor por sí misma, y no como medio para conseguir los objetivos de otros: sus fetos, sus hijos, su familia, sus jefes o sus compañeros sentimentales.

Los planteamientos y reivindicaciones del movimiento feminista, o de lo que se ha dado en llamar *posfeminismo, tercera ola feminista o feminismo del poder* (versus *feminismo de la diferencia*), esto es, las reivindicaciones de una serie de mujeres que han crecido en una sociedad que ya asume, teóricamente pero no en la práctica, la igualdad de derechos y deberes de hombres y mujeres, propugnan un orden social más equitativo que redundaría en beneficio de todo el sistema, no sólo en el nuestro propio. No hemos venido a proclamar la lucha de sexos, sino a abrir un debate acerca de la necesidad de replantear la vigencia de unos roles obsoletos sobre lo que en nuestra sociedad se considera masculino y femenino, que lejos de ser producto de una tendencia natural son construcciones sociales destinadas a reforzar la separación artificial entre hombres y mujeres, a apuntalar una distancia creada para mantener una estructura de poder desequilibrada e injusta que nos perjudica a la postre a ambos sexos. En las tres últimas décadas las construcciones de género que se habían mantenido durante milenios se han hecho añicos. Las mujeres, en su voluntad de redefinirse, han obligado al hombre a hacer otro tanto.

«Yo no soy feminista, sino femenina», es una frase que me pone de los nervios y que suelen utilizar, por lo general, *starlettes* cuyo cociente de inteligencia parece ser inversamente proporcional a su volumen torácico.

Entonces habría que definir qué significa ser *femenina*: ¿Pintarse? ¿Llevar tacones? ¿Usar sujetador? ¿Leer el *Hola*? ¿Tener un buen par de tetas?

Pues no va por ahí la cosa. La feminidad es una cuestión genética, dado que la evolución ha determinado los dos sexos de la especie humana diferenciando el vigésimo tercer par en sus cromosomas: XX en la mujer y XY en el hombre. La diferencia entre el hombre y la mujer estriba, primordialmente, en que la hembra puede parir y el hombre no. Y la condición de reproductora, asociada a un patrón de mujer *recolectora/ hombre* cazador dará lugar a ciertas, muy relativas y muy escasas, diferencias marcadas por la genética. La mayoría de las desemejanzas que se supone que existen entre hombres y mujeres no son reales ni universales, sino relativas y puntuales: se construyen según las necesidades de cada sociedad. Pero aunque las conexiones entre los roles que adoptamos y nuestra identidad sexual –lo que sentimos que significa ser hombre o mujer– sean arbitrarias, se nos ha condicionado para que creamos que están necesariamente unidas.

No hace mucho, un amigo me invitó a cenar a su casa. El tal amigo es padre de dos criaturas, niño y niña, ambos rubios, ojiazules, simpáticos y monísimos. Yo no supe distinguir al uno de la otra. Y no porque los dos usaran el pelo corto y se pusieran pantalones, sino porque ambos lucían una melenita a lo paje y llevaban vestiditos. El niño se había empeñado en ponerse el trajecito estampado con corazones de la niña, que le gustaba más que sus vaqueros. De la misma forma quería jugar con las muñecas de su hermana y que su madre le peinara con coletitas, igual que a ella. A su mamá la historia no parecía preocuparle demasiado, pero, eso sí, no le permitía al querubín ponerse falda y coletas fuera de casa «para que los otros niños no se rieran de él». Además, la madre pensaba que el problema de su hijo es que «era femenino». A mí no me pareció que el niño fuera femenino en absoluto. Simplemente, que se adaptaba a los juegos y las actitudes de la hermana, a la que se le veía muy unido, y que parecía ser la dominante en la relación fraternal. El niño no era femenino ni masculino, porque la feminidad o la masculinidad no se definen mediante atributos externos tales como el atuendo o el peinado. Ningún estilo indumentario es intrínsecamente masculino o femenino: se convierte en tal en el momento en que una determinada sociedad lo define así.

Los tacones, por ejemplo, ¿son femeninos? Sí, en nuestra sociedad. Pero en tiempos de Luis XVIII eran masculinos. Los duques y marqueses y chambelanes de su corte se empolvaban la cara, usaban pelucas y lunares postizos, se pirraban por las casacas estampadas, los pañuelos de encaje y las medias de seda y solían caminar alzados sobre unos tacones de diez centímetros. Y creo recordar que el monarca que impuso tal moda fue padre de diecitantos hijos...

El pelo largo, ¿masculino o femenino? Bueno, Sansón, que era un hombre *muy hombre* si hay que creer en las escrituras, llevaba el pelo largo y todos recordamos cómo perdió su fuerza de diez leones cuando Dalila se lo cortó. En la mayoría de las tribus sudamericanas los guerreros llevan el pelo largo. Los mandarines chinos también se dejaban crecer el pelo y se lo trenzaban primorosamente (amén de dejarse las uñas largas). Y las vírgenes de algunas tribus africanas lo llevan cortísimo para simbolizar su doncellez.

¿El maquillaje? Masculino en mayor proporción que femenino, puesto que en la casi totalidad de las tribus preindustriales el maquillaje se reserva a los hombres, que son los guerrerros, mientras que las mujeres no se pintan el rostro. También los mandarines se maquillaban. En la sociedad árabe tanto los hombres como las mujeres se pintan los ojos. Sólo la sociedad industrial moderna reserva el maquillaje exclusivamente a las mujeres.

Las faldas... ¿son femeninas? Los hombres árabes utilizan chilabas; los escoceses, kilts; los patricios romanos llevaban túnicas, los monarcas, mantos; los mandarines, kimonos. En China, sin embargo, las campesinas llevan pantalones.

En realidad lo que en nuestra sociedad se entiende como atributos femeninos no son sino atributos de riqueza: el pelo largo resultaba, hasta la aparición del agua corriente y las cremas suavizantes, muy costoso de mantener y peinar, y sólo alguien que contara con criados podía lucirlo; los incómodos tacones, amén de hacerle parecer más alto a uno, obviamente, indicaban que su poseedor pertenecía a la nobleza y que no estaba obligado a andar si no quería; los pantalones (como cualquier mujer sabe) son más prácticos para trabajar y por eso eran prenda de campesinos y palafreneros, y las uñas largas y cuidadas eran privativas de aquellos que no tenían que realizar trabajos manuales.

Desde el momento en que en nuestra sociedad la mujer (o un tipo de mujer) se convierte en un *objeto* que denota la riqueza de su *poseedor*, se le destinan a ella los atributos externos de riqueza. Las mujeres de clase baja, las que trabajaban y parían, ni llevaban tacones ni lucían peinados complicados ni se maquillaban. Pero las mujeres de burgueses, que no tenían que atender a la casa o a los niños puesto que contaban con servidumbre encargada de hacerlo, no tenían otro fin que el ornamental: cuanto más hermosas fueran, más podía su marido presumir de ellas.

En las tribus preindustriales no hay mujeres-objeto. Las mujeres trabajan, y por lo tanto no se las adorna. En el campo un ama de casa se ocupa no sólo de su casa, sino también de todo lo que la rodea: la huerta, la granja, etc... Pero en la sociedad llamada moderna siempre se ha decorado a las mujeres de clase alta, y a medida que la sociedad se *democratiza* y se va trasladando del entorno rural al urbano, el papel femenino es menos útil y más ornamental, no sólo en la clase alta, sino también en la media.

Es decir, hasta el siglo XX la mujer adornada siempre había sido la mujer de clase alta, la burguesa o la prostituta. Una campesina no usaba joyas ni polvos ni corsé ni perfumes. Pero a mediados de este siglo, en una sociedad urbana y tecnológica, a la mujer se la recluye en un piso a cuidar de una casa con electrodomésticos que no requieren excesivo cuidado y de un par de niños (no suelen ser más) a los que sólo habrá que atender cuando sean muy pequeños, puesto que después pasarán la mayor parte del día en el colegio. El cutis de esta mujer no va a arrugarse después de recoger la cosecha en el campo, ni sus manos se secarán a cuenta de acarrear agua todo el día, ni quince partos sucesivos arruinarán su figura. En el *impasse* que transcurre entre la creación de la sociedad típicamente urbana y la incorporación de la mujer al mundo laboral es cuando se crea la mujer objeto típica de los años cincuenta y sesenta USA sacralizada en las películas de Doris Day: una muñequita de pelo falsamente alisado y decolorado, con las mejillas encendidas a base de carmín y los labios reperfilados en forma de corazón, que está esperando a su adorado esposo con la cena preparada y el martini en la mano. Es como un caniche: mientras servía para cazar patos a nadie le preocupaba su aspecto, se trataba un perro de aguas más, sucio y con rizos enmarañados. Pero cuando se convierte en animal de compañía, sin otra función aparente que la de resultar mono y gracioso, es cuando se le acicala convirtiéndolo en ese animalito ridículo con pompones con el que ahora le identificamos.

Y ojo, que con esto no quiero decir que sea horrible pintarse, ponerse tacones y usar maquillaje. Tan saludable es expresar la propia sexualidad como querer ofrecer el mejor aspecto de un@ mism@. Lo que es patético es que este derecho se vete a uno de los sexos y se conceda al otro no como herramienta para expresar una sexualidad libre y asumida, sino como espejo para reflejar la del otro, los deseos del otro, las fantasías del otro. Por eso las *drag-queens*, al apropiarse de los atributos sexuales externos tradicionalmente reservados a las mujeres, realizan, conscientemente o no, una protesta política, una reivindicación y recuperación de la identidad sexual pasiva masculina que no se admite en nuestra sociedad, en la que el hombre sólo puede expresar un rol sexual activo (y por eso se dice que una mujer *se entrega* a un hombre, que un hombre *la posee, la toma* o *la hace suya*, y no se dice que una mujer *posea, tome* o *haga suyo* a un hombre, ni que un hombre *entregue* su virginidad a una mujer). Y es que las *drags* no intentan vestirse de mujeres, sino de seres hipersexuados. Una *drag* se diferencia de un travesti en que no pretende en ningún momento ser una mujer, sino un hombre vestido de objeto (y no sujeto) de deseo, cosa muy distinta.

La «feminidad», es decir, la asunción de determinadas vestimentas y actitudes al sexo femenino, se convierte en una camisa de fuerza, en un paquete de normas absurdas destinadas a mantener a hombres y mujeres en *su lugar*. La tal «feminidad» no es difícil de aparentar. Todo lo que una mujer tiene que hacer para parecer *femenina* es mostrarse pasiva, sumisa, incompetente, desvalida y quejica. Lo último que se espera de una mujer *femenina* es que sea capaz de conseguir algo por sí misma. A los hombres, al contrario, se les incita a definirse a sí mismos por medio del éxito, a conducir un Golf, a situarse socialmente por encima de vecinos y compañeros, a convertirse en ejecutivos respetados, a no mostrar sus emociones, a no llorar en público.

Si comparamos a mujeres y hombres, el trato diferenciado que se les asigna desde el nacimiento hace difícil determinar qué se debe a la biología y qué a la socialización, qué comportamiento es femenino o masculino *per se* y cuál no.

Masculinidad y feminidad, en nuestra sociedad, son construcciones relacionales: lo femenino es lo que no es masculino, y viceversa. Nada es masculino o femenino de por sí, sólo en tanto en cuanto se lo compare con su opuesto. Aunque el macho y la hembra puedan tener características universales (como explicaré más tarde), no se puede comprender la construcción social de la masculinidad o de la feminidad sin que la una haga referencia a la otra. La masculinidad no constituye una esencia, sino una ideología que legitima el entramado de un tejido social: Como la mujer, «por naturaleza», es menos promiscua que el hombre, se justifica el doble rasero según el cual las aventuras sexuales que refuerzan el estatus social de un hombre le quedan absolutamente prohibidas a la mujer que vaya a ser su esposa. Y como el hombre es agresivo «por naturaleza», se espera de él que se convierta en un hincha de fútbol gritón, o en un taxista gañán, o en un ejecutivo agresivo. Y a nadie le haría particular ilusión que un niño, con *o*, aspire a ser un sumiso secretario, un sensible bailarín o un modesto profesor de preescolar.

Pero los niños no nacen agresivos ni las niñas pasivas. La mirada y la convicción de los padres acerca del sexo de su hijo son absolutamente determinantes para el desarrollo de su identidad sexual. El comportamiento que las sociedades definen como convenientemente masculino está elaborado, en realidad, con maniobras defensivas: temor a las mujeres, temor a mostrar cualquier tipo de feminidad –ternura, pasividad, cuidado a terceros– y temor a ser deseado por otro hombre. La identidad masculina se asocia al hecho de poseer, tomar, penetrar, dominar y afirmarse utilizando la fuerza si es necesario, mientras que la femenina se asocia al ser femenino, dócil, pasivo y sumiso.

Todos los bebés se identifican con su madre e interiorizan sus cualidades básicas. Cuando un niño pequeño tiene dieciocho meses ya ha desarrollado una percepción de que es un chico, de que es diferente a su madre. A medida que crece va comprendiendo que, a diferencia de su madre, nunca se pondrá vestidos, que no le crecerán los pechos. También entenderá que él no será el principal responsable de la educación de sus hijos, la persona que les alimentará, les cambiará los pañales o les consolará cuando lloren. De su padre, si está cerca, y del mundo exterior –los medios de comunicación, sus compañeros, la escuela, los libros– aprenderá que ser un hombre significa trabajar fuera de casa, ser fuerte y rudo, no llorar y estar dispuesto a pelearse o a ir a la guerra. Y asimilará que los hombres son más importantes y dominantes en el mundo adulto, puesto que son quienes lo organizan. Una inmensa mayoría de líderes políticos, profesionales y religiosos son hombres. Los trabajos que desempeñan los hombres gozan de más prestigio y están mejor remunerados que los de las mujeres. En sus relaciones con las mujeres, los hombres, tradicionalmente, dominan, y son quienes inician las relaciones, sacan a las mujeres y las invitan. Las mujeres casadas adoptan el apellido de sus maridos, y pese a que ellas se ocupan de toda o casi toda la educación infantil, sus hijos llevan primero el apellido del padre. Así que, sin necesidad de que se le diga nada, el niño pequeño comprende rápidamente que en el mundo adulto la estructura de poder es justo la inversa a la de su pequeño mundo.

Es lo que se suele denominar como *roles*: la predeterminación en la conducta de una persona, algo que la sociedad espera y anima. Dichos papeles están íntimamente ligados al concepto de *norma* –cómo se debe comportar la gente– y al concepto de *estereotipo* –cómo se suele comportar la gente–. Así, los roles son patrones de comportamiento relacionados con lo que se suele hacer y con lo que idealmente se debería hacer. Los roles sexuales se corresponden al comportamiento aprendido en función de los hábitos culturales y se convierten en indiscutibles opresores. La identidad de género se aprende. Esto es, una persona nace con un *sexo* determinado, hombre o mujer, pero más tarde tendrá que avenirse a adoptar determinados comportamientos o actitudes, los que corresponden a su *género.* Al hablar de género nos referimos a una serie de patrones que cada cultura adjudica a cada sexo.

Inevitablemente, la cultura en la que vivimos configura y limita nuestra imaginación, y, al permitirnos actuar, pensar y sentir de una cierta manera, hace cada vez más complicado o imposible que podamos actuar o sentir de una forma opuesta o simplemente diferente

En nuestra cultura hemos atribuido tradicionalmente a cada sexo unas diferencias de género muy claras:

MASCULINO	FEMENINO
azul	rosa
corbata	pendientes
agresivo	pasiva
obsesionado con el sexo	reticente al sexo
sólo piensa en lo mismo	le duele siempre la cabeza
triunfador	poco ambiciosa
ejecutivo	secretaria
proveedor	distribuidora
sobrio	estridente
serio	frívola
el fútbol	el cotilleo

el *Marca*	el *Hola*
Soberano es cosa de hombres	Ausonia, porque me gusta ser mujer
Compórtate como *un hombre*	Utiliza tus *armas de mujer*

De esta forma nuestros papás, nuestras mamás y nuestras maestras nos inculcaron desde pequeñitas la idea de que para hacernos valer tendríamos que encontrar a un hombre que cuidara de nosotras y de nuestra progenie; y a ellos la de que para crecer como hombres de verdad deberían agenciarse una buena mujercita que cocinara, limpiara y planchase para ellos, sin que eso fuera impedimento para que de vez en cuando se hicieran con otra menos buena que hiciera por ellos algo diferente. Me dirán que mi generación no ha crecido con esos parámetros. Y les responderé que ¡anda ya!

Por ejemplo (y esto lo he contado unas tres mil veces), en el colegio las monjas me decían que *«debía esforzarme en hacer los deberes porque algún día tendría que ayudarles a mis hijos a hacer los suyos»*; en mi casa a las niñas nos correspondía hacer las camas y recoger la mesa y la cocina después de comer, mientras los chicos se pegaban una vida de lo más regalada exentos de tales obligaciones (he de reconocer que yo, con aquello de que era la benjamina, exageraba a conciencia mi natural patoso y torpe con el fin de escaquearme en lo posible de las tareas domésticas); y en el barrio el chico con una historia sexual era un hombre con todas las letras y con más cojones que el caballo de Espartero, pero la chica a la que se supusiera «fácil» era una puta. Esta doble moral justificaba que mis hermanos no tuvieran hora de llegada a casa (o toque de queda) e incluso que pudieran, si querían, dormir fuera de ella, pero también justificaba, ojo, que se armara la marimorena si yo aparecía más tarde de las once. Y si protestaba porque a mis hermanos no se les exigía la misma puntualidad, la respuesta era siempre la misma: «*¡Es diferente: ellos son chicos!*». Y atención, que no estoy criticando a mis padres: semejante comportamiento era la tónica general en todas las familias de mi entorno.

La feminidad, en su visión tradicional, se centra en la imagen de la mujer como madre, persona que da alimento, calor y apoyo emocional. La masculinidad se centra en el mando: engloba la acción del hombre luchando para vencer obstáculos, controlar la naturaleza y constituirse en patriarca.

Pero desde que se acepta la incorporación de la mujer al campo laboral, estos roles tienen que cambiar: la mujer ya no puede ser exclusivamente pasiva y frívola y el hombre reivindica su derecho a interesarse por la moda, la decoración o el corazoneo si le da la gana, sin que esto implique que se le tache inmediatamente de homosexual (o *femenino*, según nuestra cultura, aunque la apetencia hacia un sexo u otro no predetermina la adecuación del individuo a ningún patrón de genero).

Una vez hemos admitido que la mayoría de las diferencias que tradicionalmente se establecen entre los sexos no son naturales sino que se adjudican arbitrariamente según cada cultura, la cuestión a debate es: ¿existen las diferencias reales entre hombres y mujeres? Y si existen, ¿cuáles son?

Los sociobiólogos de los sesenta y setenta, seguidos por los psicólogos evolucionistas de los noventa, promovieron, respecto a la evolución humana, la «teoría de la prostitución», esto es, que puesto que los hombres vagabundeaban siempre libres, el gran reto para la hembra prehistórica consistía en atrapar un macho cazador y retenerle mediante una especie de pacto: «Comida a cambio de sexo». La caballerosa concesión derivada de esta hipótesis es que la mujer de hoy puede hacer lo que quiera –fundar una empresa, conducir un taxi, pilotar un avión–, pero sólo a cambio de engañar a su instinto de hembra.

Hasta ahora las feministas han sido reacias a admitir diferencias de género, arguyendo que todas, salvo las más obvias y visibles, son producto de la cultura y no de los genes, y podrían ser eliminadas mediante una legislación adecuada y nuevos programas de educación.

Pero las diferencias son reales y variadas. Las mujeres tienden a ser más diestras (en el sentido literal de utilizar la mano derecha, no que sean más hábiles) y menos daltónicas que los hombres. Sus cerebros son más pequeños, para corresponder a unos cuerpos también más pequeños, pero su densidad de neuronas es mayor. Las mujeres tienen más inmunoglobulinas en la sangre; los hombres, más hemoglobina. Los hombres sintonizan más con sus dolores internos; las mujeres dedican más regiones del cerebro a la tristeza. Puntúen ustedes.

Los hombres integran el sexo físicamente más imponente. Por lo general son un 10% más altos, un 20% más pesados (que pesan más, no que sean una lata, quiero decir, aunque también) y un 30% más fuertes, especialmente de cintura para arriba. Pero las mujeres son más resistentes a la fatiga. Además, esta diferencia muscular no es tan estricta. Las atletas de hoy pueden correr, nadar y patinar más rápido que cualquier hombre de hace unas décadas, y, tal y como va la cosa, con la diferencia entre marcas reduciéndose en cada nuevo torneo, la brecha intersexos puede cerrarse cualquier día. Desde 1964, los tiempos femeninos en maratones han descendido un 34%, en comparación con el 4,2% de los hombres. Si la tendencia continúa, las maratonistas femeninas podrían dejar a los hombres atrás el próximo siglo.

Al parecer, es en el sistema límbico (situado en la parte interna del cerebro) donde deberíamos buscar el origen de la tendencia agresiva masculina, del instinto sexual y de muchas otras funciones vitales. Una de las partes que componen este sistema, el hipotálamo, está adquiriendo cada vez más importancia en los estudios sobre sexualidad. En las mujeres está mucho más desarrollado, y en los homosexuales es claramente mayor que en el resto de los hombres. (Un elemento que evidencia el hecho de que, con toda probabilidad ya antes de nacer, la cantidad de hormonas estimula la evolución en una fase determinada, como se verá más tarde.)

Las mujeres cuentan con mayor número de células cónicas en la retina, por lo cual son capaces de describir los colores con mayor detalle. Los ojos de las mujeres presentan mayor superficie blanca que los de los hombres, y gracias a este hecho envían y reciben mayor número de señales oculares al poder descifrar con mayor precisión la dirección de la mirada. También poseen una visión periférica más amplia: un ángulo de visión clara de al menos 45 grados por cada lado y por encima de la nariz. Los ojos de los hombres suelen ser más grandes y su cerebro los configura para una visión cilíndrica «tipo túnel» a larga distancia, puesto que como cazadores necesitaban un tipo de visión que les permitiese identificar un blanco a gran distancia y perseguirlo con la vista; mientras que ellas, puericultoras, necesitaban visión periférica para controlar la actividad de las crías que jugueteaban a su alrededor.

Las mujeres tienen más oído que los hombres y mayor capacidad para distinguir sonidos agudos: sus cerebros están programados para distinguir el llanto de un bebé en pleno sueño. También muestran mayor sensibilidad para diferenciar las tonalidades en el volumen de voz, por lo que pueden detectar los cambios emocionales. El sentido del tacto, del gusto y del olfato está más desarrollado en las mujeres. Los hombres poseen mayor capacidad para detectar el origen de un sonido. Estas diferencias se adecuan a los diferentes patrones genéticos como cazadores/puericultoras-recolectoras.

Pero esta afirmación no debe malinterpretarse. De lo que estamos hablando es de *promedios*. Es imposible partir de una base en la que todo sea blanco o negro.

A medida que la biología avanza, algunas de las diferencias entre sexos se presentan más complicadas de lo que aprendimos en las lecciones del colegio, en las que se nos enseñaba que la testosterona era la hormona de los chicos y el estrógeno la de las chicas. Pues bien, no solamente están las dos hormonas presentes en ambos sexos, sino que el estrógeno es muy activo, y actúa sobre todo tipo de tejido. Los hombres deficientes en estrógeno no son más masculinos, simplemente son más propensos a enfermedades como la osteoporosis. Las mujeres producen testosterona, y pueden incluso necesitarla para la excitación sexual. Pese a su reputación como hormona masculina, los científicos no encuentran una relación clara entre los niveles de testosterona y la agresividad. De hecho, los niveles de testosterona en los hombres descienden ante riesgos concretos como tirarse en paracaídas (o, a juzgar por *Salvar al soldado Ryan*, desembarcar en Normandía). De modo, que sean los que sean los adornos moleculares del estrógeno y la testosterona, no deberían incluirse más entre ellos los colores azul y rosa para dividir la maternidad de un hospital.

Las hembras tienen una anatomía más *sociable*, incluyendo un útero que se acomoda cada mes con la esperanza de albergar una criatura, y un par de prominencias en el pecho de las que esa misma criatura podría luego alimentarse. Las células fetales derivadas de un embarazo pueden sobrevivir en la sangre de una mujer décadas después del alumbramiento. Lo que es más: las legendarias cargas de la condición femenina se revelan a veces como refuerzos. Es decir, lo que hasta ahora estaba considerado como una maldición o un bochorno va camino de ser visto como una ventaja.

Consíderese el síndrome premenstrual. Muchas mujeres lo experimentan como un estado de elevada actividad, lucidez intelectual y sentimientos de bienestar, y, según los últimos descubrimientos científicos, parece ser que no andan tan equivocadas. Efectivamente, al producirse un cambio hormonal global pueden aumentar los índices de agresividad, pero también los de concentración. Algo así como tomar cocaína.

O la menopausia, que ha acaparado un replanteamiento aún más decisivo. De considerarse como una vergüenza, un hecho que había que ocultar, puesto que descalificaba a la mujer como sexualmente deseable, ha pasado a convertirse en un rito iniciático que merece celebrarse. La menopausia ya no se considera como el final de una etapa, sino como el principio de otra: la entrada en una nueva era de madurez y sabiduría. O al menos así lo creen dos mujeres de Nueva York, la escritora *free-lance* Beverley Douglas y la artista gráfica Alice Simpson, que acaban de lanzar una colección de tarjetas de felicitación sobre el tema. Y también las Red Hot Mamas (Las Mamás Sofocadas), un grupo de feministas que crearon asociaciones de apoyo para mujeres menopáusicas, asociaciones que en principio sólo operaban en Brooklyn y que actualmente se han extendido a 18 estados de Estados Unidos.

«Somos una especie multisexuada en la que los elementos denominados machos y hembras no se oponen», decía el ensayista John Stoltenberg. Y es que durante las primeras semanas de gestación los embriones XX y XY son anatómicamente idénticos, dotados a la vez tanto de canales masculinos como femeninos. Son también sexualmente bipotenciales. Su futura diferenciación sexual vendrá determinada por la cantidad de hormonas femeninas (estrógeno) y masculinas (testoterona) que el embrión desarrolle. Pero, atención, hombres y mujeres poseemos las dos clases de hormonas, y es la proporción la que determina el género: a mayor cantidad de hormonas femeninas se es mujer; y a la inversa, hombre.

El macho XY posee todos los genes presentes en la hembra XX y además hereda genes del cromosoma Y. En cierto sentido el macho es la hembra más algo. El sexo hembra es el sexo base en todos los mamíferos, dado que el programa embrionario se orienta a la producción de hembras: Durante las primeras semanas los embriones XX y XY son anatómicamente idénticos, dotados a la vez tanto de canales femeninos como masculinos, y más tarde desarrollan unas características específicas de cada sexo.

En el primero de los estudios evolutivos de una célula fecundada en el útero materno el hombre y la mujer son biológicamente idénticos. Será sólo a partir de la influencia de algunos genes en los cromosomas sexuales cuando el embrión evolucionará hacia un sexo u otro:

Si el embrión tiende hacia el hombre las hormonas masculinas dejarán que se atrofien los núcleos de las estructuras femeninas; y viceversa si tiende hacia la mujer.

Es decir, aunque aparentemente hombres y mujeres son idénticos al principio de sus vidas, evolucionan debido a la acción de genes y hormonas y se convierten en seres biológica y corporalmente diferenciados.

Cada uno de nosotros es hombre-mujer. La cultura hebrea, con el mito de Adán y Eva, ya preestableció roles. Pero ¿de dónde venían Adán y Eva? Y sobre todo, si no habían nacido de mujer ¿por qué se les representa con ombligo?

El caso es que no existen características propias de un sexo que sean completamente ignoradas por el otro. La identidad sexual se parece a un juego de elementos complementarios, cuya intensidad varía de un individuo a otro. Por ejemplo, aunque se suponga que la agresividad es una característica masculina, una mujer muy agresiva puede serlo más que un hombre pacífico.

De esta forma se rebate el argumento de que nuestros

comportamientos deban ir relacionados con nuestro aspecto físico, con nuestro sexo biológico masculino o femenino. En el primero de los estadios evolutivos de un embrión humano, el futuro hombre y la futura mujer son biológicamente idénticos. Las diferencias corporales entre el hombre y la mujer son en cierto aspecto intercambiables: existen algunos aspectos sexuales secundarios (acumulación de grasas, pecho, pelo, o voz) que varían sensiblemente entre individuos y entre razas. Un hombre oriental, por ejemplo, se parece mucho a una mujer occidental (ahora que se llevan delgadas). Algunos hombres y mujeres se parecen entre sí más que lo que puedan parecerse entre sí individuos del mismo sexo. Así que en cierto modo el hombre y la mujer son creaciones imaginarias.

Además, cada ser humano es el resultado de la ecuación *nature + nurture*, es decir, de la suma de sus códigos genéticos más la educación que haya recibido, lo que quiere decir que un hombre y una mujer, aunque parezcan diferentes debido a sus distintos patrones genéticos, pueden acabar pareciéndose al haberse socializado en una misma cultura. Es decir: un hombre y una mujer que hayan crecido en un mismo barrio se parecen más entre sí de lo que puedan parecerse un ejecutivo neoyorquino y un guerrero maorí, o una sevillana de Triana y una campesina de Manchuria...

Así que, contemplada tanto desde la mesa de laboratorio como desde la de la cocina, la diferencia es fascinante y puede incluso convertirse en factor de fuerza. Ahora que entendemos que las diferencias entre hombres y mujeres son exactamente eso, diferencias, y no defectos, taras o enfermedades, podremos aceptarnos a nosotras mismas no como el *segundo* sexo sino como *uno de los dos sexos* que morfológicamente puede adoptar un espécimen humano, asumiendo que las diferencias de sexo NO implican diferencias de derechos ni deberes, ni tampoco diferencias sustanciales de comportamiento.

En resumidas cuentas, lo que une a los dos sexos es mucho más importante que lo que los diferencia, y ésta constituye la razón principal para reclamar una igualdad de derechos.

Las feministas creemos que hay que iniciar la deconstrucción de la masculinidad y la feminidad tradicionales puesto que el desigual ritmo de los perfiles de género está dificultando nuestras vidas, las de hombres y mujeres, nuestras relaciones y nuestras posibilidades para desarrollarnos como individuos libres. Nos está poniendo muy difícil la comprensión mutua, e incluso aquello que llamamos felicidad. Y se trata de una responsabilidad de ambos sexos, porque la cuestión perjudica a ambos sexos. Necesitamos hombres feministas tanto como necesitamos mujeres feministas... ¿Por qué?

a) *Porque la asignación de determinados comportamientos en función del género impide el desarrollo total de la personalidad de los individuos.*

Las mujeres son coquetas, sumisas, exageradamente emocionales y sexualmente pasivas, mientras que los hombres son agresivos, menos emocionales y cariñosos, sexualmente activos y poco sensibles... Estos estereotipos no se basan en ninguna verdad científica irrebatible o absoluta, y no constituyen, en realidad, más que asunciones falsas. Pero mientras la sociedad siga dando por hecho que una mujer y un hombre deben tener diferentes comportamientos, una mujer va a tener difícil convertirse en una profesional cualificada y ser reconocida y respetada como tal, y a un hombre se le vetará el acceso a determinadas profesiones (peluquero, bailarín...) a no ser que asuma cargar con el sambenito todavía socialmente despectivo de *maricón*; y encontrará además mayores dificultades, debido a socialización, ambiente y educación, para expresarse en términos emocionales sin que sea tachado de blando. El que ponga en duda esta afirmación que eche un vistazo al ambiente de su empresa, y se plantee lo que sucedería si un ejecutivo se permitiese llorar en público o coger de la mano a un colega, sanísimos comportamientos que sin embargo las secretarias practican a diario sin rubor alguno.

b) *Porque la discriminación laboral de la mujer y el nulo apoyo a las madres trabajadoras ha provocado un descenso drástico de la tasa de natalidad.*

Las mujeres suelen firmar contratos de seis meses que no son renovados en caso de embarazo. En las esferas ejecutivas se asume que la nueva madre se avendrá a no disfrutar del permiso completo o a estar permanentemente disponible en su domicilio como extensión de su trabajo. Los permisos de maternidad no se respetan en casi ninguna empresa, aunque es prácticamente imposible criar a un niño de pocos meses y mantener a la vez una jornada laboral de ocho horas diarias. El 98% de las empresas españolas no dispone de servicios de guardería.

c) *Porque una sociedad con una tasa de natalidad cero se suicida.*

La tasa de fertilidad española es la más baja del mundo; uno coma cero siete hijos por mujer. El Estado, sin contribuyentes, no podrá afrontar el gasto de las pensiones, y por otra parte la maquinaria industrial, sin consumidores, se autodestruirá. (Y la llegada de los inmigrantes no supondrá una solución al problema, puesto que no serán contribuyentes ni consumidores.) En los últimos veinticinco años estamos viviendo una serie de crisis económicas endémicas debidas, entre otras razones paramétricas, al descenso de la población. En definitivas cuentas: el escaso apoyo a la mujer trabajadora va a significar el fin de la sociedad capitalista tal y como la conocemos. Cualquier sistema político sensato habría intentado paliar esta forzada situación. Sorprende que ningún partido político incluya en su programa una medida urgente: la garantía para las madres trabajadoras de guarderías estatales, públicas gratuitas o subvencionadas. En sólo treinta años las mujeres han pasado de no pensar en el mercado laboral como proyecto vital a prácticamente considerarlo el único modo de vida. La falta de adaptación de la sociedad a este cambio ha traído como consecuencia el drástico descenso de la natalidad, es decir, la incorporación de la mujer al mercado laboral ha corrido paralela a su inhibición como reproductora. Pero no se trata de mujeres que hayan decidido *libremente* escoger entre trabajo y maternidad, sino que se ven forzadas por las circunstancias a posponer la maternidad, a optar por un único hijo o a renunciar a ella puesto que, desgraciadamente, los años fértiles de una mujer son los de desarrollo y promoción en su carrera.

d) *Porque una sociedad que no permite iguales oportunidades laborales a ambos sexos impide las relaciones emocionales libres.*

Las mujeres suelen realizar los trabajos *feminizados,* aquellos con los salarios más bajos y las menores posibilidades de promoción: secretarias (99% de mujeres), maestras de preescolar (97% M), cajeras (94% M) y servicios relacionados con la alimentación (75% M). También son las primeras en ser despedidas en momentos de crisis: el 75% del paro es femenino. Además, cobran en España un 30% menos que sus colegas masculinos, aunque muchas veces ellas mismas desconocen esta diferencia, dado que los salarios se negocian en privado. De esta manera las mujeres son las primeras en renunciar a su trabajo cuando llegan los niños, lo que años más tarde, en caso de desavenencias de la pareja, puede traducirse en :

–*Empobrecimiento del varón*, obligado a ceder su casa y su renta para el mantenimiento de su mujer y sus hijos.

–*Empobrecimiento de la mujer*, si el varón se niega a hacer lo anterior.

–*Deterioro inevitable de la convivencia* cuando la pareja decide, por razones económicas, seguir compartiendo el mismo techo, lo que acaba degenerando en los altísimos niveles de violencia doméstica y terrorismo íntimo que conoce nuestro país.

Mis expectativas respecto al feminismo han cambiado. Solía creer que se trataba de una ideología, de un compromiso político, de grandes objetivos que nada tenían que ver con mi rutina diaria, con mi día a día. Durante mi adolescencia, la retórica feminista versaba sobre todo sobre la igualdad: ¿Eran hombres y mujeres iguales? ¿Existía alguna diferencia biológica que garantizase la superioridad del macho? ¿Podrían las mujeres deshacerse del sambenito de ser «el sexo débil»? ¿Era la cocina el lugar que realmente correspondía a la mujer? Eran grandes ideas. Importantes, transgresoras. Incitaban al debate. Obligaron a millones de personas a modificar su concepto de las mujeres. Pero ahora queremos más que ideas. Necesitamos hechos.

Nuestras abuelas, nuestras madres, nuestras hermanas mayores, defendieron como nadie la teoría de la igualdad. Asumida ésta, ahora nos toca discutir sobre cómo hablar, cómo trabajar, cómo combatir el sexismo día a día. En todas las oficinas en las que he trabajado se defendía la igualdad. Pero la mayor parte de las veces la teoría estaba reñida con la práctica: las secretarias eran mujeres y no hombres, en las altas esferas ejecutivas prácticamente no había mujeres, el acoso sexual estaba a la orden del día... (¡ay! esos señores encorbatados que no hacían más que llamarme *bonita* o *monísima*, y que no despegaban los ojos de mis tetas, pero que no dudarían en calificarme de ninfómana si me atrevía a decir en público que el mensajero estaba bueno...). Ahora nos toca luchar, en la práctica. Y no *contra* los hombres, sino *con* los hombres, en pro de un sistema social más justo.

Y es que ser hombre no implica ser machista, por definición. Ni ser mujer implica ser feminista. De hecho no me gusta utilizar la palabra *machismo*, que implica que el problema lo han creado los hombres, y prefiero utilizar la palabra *sexismo*, que define a un problema creado por la discriminación en función de sexo.

Millones de veces he oído que no hay peor enemiga para una mujer que otra mujer. Esta afirmación es cierta, porque la peor enemiga de una mujer suele ser precisamente ella misma. Y esto es porque el peor amigo y el peor enemigo de cualquiera suele ser uno mismo, que es quien mejor conoce sus necesidades y sus puntos débiles. Y también, nadie lo duda, hay mujeres misóginas. Este concepto suena tan raro como hablar de un negro del Ku Klux Klan y, sin embargo, si se piensa con cuidado, no es tan absurdo, puesto que cuando en los Estados Unidos del Sur se proclamó la emancipación, miles de esclavos aseguraron que preferían quedarse sirviendo en sus antiguas plantaciones antes que salir al exterior a buscarse los garbanzos, porque tenían miedo a morir de hambre si se arriesgaban a emprender por su cuenta la aventura de la vida. Cualquiera que haya tenido un canario conoce el pánico que el pájaro siente a abandonar su jaula, y es que el miedo a la libertad es uno de los más antiguos, y está acendrado en todos nosotros.

Existen montones de mujeres que odian a sus semejantes, sea por celos, por envidia o por miedo. ¿Quién no ha conocido, por ejemplo, a una secretaria que se negaba a trabajar para una mujer ejecutiva? ¿O a una de esas mujeres que afirma orgullosamente tener muchos amigos y ninguna amiga? ¿U otra que muestra una antipatía inmediata hacia cualquier mujer guapa que se interponga en su camino? Existen muchas mujeres que desconfían de su propio sexo, y que lo saben e incluso lo admiten. Y también hay otras muchas que ni siquiera son conscientes de su postura, por ejemplo:

La mujer que considera a su marido o a sus hijos el centro de su existencia y supedita toda su vida a la de su hombre o su familia.

La entrega excesiva hacia otros acaba por hacerle olvidar a cualquier persona que posee una personalidad propia. El tema de la madre castradora que ve con terror cómo sus hijos la abandonan para emprender su propia vida e intenta boicotear por todos los medios –disfrazando tales medios de amor– cualquier afirmación de independencia de su hija es moneda de uso tan común en la historia de la literatura que no me extenderé en él. Ese tipo de mujer inevitablemente amarga a sus propias criaturas con su exceso equivocado de amor. Y no es que yo critique la maternidad. Muy al contrario, me parece una experiencia enriquecedora, positiva, y altamente recomendable. Pero una mujer no debe vivir a través de sus hijos, sino asumir que cuando los pare sólo funciona como vehículo: hace llegar a este mundo una vida independiente y autónoma, que puede y debe funcionar por sí misma, por mucho que requiera del amor, el apoyo y la atención de su madre.

La que culpa de la infidelidad de su marido/amante a la mujer que se acuesta con él, y le exculpa a él, como si un hombre no tuviera capacidad de elección y la mujer fuese un ser demoníaco y tentador que le obligara a actuar contra sus propios deseos.

Nunca existe «esa otra mujer que me lo robó». Nadie roba a nadie, porque cada uno nos pertenecemos a nosotros mismos (o, según se mire, a Dios). La inclinación sexual responde siempre a una elección personal.

La mujer de carrera insolidaria que ha conseguido compaginar con éxito maternidad y trabajo y se empeña en asegurar que «la mujer ya no está discriminada y que el feminismo no tiene sentido o está pasado de moda».

Esta mujer olvida que a una madre trabajadora se le siguen presentando, a día de hoy, numerosos conflictos, y que hace una falta una suerte excepcional para resolverlos, por no decir dinero o relaciones. La que lo ha tenido fácil no tiene derecho a hablar en nombre de la generalidad de su sexo.

La feminista de la diferencia, la que examina con ojo crítico a la paranoica y competitiva sociedad capitalista asumiéndola a lo masculino y opina que es mejor quedarse en casa que salir al mundo laboral y fracasar.

La elección se basa en una suposición absurda y en un no menos absurdo sistema de equiparación de roles al género: o te quedas en casa, donde esperas poder expresar tu ternura, dar y recibir calor, comportarte espontánea y generosamente, ser *femenina*, o entras en el mundo *masculino* y juegas el juego como un hombre, es decir: control, impasividad, fines sobre medios, explotación. Pero los problemas de la sociedad capitalista son problemas políticos, no de género. La nuestra *no* es una sociedad creada por y para los hombres; también la apoyan las mujeres que se quedan en casa reproduciendo este sistema. Nuestra sociedad no cambiará en tanto todos, hombres y mujeres, no hagamos algo por resolver sus defectos.

Pero nuestro peor enemigo no son las mujeres que nos desprecian, de la misma forma que a veces nuestro mejor amigo puede ser un hombre. La mejor amiga o la peor enemiga de una mujer es ella misma, porque al fin y al cabo la única persona con la que sabemos que vamos a contar durante toda nuestra vida es la que llevamos dentro. Nuestros amigos, nuestros amantes, nuestras familias, pueden abandonarnos o morirse, pero, queramos o no, nosotras no podemos librarnos nunca de la carga de nuestro yo, que no se morirá hasta que nuestro cuerpo se muera. No comparto la idea freudiana de que en toda mujer se esconde una masoquista, pero sé que existen pautas de autodestrucción típicamente femeninas, no heredadas en los genes sino aprendidas por educación, del tipo:

–*Cuando creemos la mentira de que somos incapaces de crear obras importantes: la endémica subestima femenina.* Cuando asumimos que literatura femenina equivale a subliteratura y nos avergonzamos de decir que hacemos literatura, cine, o arte de mujeres. Cuando nos conformamos con producir trabajos artísticos o intelectuales en los que imitamos a los hombres, mintiendo a los demás, pero sobre todo a nosotras mismas.

–*Cuando no damos la importancia debida a nuestro trabajo o a nosotras mismas*, cuando pensamos que son más importantes las necesidades de las demás que las propias. Cuando no nos esforzamos en llegar al techo de nuestras posibilidades y no conseguimos prestar a nuestro trabajo el mismo cuidado o atención que dedicamos a nuestros amantes, nuestros maridos o nuestros hijos.

–*Cuando practicamos la hostilidad horizontal, es decir: el desprecio por nuestra propia clase.* Cuando permitimos que el espíritu de odio y desdén hacia la mujer que nos han inculcado se traduzca en proyecciones superficiales hacia otras mujeres. Cuando odiamos a otra mujer sólo porque es más guapa o tiene más éxito. Cuando asumimos que las guapas son tontas por definición y las feas unas amargadas. Cuando hacemos extensiva nuestra escasa autoestima hacia el miedo o la desconfianza hacia otras mujeres a las que no respetamos precisamente por ser como nosotras. Cuando consideramos a las demás mujeres como potenciales rivales y no como seguras aliadas.

–*Cuando nos convertimos en adictas a la aprobación masculina* y no consideramos justificada nuestra existencia en tanto no tengamos un hombre al lado, sea cual sea el precio que paguemos por su compañía. Cuando nos enganchamos a un concepto peligroso del amor: el del amor como sacrificio y el de la amante como redentora de su hombre. Cuando sacrificamos lo más importante de nuestro yo –nuestra autoestima, nuestra valoración, nuestro ego, nuestra estabilidad– a un hombre: lloramos porque no nos llama, o porque nos deja, o porque es infiel, o porque no nos valora, y nos olvidamos de que nadie podrá estimarnos en tanto no nos valoremos a nosotras mismas.

Resumiendo: victimismo, hipocresía, trivialización del propio valor, desprecio de nosotras mismas y de nuestras semejantes, adicción al amor. Éstas son las lacras femeninas más típicas. Pero no son inevitables ni difíciles de combatir. Una mujer fuerte se valora, se quiere y busca modelos en otras mujeres para aprender a seguir haciéndolo día a día. Identificado el problema, definida la solución. Integrarse en la cultura de la pasividad y adaptarse a sus reglas significa degradarse y negar nuestra propia plenitud, una plenitud que todavía está por llegar. El camino para alcanzarla empieza y acaba en nosotras. Porque detrás de cada gran mujer siempre hay una gran mujer: ella misma.

Va siendo hora de meternos en la cabeza que el futuro está en nuestras manos, no en nuestras piernas.

1.2. BOCADOS DE REALIDAD

¿Es legal que me recomienden que no me quede embarazada?

No, no es legal. Pero como es difícil que te hagan tal recomendación ante testigos o por escrito, no podrás denunciarles. Claro que en caso de que desoigas su «consejo» la ley está de tu parte: una vez que confirmes oficialmente tu embarazo en la empresa, no podrán despedirte. Ahora bien, el hecho de que el Gobierno proteja tu puesto mientras esperas un hijo y durante el período de baja maternal no quiere decir que, al poco tiempo de reincorportarte, no busquen motivos, reales o imaginarios, para que te vayas de la empresa como represalia por no seguir sus «indicaciones», o intenten hacerte la vida imposible (negándote ascensos, cargándote con las tareas más duras, desaprobando tus trabajos...) si continúas con ellos. De ti depende valorar qué compensa más: aceptar el chantaje que te niega una vida familiar o sacrificar tu carrera. Y es que, aunque la ley nos proteja, algunas empresas siguen teniendo la sartén por el mango.

Consultorio laboral de Concha Valcárcel.
Cosmopolitan, mayo de 1999

El Gobierno aprueba sus medidas de apoyo a las trabajadoras (...). En España cuidar a los pequeños sigue siendo cosa de ellas. De los 26.000 permisos de maternidad –en nuestro país no existe permiso de paternidad– que se solicitaron en 1997, sólo 300 eran de hombres.

Con la finalidad de acortar esta distancia, el Consejo de Ministros aprobó ayer (14/5/1999) el anteproyecto de Ley para Promover la Conciliación de la Vida Familiar y Laboral de las Personas Trabajadoras, una batería de medidas que pretende proteger a las madres empleadas e impulsar la asunción igualitaria de tareas en la cuestión. Para ello, modifica ocho leyes –entre ellas el Estatuto de los Trabajadores– y el reciente decreto-ley de coste cero.

El ministro de Trabajo y Asuntos Sociales, Manuel Pimentel, afirmó ayer que «esta ley no es sólo para la mujer», y que su principal objetivo es conseguir que la empresa asocie que no es sólo ésta «la que toma permisos de maternidad, sino que también lo hace el hombre».

Lo cierto es que, actualmente, sólo el 2% de los hombres piden compartir el permiso de maternidad. Ante el escepticismo acerca de los resultados prácticos que se traduzcan de esta normativa, Pimentel afirmó que «la sociedad española cambia muy rápidamente». «Hace quince años era muy raro ver a un hombre haciendo la compra, y ahora no», aseguró.

Para Pimentel esta ley, que se tramitará por el procedimiento de urgencia, también va dirigida a los empresarios, que deben «perder el miedo a contratar mujeres, porque (la maternidad) no les va a costar nada, lo va a pagar todo la Seguridad Social».

Éstos son los puntos básicos del anteproyecto:

–Permiso de maternidad. Como establece el Estatuto de los Trabajadores, en la actualidad una mujer empleada que tenga un hijo dispone de 16 semanas para el cuidado del recién nacido. Las primeras seis se conceden, por así decirlo, como descanso obligatorio del parto. Las seis siguientes son para cuidar al bebé. El padre puede solicitar un permiso para atender al pequeño durante las últimas cuatro.

–Con las medidas aprobadas ayer por el Gobierno, la situación se paternaliza de forma tímida. Esto es, las trabajadoras que tengan un hijo podrán ceder a los padres hasta las 10 últimas semanas de su permiso de maternidad para que sean ellos los que se ocupen del vástago. Íntegra o parcialmente, consecutiva o alternativamente. Eso sí, si la madre no trabaja, el padre no podrá disfrutar de ninguna de estas semanas. La ley sigue sin contemplar el permiso de paternidad exclusivo para el varón.

–Embarazadas. El anteproyecto aprobado por el Gobierno especifica literalmente que no se podrá poner de patitas en la calle a las embarazadas –por el simple hecho de estarlo– ni a los trabajadores durante el período de suspensión del contrato de trabajo por maternidad. En el caso de que eso suceda, tendrán que ser readmitidos. A su vez, «no se computarán como falta de asistencia –dice el texto–, enfermedades causadas por el embarazo, el parto o la lactancia». Curiosamente, el Estatuto de los Trabajadores no especifica esta cuestión de forma expresa.

Pasos positivos pero insuficientes

Los sindicatos UGT y CC.OO. encontraron ayer numerosas goteras en el texto de la ley de conciliación. Y es que ambas organizaciones la consideran insuficiente a todas luces.

CC.OO., en un comunicado, asegura que «la valoración global» es positiva, pero a continuación, hace una extensa relación de todas sus carencias. Para empezar, «no contempla el permiso para acompañar a los niños menores a la asistencia sanitaria (...) o para los trámites de adopción o acogimiento» y tampoco «reconoce el permiso individualizado para el padre», ya que éste sólo puede participar del de la madre. Otra de las medidas que no están recogidas en el anteproyecto y que CC.OO. exige es que la suspensión del contrato con derecho a prestación se contemple durante la lactancia. Para UGT, el anteproyecto, por el contrario, tiene aspectos positivos, pero en general es «poco ambicioso y decepcionante», y recuerda que «para el 36% de mujeres con contratos temporales este anteproyecto no tendrá ninguna validez». Este sindicato cree que el problema va más allá de los permisos de maternidad, y recuerda que el reparto de las tareas domésticas sigue estando desequilibrado.

Noticia publicada en el diario *El Mundo*

Discriminación en la caja

«Las mujeres lo piden menos porque, entre otras cosas, dedican entre cuatro y cuatro horas y media diarias a tareas domésticas.» Éste fue uno de los argumentos fundamentales del abogado de Caixa de Catalunya para defender a la entidad de ahorro durante el juicio en el que el sindicato CC.OO. la acusaba de discriminar a sus trabajadoras en la promoción de delegados de sucursal. La Sala de lo Social del Tribunal Superior de Justicia de Cataluña que juzgó el caso hace unos meses, compuesto por dos magistradas y un juez, dio la razón al sindicato calificando las alusiones del letrado de Caixa de Catalunya de «inadmisibles».

Este mes, los cinco magistrados de la Sala de lo Social del Tribunal Supremo, todos varones, desestimaban el recurso de casación interpuesto por la entidad y definían como «vehementes» los indicios acerca de la existencia de trato desigual en función del sexo en los ascensos de Caixa de Catalunya. Esta sentencia ha sido muy bien acogida por las mujeres del movimiento sindical, que ven ahora una puerta entreabierta para hacer valer sobre el papel sus derechos de igualdad en el trabajo.

Pero las más contentas y directamente implicadas son las 1.500 mujeres que trabajan para Caixa de Catalunya, que forman parte de los 4.800 empleados que la entidad tiene por toda España. «Yo soy de la promoción de hace diez años y, que yo conozca, sólo hay una compañera que ha llegado a delegada de sucursal», explica una empleada en una agencia de Madrid. Ella es subdelegada, el peldaño justo anterior para llegar a directora de agencia. Pero subir el escalón no es tarea fácil. Según los datos aportados en la propia sentencia judicial, entre las 1.579 personas que Caixa de Catalunya contrató entre 1986 y 1998 –con gran paridad entre hombres y mujeres– el 77% de las plazas de delegado de sucursal fueron cubiertas por varones en ese mismo período. Las 52 plazas para director de agencia que había fueron solicitadas por 95 hombres y 31 mujeres.

Caixa de Catalunya, que no ha accedido a dar más explicaciones sobre este asunto alegando que su actual jefa de personal está de vacaciones, rechazó ante los tribunales la acusación de discriminación aduciendo que los cargos de confianza son de elección discrecional, a los que las mujeres no están vetadas, y que éstas no solicitan el cargo de director de agencia en la misma proporción que lo hacen los hombres. Algunas empleadas de la entidad consultadas aseguran que normalmente las personas que se presentan para dirigir una sucursal suelen ser personas que previamente han sido inducidas a ello desde la dirección.

Ester Boixadera, delegada sindical de CC.OO., fue la persona que elaboró todos los datos aportados por el letrado del sindicato durante el juicio. De ella es el mérito de haber demostrado los desequilibrios en la promoción laboral de la empresa y, por añadidura, de la desigualdad salarial entre sus empleados y empleadas. «La foto actual es que los hombres han ido promocionándose y las mujeres hemos quedado rezagadas», explica Boixadera. Para ella la situación no tiene justificación alguna porque desde mediados de los ochenta «las contratadas por Caixa de Catalunya tienen una preparación igual o incluso superior a la de los hombres, entre los que hay menos titulados universitarios». ¿La solución? «Que los mecanismos de ascenso sean lo más transparentes posibles. Esto acabará incluso con la discriminación de forma general, incluido los hombres, porque así todos sabremos a qué atenernos.»

Desde la Federación de Banca y Cajas de Ahorro de CC.OO. se asegura que cuando elaboraron el estudio que objetivó la situación, lo primero que hicieron fue enviar una carta al entonces director general de Caixa de Catalunya, Francesc Costabella, solicitándole una entrevista para negociar una política compensatoria. «Todavía estamos esperando a que él o sus sucesores nos contesten», afirma Boixadera con la satisfacción de quien ya ha ganado el litigio.

Otras entidades le vieron antes las orejas al lobo. A causa de las presiones sindicales y por propia decisión, el Banco Bilbao Vizcaya (BBV) viene aplicando desde hace un par de años el programa europeo NOW *(New Oportunities for Women)*, con el que la compañía vigila que no se produzcan discriminaciones ni en las promociones que contrata ni en los ascensos. Como el BBV, hay otras entidades de menor tamaño del sector financiero, como la Caja General de Granada o la Caja de Ahorros del Mediterráneo, que también aplican medidas correctoras para evitar situaciones de desigualdad. Pero el problema es que, a veces, los condicionantes externos no ayudan. Mónica es administrativa en una sucursal y afirma que prefiere cuidar a su hijo de un año que destinar ese tiempo a ascender en el escalafón. Sabe que, como reconocía el hoy despedido letrado de la entidad, para promocionarse hay que garantizar una dedicación draconiana en la que lo primero de todo es cumplir los objetivos de la empresa.

Noticia publicada en el diario *El País*

¿Quién cuida de la familia?

Un triste y escaso cuarto de hora, 13 minutos de nada. Ése es el tiempo medio que los varones españoles dedican cada día... ¿a lavarse los dientes? ¿A hacer *footing* quizá? No. A cuidar de sus hijos. Toma ya: 13 minutos.

Increíble pero cierto. De ello da fe un estudio del Instituto de la Mujer que lleva por título *Los usos del tiempo como indicadores de la discriminación entre géneros*, elaborado hace un par de años en base a 1.252 entrevistas.

¿Quién se ocupa entonces de los retoños, de la familia, de la casa? Las mujeres, quién va a ser. Mientras los españolitos dedican a las tareas del hogar 28 minutos diarios, a ellas les ocupan casi cinco horas. Mientras los varones se dejan tres cuartos de hora escasos al día en el cuidado de la familia, las mujeres se entregan a los suyos durante una hora y 42 minutos. Mientras papá brinda atenciones al niño –ayer celebraban su día– durante 13 minutos diarios, mamá le dedica al pequeño cuatro veces más tiempo, 55 minutos.

Todos estos números para decir que el cuidado de los vástagos en España es algo que sigue recayendo sobre las espaldas de las mujeres. Qué narices: la mayoría de los españoles piensa que ésta es una tarea que les compete fundamentalmente a ellas... y sólo a ellas. Casi las tres cuartas partes de los españoles opina que la mujer debería renunciar al trabajo en nombre de los hijos, sobre todo cuando los críos aún no tienen edad suficiente para ir al colegio.

¿Y los hombres? ¿Deberían ellos aparcar su desarrollo profesional para ocuparse de criar a los pequeños? Eso ni se pregunta... en la encuesta realizada por el Centro de Investigaciones Sociológicas (CIS) entre 2.500 personas y bautizada con el título *Mujeres e Igualdad de Oportunidades.*

Repartirse tareas

Lo de compartir la educación de la prole no le entra a muchos en la cabeza. Menos aún cuando los críos todavía no han alcanzado la edad escolar. En ese caso, un 36% de los entrevistados mantiene que la madre no debería trabajar. Y otro 36% consiente que lo haga siempre que sea sólo a tiempo parcial. Únicamente un raquítico 19% defiende el derecho de las mujeres a llevar una vida laboral plena «a pesar» de tener hijos.

Sin embargo, no está todo perdido. Al menos en el nebuloso campo de los sueños hay motivos para la esperanza. La inmensa mayoría, el 62%, tiene muy claro que la familia idílica es aquella en la que el hombre y la mujer trabajan fuera de casa y se reparten las tareas del hogar y el cuidado de los hijos a partes iguales. Enternecedor.

¿Por qué entonces los señores no se comprometen más en la educación de sus hijos? Nunca en la Historia los hijos fueron más deseados y planificados por sus progenitores que hoy en día; nunca la psicología hizo tanto hincapié en lo importante que es para un crío en su más tierna infancia tener cerca a su papá.

«Estas teorías educativas se van abriendo paso en la actualidad y son cada vez más aceptadas, pero su puesta en práctica es difícil. La sociedad española no está preparada ni social ni psicológicamente para ellas», concluye Inés Alberdi, catedrática de Sociología en la Universidad Complutense y autora de *La nueva familia española* (Taurus, 1999).

«Las exigencias de cada sexo en cuanto al trabajo y las responsabilidades familiares son todavía muy diferentes. Las mujeres más jóvenes son las más partidarias de incluir a los padres en el entorno doméstico y de que las tareas de educación y crianza de los hijos se repartan de forma equilibrada entre el padre y la madre.»

Noticia publicada en el diario *El Mundo*

¿Somos iguales?

Sí, aunque nuestros cuerpos no tengan todos sus miembros iguales, creo que para la mayoría de las cosas sí lo somos o tendríamos que serlo. Soy una niña de diez años y a veces ya me siento un poco como mi madre, porque ella a veces llama machista a mi padre y a mi abuelo por la cosa de los trabajos. Ahí es donde deberían considerarnos iguales, aunque yo también le oigo a mi madre que los hombres tienen menos neuronas que las mujeres y que nuestras notas son mejores que las de ellos. Yo ya sé que en los trabajos duros, ellos tienen más fuerza física pero las mujeres tenemos más fuerza interior y además somos más resistentes. Ejemplo: «Tenemos hijos» y eso según mi madre no se puede explicar lo que duele y por ejemplo mi padre se corta un poco y ya se está quejando. Y volviendo al tema de las notas, en mi clase sólo hay un niño que sobresale en los exámenes, el resto somos niñas.

A mí me gustaría vivir en una sociedad mejor, porque una vez mi madre fue a una entrevista de trabajo y le hicieron muchas preguntas pero una de ellas era que si estaba casada y tenía hijos y ella al decir que sí la echaron para atrás diciendo que tenía un buen currículum, pero que si yo un día me ponía mala ella no iría al trabajo y eso no les servía, mi padre se enfadó mucho y yo me sentí muy triste por ella. Pero mi madre es muy fuerte y luchadora, entonces, ella siempre que quiere trabajar fuera de casa lo busca y lo encuentra. Además las mujeres tenemos que hacer lo de casa, tener hijos y cuidarlos y encima no nos lo agradece nadie. Siempre oigo decir a mi madre que ella es feminista caiga quien caiga y que si por ella fuera cambiaría tantas y tantas cosas que llegaríamos a vivir en un mundo mejor, entonces si la oye mi abuelo la pone al caer de un burro porque él dice que en casa colabora como el que más, pero cuando no trabaja fuera, porque entonces deberíamos de salir las mujeres a trabajar de continuo a la calle y él se quedaría a hacer las tareas domésticas, acusa a mi madre de estar pasándose en las cuestiones éstas del feminismo y ella dice que tampoco es extremista porque su condición de mujer y madre se lo impide por la sociedad que está rodeada.

En mi pueblo Vegadeo, hay una Alcaldesa y cuando me voy de vacaciones a otro pueblo mis amigas me dicen: ¡Qué guay! En casi todos los pueblos son hombres quienes mandan y en el tuyo es una mujer. A los que tengo a mi alrededor siempre les estoy oyendo que tiene que ser muy duro para ella, porque tiene hijos y marido y para que todas nos fijemos y la tomemos como ejemplo, también tiene trabajo fuera de casa así es que ya ven, ella trabaja fuera y educa a los hijos y además dirige un pueblo. Bueno no sé de qué más quejarme porque yo aún soy pequeña y casi todo se lo oigo pero más tarde o más temprano yo pasaré por todo ello si esto no cambia un poco y toda la lucha que hacéis las mujeres de ahora no serviría para nada en el futuro que a mí me toca vivir.

P.D.T.A: «Se lo he dejado leer a mi madre y se lo he

leído a mi padre, ella ha dicho: hija mía serás una gran mujer en el futuro, no te dejes manejar por los hombres que tú no quieras y mi padre ha dicho, di que sí, enséñala bien...»

María Rodríguez García
10 años
Vegadeo; Asturias

Este texto recibió el premio en el concurso de redacción *¿Somos Iguales?* Convocado por el Ayuntamiento de Vegadeo dentro de su Campaña de Concienciación para la Igualdad, en el año 2000.

Ser varón, volverse loca

Ser varón y feminista tiene un punto cachondo. Sobre todo porque la gente se lo toma a guasa. Mis estudiantes lo hacen. Cuando explico que soy feminista ponen cara de alucine y se ríen. Y es que no entienden de qué estoy hablando. Deben pensar que estoy loca (en sentido psiquiátrico, se entiende; en el otro ya lo tienen claro). Es cierto: soy una loca. Soy una loca porque me apetece y me da la gana. Soy una loca harta de machos sobreactuados y sin conversación. Pobrecitos: resultan patéticos paseando por las discos unas tetas mayores que las de su madre. Incapaces de andar y mascar chicle al mismo tiempo, muchos piensan (es un decir) que ironía es el nombre de una montaña. Comparto con las mujeres la cruz de soportar varones gilipollas. Y como no quise hacerme lesbiana decidí hacerme feminista.

El feminismo es plural. Pero las feministas absurdas (hay tantas feministas absurdas como varones cretinos) se indignarán leyendo estas líneas. Dirán que banalizo la opresión. Dirán que, aunque entienda, sigo siendo varón y que por serlo las oprimo. Dirán también que en un hombre el feminismo es imposible. Grave error. Para ser marxista no es preciso ser pobre. Para ser feminista no es preciso ser mujer. Feminismo y marxismo sirven para pensar la sociedad. El marxismo explica las desigualdades de clase. Y el feminismo denuncia las desigualdades de género. Algunos varones crearon el machismo, pero la mayoría lo padecemos. Ya en otra parte he contado que ser macho mata. Y es que sin sentido del humor la maculinidad es una patología mortal.

Sin embargo, serlo mola, fascina, erotiza y calienta. La subcultura gay y el gueto se basan en eso. ¡Qué le vamos a hacer! El aroma a testosterona enloquece a las gentes. Hasta los chulos lo tienen en cuenta cuando ofrecen su producto. La virilidad es un valor añadido en la erótica gay. Por eso muchos vestimos de hombre saliendo de noche. Formamos parte del gran teatro del mundo y actuamos. Ejercemos bien nuestro papel masculino: acodados en las barras de los bares, bebiendo cervezas o bailando. Pero todo eso es teatro, puro teatro. Fingimos y actuamos, escenificamos el deseo viril que otros buscan en nosotros. El problema es que algunos piensan que la vida es eso. El problema es que algunos confunden realidad y ficción. La ventaja del feminismo es que puede ayudarnos a entender todo eso. Sirva como ejemplo el siguiente análisis feminista sobre la homofobia.

La homofobia condiciona la identidad masculina (tanto hetero como gay). Homofobia no es odiar a los gays. La homofobia es más que eso. La homofobia es el terror de los varones a amar a otros varones. Se trata de un miedo intenso y terrible. Un pánico tremendo semejante a los terrores sagrados. Los varones (también los gays) se sienten inseguros al amar a otros varones. Los heterosexuales crearon el gueto con idéntico objetivo. La homofobia impulsa a muchos gays a la promiscuidad. Pero no son promiscuos porque les guste el sexo, sino más bien porque temen el pacto amoroso. Y precisamente eso denuncia el feminismo: la incapacidad general de los varones para el compromiso afectivo.

La homofobia es un problema social porque condena a los gays. Pero sobre todo, la homofobia es un problema porque impide la afectividad masculina tanto hetero como gay. También los gays han sido educados para la homofobia. Por eso a muchos les cuesta tanto amar a otros varones, y reducen a sexo la expresión de sus afectos. El gueto gay fomenta la homofobia. Con el gueto y la homofobia los gays reducen el intercambio de afecto a intercambio de fluidos corporales. Con cierta dureza lo expresa el protagonista de *El danzarín y a danza:* «Los gays derramamos toda clase de fluidos corporales sobre nuestros amantes, excepto lágrimas.» El feminismo puede ayudarnos a cambiar todo esto. La ventaja del feminismo es que enseña que la promiscuidad está bien, que es divertida, que incluso es recomendable. Pero sólo cuando la promiscuidad no es producto de la homofobia. Habrá que ser feministas para cambiar nuestra realidad.

Publicado en la revista *Shangay*.

1.3. NO HETEROSEXUAL

> *Todo lo que no se nombra, lo que no se describe en imágenes, todo lo que se omite en las biografías, lo censurado en las colecciones de cartas, todo lo que se disfraza con un nombre falso, lo que se hace de difícil alcance y todo cuanto esté enterrado en la memoria por haberse desvirtuado su significado con un lenguaje inadecuado o mentiroso, se convertirá no solamente en lo no dicho sino en lo inefable.*
>
> ADRIENNE RICH
> *Esa lesbiana que hay en nosotras*

Si mi persona es ya polémica y controvertida, creo que al dirigirme a un colectivo cuya visibilidad engendra muchas contradicciones y que aún no ha resuelto sus diferencias internas, me expongo a despertar las iras más furibundas de las que provoco normalmente (que ya son finas de por sí). Lo más fácil para ahorrarme problemas a la hora de hablar de la homosexualidad habría sido escribir un texto políticamente correcto, redactado a base de enhebrar tópicos y lugares comunes, pero finalmente opté por arriesgarme y advierto desde ahora que voy a tocar temas que probablemente susciten entre mis lectores homosexuales críticas encendidas, si es que esto no acaba en linchamiento. Lo que yo no pretendo es que mi opinión se tome como concluyente, sino que sirva para propiciar el debate interno en el seno del colectivo gay.

Soy una mujer que pertenece a una generación muy particular: la de los últimos niños que tuvieron una niñez franquista. Treintañeras, generación X o como quieran llamarnos, somos la generación del llamado posfeminismo, que yo prefiero llamar feminismo a secas, o, para ser más exactos, tercera ola del feminismo. No somos las víctimas del «problema que no tiene nombre». En realidad, las primeras feministas se encargaron de crear nombres, de acuñar nombres para problemas que hasta entonces se habían agrupado bajo la denominación genérica «cosas de la vida»: la violencia doméstica, el acoso sexual, la violación, la discriminación laboral.

Treintañeras, generación X o como quieran llamarnos, conformamos día a día nuestras posturas, nuestras creencias y nuestra personalidad a partir de los hechos exclusivos de nuestro tiempo: el sida, el divorcio, las familias monoparentales, la emergencia de movimientos a favor de los derechos de gays y lesbianas, la supuesta tolerancia sexual, los anticonceptivos, los contratos de prácticas, la democracia...

Treintañeras, generación X o como quieran llamarnos, una de las escasas características con las que se nos puede definir como grupo es nuestra poca cohesión. No somos activistas, no estamos organizadas, no tomamos partido. Las jóvenes feministas tenemos que escuchar cada día que no existimos, que no somos representativas, que el feminismo está pasado de moda, que es una causa que ya no tiene razón de ser, o peor aún, que es una causa que ya ha cumplido sus objetivos. Y sin embargo la mayoría de las mujeres que no se autodefinen como feministas, esas chicas a las que les encanta decir eso de «yo soy femenina, no feminista», como si ambos términos fueran incompatibles, han integrado en su ideario todas las reivindicaciones del movimiento feminista, aun sin saberlo. Porque feminismo significa, sencillamente, igualdad. Igualdad frente a la ley, igualdad frente al patrono, igualdad de participación social, mediática y política. Cualquier mujer encuestada reconocerá que desea ganar lo mismo que un hombre, y que desea ser considerada como persona antes que como mujer. Y probablemente luego diga que no es feminista.

El término feminismo ha sido sometido a una ingente campaña de desprestigio de manera que la palabra se asocia ahora a una caricatura. Feminista no implica misógina, estridente, poco atractiva. Feminista no es necesariamente una mujer que detesta los tacones, el sujetador, la cera depilatoria y el maquillaje. Ni una lesbiana. Feminista es una mujer que se opone al sexismo, es decir, a la discriminación sistemática de una parte de la población en función de su género. Y punto.

Y es importante subrayarlo aquí porque una de las acusaciones que se nos hacen a las feministas y que se supone peyorativa ha de ser, precisamente, la de que somos lesbianas. La idea de que todas las feministas son lesbianas resulta lo suficientemente terrorífica como para que muchas mujeres se mantengan lo más apartadas posible de todo lo que lleve la etiqueta «feminista», y esto no hace sino confirmar lo extendida que, digan lo que digan, está la homofobia.

Y para muestra, un botón:

El día 28 de marzo de 1998 me adherí, pancarta en mano, en Madrid, a una manifestación a favor de las parejas de hecho. Desde las aceras, algunos hombres y mujeres nos contemplaban con los ojos muy abiertos y los labios tan apretados como sus propias vidas. Pude leer en sus ojos una curiosa mezcla de asombro, reprobación y compasión. Quince días después mi amigo Joseba Garitano me enviaba desde Vitoria la copia de un artículo publicado en un periódico de Girona y firmado por Josep Maria Gironella del que extracto dos perlas escogidas: «*La homosexualidad está de moda y el número de hombres y mujeres homosexuales aumenta sin parar (...) y se fomenta este instinto que se ha llamado contra natura, definición que personalmente apruebo sin la menor reticencia...*».

El señor Gironella olvidaba:

a) Que la homosexualidad no sólo no está «de moda» sino que se sigue considerando un comportamiento marginal (y reprobable), como lo demuestra el hecho de que nuestro parlamento no se atreve a votar la ley de parejas de hecho debido al temor de los partidos mayoritarios a perder votantes si apoyan dicho proyecto de ley.

b) Que el número de homosexuales ni va en aumento ni deja de ir, como lo prueban las conclusiones del estudio del sociólogo Frederick Whitam, quien, tras haber trabajado durante años en comunidades de países tan dispares como Estados Unidos, Guatemala, Brasil y Filipinas, estableció que:

–Hay personas homosexuales en todas las sociedades;

–El porcentaje de homosexuales resulta el mismo en todas ellas y permanece estable con el paso del tiempo; y

–Las normas sociales no impiden ni facilitan la aparición de la orientación sexual.

Sociólogos y sexólogos tan reputados como Kinsey, Masters and Johnsons, Stroller y Friedman, Shere Hite o Elizabeth Badminter han confirmado estas afirmaciones en diferentes estudios que supongo que el señor Gironella ni ha leído ni conoce.

Me gustaría dejar claras dos cosas:

La primera, que *la reivindicación de las parejas de hecho no afecta exclusivamente al colectivo homosexual, sino también al heterosexual*. Pongo un ejemplo: supongamos que Menganito se casó por la iglesia hace x años con Zutanita, católica practicante que está obstruyendo los trámites de divorcio, y que Menganito lleva cinco años conviviendo con Perenganita. A Menganito, enfermo terminal de sida, le interesa clarificar lo antes posible su situación sentimental, para asegurarse de que Perenganita, que no Zutanita, será la que reciba la pensión de viudedad. ¿Les parece una historia demasiado melodramática? Bien, les diré que Menganito vive al lado de mi casa, y que conozco el caso de primera mano.

La segunda: que *los homosexuales no deberían reclamar el establecimiento de las parejas de hecho, sino su derecho al matrimonio*. Me explico: si se entiende que en una sociedad democrática todas las personas deberíamos respetar las opciones privadas de las otras, se entiende también que no se debería negar un derecho a un colectivo de ciudadanos sólo en función de su opción sexual. Y conste que yo, en mi vida privada, me opongo al matrimonio porque considero que el Estado no tiene por qué regular mis relaciones sexuales. Pero ésta es MI opción, y si yo he podido elegir, considero lógico que los demás también puedan hacerlo.

La minoría homosexual desea que se les mire como ciudadanos cualquiera, sin obstáculos ni privilegios especiales. Su drama consiste en que su destino y el reconocimiento de su derecho inalienable a vivir libremente su amor depende de la mirada que le dirige la mayoría heterosexual, muy en particular la de una parte de esa mayoría que el señor Gironella representa: la de esa gente de vidas grises como el cielo del 28 de marzo, esa gente a la que se les ha enseñado a amar de dos en dos y a odiar de mil en mil.

Cuando una mujer decide abandonar el tópico de «femenina, no feminista» e identificarse a sí misma como feminista, como una mujer que lucha por sus derechos y por extensión, por los derechos de todas las mujeres, descubre pronto dos cosas:

Una, que hay feministas de todas las opciones sexuales.

Y otra, que, a pesar de ello, en breve se la sospechará lesbiana y se la juzgará a partir de los mismos estereotipos homofóbicos que en su día la apartaron de la lucha feminista.

Las asociaciones «mujer activa = lesbiana» y «mujer lesbiana = marginada» se relacionan, no sólo por ser igualmente absurdas, sino por haber sido creadas por el sexismo. Y cualquier feminista debería combatirlas, en nombre del primero de nuestros presupuestos: el derecho de cada persona a elegir la vida que desea vivir.

Mis amigos heterosexuales me preguntan a menudo, no sin cierto retintín, que por qué tengo tantos amigos gays. Suelo responder que porque, en general, y como les pasa a tantas mujeres, siempre me he *entendido* bien con los que *entienden*. Quizá porque el homosexual comparte con la mujer un doble conflicto: el que supone la vida en sí misma y el que se deriva de ser considerado por muchos como un ciudadano de segunda. Y a ambos colectivos nos corresponde definir y defender, día a día, con nuestras palabras y nuestros actos, nuestra identidad y nuestro lugar en el mundo.

El caso es que mis amigos gays (las lesbianas merecerían otro espacio) comparten conmigo un universo privado que se ha etiquetado tradicionalmente como *femenino* y en el que casi ningún varón heterosexual se atrevería a penetrar. Esto es, que no me imagino intercambiando barras de labios con ninguno de mis amigos *heteros*, ni comentando entusiasmados lo *divina ideala de la muerte* que es Madonna. Sospecho sin embargo que estos varones *no entendidos* disfrutarían de lo lindo el día que se atreviesen a prestarle a la decoración, la moda o el maquillaje el mismo interés que actualmente le dedican al fútbol, a los toros o a las chicas del *Playboy*. Siento lástima por ellos cuando pienso en los buenos ratos que se pierden al distanciarse de intereses que han sido tradicionalmente etiquetados como femeninos, y dignos, por tanto, de un discreto y condescendiente desprecio masculino, teñido en el fondo de esa temerosa reverencia que siempre inspira lo desconocido.

Los antropólogos nos han demostrado que en todas las sociedades conocidas cada grupo humano ha elaborado unas divisiones del trabajo, asignando distintos roles a mujeres y a hombres en formas que no están relacionadas con diferencias biológicas reales. Los españoles piensan que la mujer es cotilla por naturaleza, pero los arapesh creen que es el hombre quien lo es. La dotación cromosómica que diferencia a un varón de una hembra (XX *versus* XY) es la misma, empero, en todos los países del globo. Es decir, nacer hombre o mujer no supone implicaciones de comportamiento irreversibles. Más bien nos comportamos como tales por educación, pues en todo ser humano coexisten comportamientos «masculinos» y «femeninos», y la sociedad en la que vive le enseñará a reprimir los que no correspondan. En la nuestra, por ejemplo, desde el momento en que las mujeres empezaron a integrarse en esferas laborales y políticas, se pusieron pantalones y acortaron la longitud de su melena. Es decir, adoptaron un atuendo «masculino» más cómodo y práctico. Hoy en día tenemos tan asumida esta imagen como nuestro derecho al voto y hemos aceptado el cambio revolucionario que en su día ambos supusieron. Ya hemos demostrado que no somos más hembras al ponernos tacones, como los hombres no son más machos por llevar corbatas. No vestimos la ropa: la ropa nos viste. Y tampoco nacemos coquetas, ni ellos nacen canallas. Se nos enseña a ser así. Y en ese aprendizaje estriba la diferencia (repito por enésima vez) entre *sexo* y *género*.

Cuando mis amigos gays me ayudan a maquillarme, cuando me aconsejan sobre el tono más adecuado para tapizar un sofá, cuando me bloquean la línea telefónica con sus confidencias «de amiga a amiga», trufadas de expresiones tales como *bonita* o *corazón*, que ningún macho orgulloso de serlo se dignaría a utilizar, no hacen sino reivindicar una identidad propia (que les ha sido negada tanto tiempo) a través de una apropiación de símbolos y comportamientos que, en principio, nuestra sociedad no ha adjudicado a su sexo. De la misma manera que nosotras, en su día, nos apropiamos de los pantalones. De esta forma cuestionamos la vigencia de unos estereotipos obsoletos, polemizamos, consciente o inconscientemente, sobre temas como la validez de las conductas que la sociedad espera y anima de cada individuo o la subvaloración social de lo que se considera «femenino», y *defendemos la confianza en un futuro diferente en el que hombres y mujeres seamos, ante todo, personas, sin que nadie nos imponga comportamientos en razón de una **X** o una **Y**.*

Cuando escribí la novela *Beatriz y los cuerpos celestes*, mi primera intención era la de narrar una historia que versara sobre la identidad sexual y sobre el amor concebido como una energía afectiva aplicable a personas del mismo sexo y del contrario. Estuve tentada al principio de falsear la historia y de maquillar la relación entre dos mujeres para convertirla en una relación heterosexual, puesto que asumía que si escribía una novela cuyo eje central fuera una relación de amor lésbico se me catalogaría inmediatamente como lesbiana, con las consecuencias que ello podía suponer. De hecho existen autores en la literatura española, que están en la mente de todos, que alteran en sus novelas relaciones de amor homosexual y las convierten en relaciones de amor heterosexual.

Finalmente decidí no hacer esto porque me parecía poco sincero y porque la historia no se sostendría de otra manera. Inmediatamente sucedió lo que yo esperaba: hubo quien dejó de hablarme y algunos críticos me acusaron de aprovechar el supuesto tirón comercial de un tema polémico para vender libros (es decir, lo mismo que se le ocurre al señor Gironella). Lo peor es que esta misma idea la retomaron algunos miembros del grupo gay. Es decir, los propios gays me llamaban «*hetero frustrada*» y daban por hecho que había escrito una historia sobre amor entre mujeres con el único objetivo de venderla mejor. Desde luego no quise seguir la corriente y explicar mi vida sexual a ninguno de ellos porque no merecía la pena, y porque mi vida privada, como diría Laura Freixas, se caracteriza precisamente por no ser pública. Además, en mi opinión, no debería existir ninguna diferencia entre una relación de amor entre personas del mismo sexo o del contrario.

Mi amiga Carmen me escribió a propósito de este tema un e-mail muy revelador:

> Tus ideas las comparto plenamente, y me llama la atención encontrar a alguien (quizá haya mucha gente, pero yo no conozco a nadie) que considere este asunto desde un punto de vista aún menos tópico que el resto. Porque si la homosexualidad ya de por sí es considerada como una aberración, la bisexualidad es la depravación por excelencia, censurada no sólo por los gays, sino también por los heterosexuales.
>
> Fíjate que en películas sólo he encontrado dos diálogos que llamaran mi interés a este respecto y en los cuales pudiera yo sentirme identificada. Y éstos fueron en *Martín Hache*, en la cual un personaje bisexual comenta que él no hace el amor con cuerpos sino con mentes, por lo que tanto le pue-

de atraer una mujer como un hombre. Y otra fue en la película *Persiguiendo a Amy*, en la que la protagonista llega a semejante conclusión.

No me gustó, en cambio, la cerrazón mental de la coprotagonista de *Lazos ardientes*, no sólo porque su reacción era idéntica a la de los homófobos (sólo que en el bando opuesto), sino porque además contribuía a reforzar la visión de la pareja lésbica que tienen las personas heterosexuales e ignorantes en los temas gay. Y es que ambas protagonistas dan la imagen de que en las relaciones homosexuales han de existir necesariamente dos roles complementados: uno varonil y otro femenino. No me gustó cuando lo vi, porque yo no me considero encasillada en ningún aspecto. Para mí no existe el papel del hombre ni el papel de la mujer, sino que son éstos consecuencia del diseño de una sociedad borreguil, que los ha ido creando.

Sí llamó mi atención, en cambio, la relación que mantienen las protagonistas de *Criaturas celestiales*. No porque me parezca bien su dependencia enfermiza que les lleva incluso hasta el asesinato, sino porque es un amor de igual a igual, en el que se aman sin titular sus sentimientos de ninguna manera (como mucho «amistad»). No defienden nada, sólo sienten. No se rebelan a pautas sociales, sino que simplemente se dejan llevar.

(...) Yo no quiero pertenecer a ningún grupo... De hecho, cuando mis amigas se enteraron de que me había enamorado de una mujer me incitaron a que saliéramos una noche por el barrio de Chueca. Yo nunca había estado allí y me sentí incómoda nada más pisar esa calle. Lo que para ellas era un buen propósito de demostrarme su solidaridad para conmigo a mí se me convirtió en un delato de marginación, en una especie de anuncio que rezara: «Éste es tu sitio». Y mi sitio es el mundo y no una calle. Y mi gente es la diversidad y no sólo un colectivo.

Yo no soy muy conocedora de esos ambientes y ni siquiera sé cómo se relacionan las personas gays, ni sus posibilidades de adaptación. Pero es que, Lucía, mucho me temo que es la gente quien te desplaza y tengo miedo a acabar siendo encarcelada en ese ámbito exclusivo. Tú, Lucía, puedes ser tú misma sin tabúes, como homo, bi o heterosexual. Da lo mismo, y TIENE QUE DAR LO MISMO, porque las críticas ajenas que lleguen a ti han de basarse en tu arte y no en tu inclinación sexual (además de que nadie es quién para juzgar). Pero una cosa ayuda a la otra y te resultará más fácil vivir tu vida. Es como Anne Heche, Madonna, George Michael, Duato, o como tantos otros que se desenmascaran y a quienes se les llama valientes. A las personas como yo, invisibles y comunes, lo que se les hace es excluirles. Y sólo existen dos opciones: o pasarte al bando opuesto (por eliminación o por revelación) o volverte invisible... Yo me quedo con lo segundo.

En cualquier caso, ésta es la opinión de Carmen, y la cito aquí no porque esté de acuerdo al cien por cien con sus palabras, sino porque me parecen interesantes. Y me resulta también interesante, como guionista, el análisis que hace de los modelos de sexualidad en el cine.

Cuando Alfonso Albacete, David Menkes y servidora escribimos la película *Sobreviviré*, queríamos hablar precisamente de ese tema: del amor, y del amor que una persona puede sentir por otra, independientemente de su sexo. A Iñaki, el protagonista, no le gusta Emma porque sea una mujer, sino porque es una persona encantadora y sincera, y si por algo funciona la cinta, pese a sus fallos, es porque la relación entre ambos resulta creíble. A nadie le sorprende que Iñaki/Juan Diego se sienta atraído por Marga/Emma y la historia entre ambos se trata sobre todo como la de una atracción entre dos personas, más allá de los roles que encorsetan una historia de amor cuando se espera que el hombre se comporte *como un hombre* y la mujer *como una mujer*. Porque, al fin y al cabo, ¿qué estupidez es ésa del comportamiento femenino y masculino? O, como decía Marga en la película: «*¿qué es normal y qué no es normal?*». Yo nunca he creído en memeces tales como que una mujer no debe dar nunca «el primer paso», o no debe irse a la cama con el hombre que le gusta en la primera cita, o debe esperar siempre a que sea él quien la llame y no al contrario, etc... Tampoco he aplicado semejantes aseveraciones a mis relaciones, y el caso es que no me han ido tan mal, o al menos no peor que las que veo a mi alrededor (y me refiero a relaciones estables entre familia, amigos y compañeros de trabajo: hetero u homosexuales; casados, amancebados o novios).[1]

Yo no creo que existan la heterosexualidad o la homosexualidad puras. Doy por hecho que cada persona se siente inclinada mayoritariamente hacia un sexo, sea el propio o el opuesto, pero que eso no impide que, excepcionalmente, pueda sentirse también atraída hacia una persona que no representa su opción sexual habitual. Por eso no me gusta hablar de bisexualidad, sino de sexualidad sin más. Y procuro no utilizar la palabra y no aplicarla para definir mis comportamientos afectivos, los cuales, repito, forman parte de mi vida privada y sólo nos conciernen a mí y a mis íntimos. En ese sentido me identifico plenamente con las palabras de la socióloga Milagros Rivera Garretas:

«*Mi ser no está definido por ser heterosexual, bisexual u homosexual. En mi sentido de mí y del mundo prevalece la voluntad de llamarme mujer*» (del libro *Nombrar el mundo en femenino*).

El propio Freud reconocía que todas las personas «*pueden tomar como objeto sexual a personas del mismo sexo o del contrario... y repartir su libido, ya sea de forma manifiesta o latente sobre objetos de ambos sexos... En algún momento de nuestra vida todos hemos practicado una elección homosexual, aunque después unos la hayan relegado al inconsciente y otros se defiendan manteniendo una enérgica actitud contraria a ella*» *(Souvenir d'enfance de Léonard de Vinci).*

1. Nota de la autora: Está bien, lo admito: me va fatal.

Los gays más radicales condenan la bisexualidad por considerarla una falta de valentía, o una mentira. Los heterosexuales más ignorantes creen que se trata de un mero divertimento, una especie de gula del sexo: querer probarlo todo cuando la inmadurez impide una elección fija. Al contrario de lo que muchos creen, la bisexualidad (y utilizo el término, a mi pesar, porque no se me ocurre otro, aunque no me gusten las connotaciones peyorativas que ha ido adquiriendo), la bisexualidad, decía, no implica indecisión, traición o perversión. Tampoco implica frivolidad: muy al contrario, nace de una reflexión profunda y meditada sobre las propias sexualidad, identidad y relación con el mundo. Muchos de quienes condenan la opción bisexual no hacen sino extender la bifobia después de mucho condenar la homofobia, es decir, interiorizan e imitan sin darse cuenta el mismo comportamiento del que han sido víctimas toda la vida: la crítica de lo diferente. En cualquier caso ¿qué sentido tiene condenar lo inevitable? Vivimos en una sociedad ambigua, como cualquier sociólogo confirmaría. A bote pronto, me vienen a la cabeza diez indicadores que lo prueban:

1. Los ambiguos iconos de fin de milenio: Madonna, Richard Gere, Prince, Cindy Crawford (y su polémica portada de *Vanity Fair*), Sharon Stone, Kate Moss, Michael Stipe, K. D. Lang, Courtney Love, Drew Barrymore...

2. La publicidad, que no hace más que incluir lesbianas chic en sus mensajes. (Un tipo de lesbiana, eso sí, que representa más bien la visión que de una lesbiana tiene la cultura heterosexual que la de una mujer normal.)

3. El exhaustivo estudio de la Universidad de Chicago *Sex in America:* siete millones de norteamericanos (el 4% de la población USA) se consideran bisexuales.

4. Los discursos de dos sociólogas: la italiana Camilla Paglia y la española Estrella de Diego que, tras analizar

los contenidos en el arte, el cine, la literatura y la publicidad de los últimos diez años, reivindican en sus libros *Persona sexual* y *El andrógino sexuado* la ambigüedad como norma.

5. El aluvión de películas que tocan el tema: *Entrevista con el vampiro, Instinto básico, Las chicas a un lado, Tres son multitud, Las noches salvajes, Persiguiendo a Amy, The addiction, Boys don't cry, Get real...*

6. El informe Kinsey: un 10% de la población USA es bisexual. Es el origen del nombre El Club del 10%, el mayor club bi de los Estados Unidos.

7. La moda: la nueva remesa de modelos masculinos: muy jóvenes, poco musculados, con pendientes y los ojos pintados. Las jovencitas que exhiben el elástico de sus calzoncillos entre sus pantalones *bagging* y sus camisetas talla doce años. Los chicos y las chicas de los anuncios de Calvin Klein.

8. El *Bulletin Boards Bisex*: un espacio específico para los encuentros bi reservado en Internet.

9. Las actitudes ambiguas en el pop, el revival del glam... «*Everybody wants you when you are bi / looking at the boys, eyeing at the guys*» (Living Colour. «Bi»).

10. La afirmación de Anne Rice que resume los 9 puntos anteriores: «*La imaginación es bisexual*».

Precisamente los que conciben una cultura gay o lesbiana como un ente único, monolítico y coherente coinciden, sin darse cuenta, con muchos homófobos, que con su visión paranoica del mundo imaginan la existencia de una supraorganización gay, una mafia rosa que pretende conseguir para la minoría homosexual una serie de privilegios o prebendas especiales.

Pero si los gays adoptaron el esquema del arco iris como símbolo de la variedad y riqueza de las comunidades afiliadas al colectivo, se entiende que el espíritu de éste debería ser el de la tolerancia y la aceptación de todo tipo de opciones sexuales, desde el respeto.

La bifobia y la heterofobia de algunos homosexuales son consecuencia, creo, de la automarginación, derivada a su vez de la sensación de protección y enclaustramiento que facilita un tipo de vida exclusivamente gay, en un mundo de servicios gays (prensa, médicos, abogados, fontaneros, revistas, agencias de viajes, bares, librerías, hoteles...), una especie de refugio separado de los heteros, donde habita una minoría sexual inamovible, intocable, cerrada en sí misma y que rechaza la bisexualidad y la heterosexualidad. Cuando hablo de gueto me refiero, por ejemplo, al barrio de Chueca en Madrid, pero también a las conductas de algunos gays y lesbianas que se empeñan en mantener relaciones personales sólo entre *el ambiente*, y de esta manera sólo tienen amigos gays y lesbianas y todos sus hábitos de ocio transcurren en ambientes gays y lésbicos.

Este tipo de conductas tiene sus ventajas y sus defectos. Ventajas: la sensación de protección, reconocimiento y solidaridad. Inconvenientes: la automarginación y la imitación de conductas intolerantes propias del sistema que se pretende combatir. Es decir, a la homofobia se la responde desde la heterofobia o la bifobia.

En palabras del sociólogo José Miguel G. Cortés: «*El gueto sigue contribuyendo de un modo decisivo a aumentar la visibilidad social de los gays, continúa ayudando a la cohesión grupal y posibilitando una zona libre donde demostrar los afectos y preferencias sin miedo a agresiones. El gueto permanece además como un verdadero centro de iniciación y reconocimiento de los más jóvenes. Pero, asimismo, una segunda característica denuncia la excesiva comercialización del gueto, sobre todo en España, donde son muy escasas las asociaciones de carácter social. Ello genera unas actitudes y propicia unos estereotipos que llegan a situarse por encima de las personas específicas, e in-*

ducen a un comportamiento colectivo que reproduce muchas de las contradicciones (competencia, frivolidad o ligereza) de la sociedad a la cual se quería escapar –o, al menos, mejorar– y muestra las limitaciones de una convivencia excesivamente mediática por los aspectos festivos y sexuales» (*Identidad y diferencia. Sobre la cultura gay*, Editorial EGALES, 1997).

Todos tenemos necesidad de modelos en los que afirmar nuestra identidad, y por tanto es lógico que nos sintamos más a gusto rodeados de personas que entiendan o compartan nuestras opciones sexuales, y también que muchas veces nos acerquemos a obras de ficción, compremos en determinadas tiendas o elijamos movernos por ciertos ambientes llevados por el deseo de vernos reflejados o comprendidos. Todos nosotros nos hemos criado en una sociedad heterosexual, en la que las conductas no heterosexuales estaban ocultas cuando no explícitamente prohibidas. La mayoría hemos conocido graves conflictos, sobre todo en la adolescencia, al reconocer nuestra condición de diferentes en una cultura que prima lo heterosexual. En el cine, en la publicidad, en la televisión no han aparecido gays o lesbianas hasta hace muy pocos años, y la historia, escrita fundamentalmente por heterosexuales, ha asumido una tendencia a suponer que todas las personas importantes del pasado lo fueron también. Para ser consciente de su propia historia, un no heterosexual debe despojarse de la coraza genérica y universalizadora con que se le ha envuelto y encorsetado desde la cultura dominante y desde la infancia, y afirmar sus diferencias para, desde esta atalaya, dirigirse al mundo.

Decía Pepe Espaliú que «*El mundo que nos rodea en nada nos concierne: no nos concierne su modelo de estructura social, basado desde su origen sólo en la idea de familia. No nos concierne su modelo jurídico, que no tiene en cuenta en ningún momento la posibilidad de la existencia legal de la pareja homosexual y que en nada contempla sus derechos. No nos concierne su modelo religioso, dependiente de los desvaríos homófobos y reaccionarios de Juan Pablo II. No nos concierne su modelo político, en el que en ningún momento nos vemos representados como colectivo» (Retrato del artista deshauciado).*

De esta manera, yo he acuñado un término para los que no nos sentimos identificados con esta visión dominante del mundo: *no heterosexual*. Esta definición engloba a cualquiera que no se sienta conforme con una visión monocroma de su propia identidad sexual, concebida como una opción unívoca, dirigida a un solo objeto, el sexo contrario, y en la que no se conciben ni fantasías ni formas de expresión del amor que no estén en consonancia con la visión de la identidad sexual propuesta por la cultura dominante. No heterosexual no quiere exclusivamente decir homosexual, aunque, obviamente, la opción homosexual se engloba dentro de la categoría de lo no heterosexual.

Para un no heterosexual resulta fundamental la existencia de obras de ficción que expongan un comportamiento y unas maneras de actuación diferentes a lo que hasta ahora se venían considerando como la norma. Los mundos imaginarios que nos proponen las novelas, las películas o los documentales que incluyan otras formas de relación que no sean la pareja tradicional heterosexual (y me refiero a tríos, cuartetos, lesbianismo, homosexualidad, sadomasoquismo o cualquier otra forma de relación consentida entre adultos que no esté aceptada por la cultura mayoritaria) proponen formas nuevas de concebir nuestra identidad, nuestros deseos, nuestras fantasías.

A este respecto me apetece comentar el revuelo que se formó a propósito del famoso vídeo en el que se veía al director de un conocido periódico disfrutando del sexo en la manera en que a él le apetecía. A mí me aterrorizó comprobar cómo todos los ataques que se vertían contra el susodicho derivaban de la convención de que existe un sexo *bueno* y otro *perverso*, es decir, que la realización de ciertas prácticas en la intimidad (y subrayo lo de en *la intimidad*) puede resultar condenable, incluso si esas prácticas no afectan ni hieren a nadie aparte de los directamente implicados (en este caso, el periodista, su mujer y la mulata Exuperancia o como-se-llamara). Quiero decir que yo sería la primera en condenar un vídeo en el que se explotara a un menor de edad, o a un mayor de edad en contra de su voluntad, pero puesto que aquél no era el caso ¿qué derecho tengo yo a opinar que los gustos del director de un periódico son mejores o peores que los míos sólo porque no sean parecidos? Y sobre todo, desde el momento en que yo me permita criticar a alguien en función de sus gustos sexuales, estoy abriendo la veda para que lo mismo me acabe pasando a mí.

También hace falta una revisión de la historia que saque a la luz las conductas sexuales alternativas a la norma heterosexual en lugar de ocultarlas como normalmente se ha hecho. Por ejemplo, en literatura, es curioso comprobar cómo en relación a la sexualidad de algunos autores invariablemente se guarda un discreto silencio o se recurre a comentarios evasivos: de acuerdo con prólogos de libros, enciclopedias de literatura o ediciones anotadas, Marlowe era *poco convencional*, Rimbaud y Verlaine eran *muy amigos*, y André Gide *un excéntrico*... Las relaciones de Lord Byron con sus mujeres (hermanastra incluida) están documentadas hasta el aburrimiento, pero poco sabemos las que mantuvo con sus efebos, aparte de somerísimas referencias. Y a Emily Dickinson se la ha representado invariablemente como a una solterona extraña y asexuada y siempre se ha guardado silencio con respecto a sus intensas relaciones con otras mujeres. Las apasionadas cartas de amor escritas por Emily a su amiga Susan Gilbert fueron corregidas cuidadosamente por su sobrina para suavizar las ardientes declaraciones de amor que contenían. Y yo no estoy diciendo aquí que Emily Dickinson se acostase con otras mujeres. Quizá no lo hacía. Para la norma heterosexual el hecho de que la Dickinson no mantuviera contacto genital con personas de su mismo sexo la define automáticamente como no lesbiana. Lo peor es que probablemente esta idea esté de acuerdo con la definición que tendrían de sí mismas algunas lesbianas radicales (esto es: se es lesbiana porque una se acuesta con mujeres y sólo con mujeres; las bisexuales y las mujeres célibes son sospechosas). Lo que quiero decir es que los extremismos que definen el mundo en blanco y negro tienden a borrar de un plumazo una zona de nadie que abarca innumerables matices de gris en los que se pueden englobar las relaciones de amor.

En el caso de las mujeres, y como consecuencia de las restricciones impuestas por la sociedad de los siglos XVIII y XIX a la condición femenina, el amor entre personas del mismo sexo no tuvo más remedio que adoptar formas muy diferentes de las actuales. En el siglo XX nos han enseñado a buscar la satisfacción genital para nuestro amor, pero no siempre ha sido así. De esta manera las amistades apasionadas entre mujeres del siglo XIX que no implicaban contacto sexual, las llamadas «relaciones bostonianas» que se describen en los libros de Henry James o en el documentado estudio de Lilian Faderman *Odd Girls and Twilight Lovers*, se pueden y se deben entender como relaciones lésbicas, puesto que se trataba de relaciones de amor. Negar las connotaciones sáficas de estas amistades es una manera de silenciar la identidad no heterosexual.

Adrienne Rich acuñó el término *continuum lesbiano*, que incluiría «*una gama de relaciones, a lo largo de la vida de cada mujer y de la historia de experiencia identificada con mujeres, no simplemente el hecho de que una mujer haya tenido o deseado conscientemente una experiencia genital con otra. Si amplia-*

mos este concepto hasta incluir muchas otras formas de intensidad primaria entre dos o más mujeres, comenzaremos a captar toda la extensión de la historia y la psicología femeninas que han quedado fuera de nuestro alcance como consecuencia de unas definiciones muy limitadas de lesbianismo fundamentalmente clínicas», y de una visión muy limitada del amor –añado yo–, que entiende por Amor, con mayúsculas, exclusivamente el que puede expresarse en una atracción o relación sexual.

En este *continuum* podrían incluirse todas las formas históricas de resistencia femenina contra el modelo patriarcal. En realidad los primeros presupuestos de la ideología feminista reivindicaban el amor entre mujeres como reacción al encorsetamiento de una sociedad patriarcal que, considerando a las mujeres como simple apéndice del hombre, sólo entendía las relaciones entre mujeres como derivadas del interés (relaciones entre las pertenecientes a un mismo clan familiar o social) o de competencia (relaciones entre mujeres que pueden situarse en una posición de rivalidad a la hora de luchar por el amor de un mismo hombre). La tradición de la literatura escrita por hombres ha definido casi siempre las relaciones femeninas dentro de esos parámetros (*Fortunata y Jacinta, La edad de la inocencia, La Regenta, Doña Beija, Il Gatopardo...*). Fue a partir de la irrupción de las mujeres en la literatura que se empezaron a concebir otras formas de relación femenina (del tipo de las descritas en novelas de autoras como Virginia Woolf, Colette, Djuna Barnes...).

Este concepto de amor entre mujeres como una forma de indagación en la propia identidad se resume en las palabras de la escritora italiana Luisa Muraro: «*Yo desarrollo una búsqueda de libertad femenina que no es exclusiva de mujeres que eligen amar a las de su sexo. (...) Si una mujer no sabe amar y admirar a una de sus semejantes, no habrá para ella vía de libertad, porque se odiará a sí misma, y estará entregada a la mirada de aprobación o de rechazo del hombre, obligada a gustar a un hombre para poder gustarse. Si una mujer es capaz de amar a una semejante, y por lo tanto a sí misma, después es libre de amar a quien quiera*». Y entonces no tendrá que reconocerse como heterosexual, homosexual o bisexual, puesto que una persona completa se define por sí misma y por tanto no se ve continuamente agobiada por la necesidad de definirse en función de su opción sexual. En realidad, nadie debería definirse en virtud de su opción sexual. Espero que algún día la naturaleza de las relaciones privadas acabe por ser irrelevante. Ese día marcará el principio del fin de la discriminación en función de sexo o de opción sexual.

2. ¿DE DÓNDE VENIMOS?

NOSOTRAS Y NUESTRAS CIRCUNSTANCIAS

2.1. La otra cara de Barbie

El 8 de marzo, como todo el mundo sabe –o debiera saber– se celebra el Día Internacional de la Mujer Trabajadora. A propósito de la señalada fecha me tocó participar en una encuesta promovida por un suplemento semanal en la que varias mujeres opinábamos sobre si las niñas de hoy disfrutan de más ventajas en relación a su socialización que las de nuestra generación.

Aparentemente, la respuesta tendría que haber sido afirmativa.

Y sin embargo yo sostuve que no, que no lo creía. Que de hecho, pensaba y pienso que actualmente estamos experimentando un retroceso en lo que a educación no sexista se refiere. Al fin y al cabo algunas de mis amigas han tenido la suerte de ser hijas de progres, de herederos del espíritu del 68 que intentaron como pudieron inculcarles los principios de una socialización igualitaria. Sin embargo, las niñas de hoy crecen sometidas a un bombardeo mediático que propugna la reproducción de unos roles sociales y unos modelos de conducta obsoletos y en mi opinión perjudiciales.

En 1999 Barbie cumplió cuarenta años. (Hay que reconocer que no los aparenta.) Yo, que no soy demasiado amiga de la señorita y que no estaba al día por lo tanto de la fecha de su natalicio, me enteré de la celebración gracias a la televisión y a los periódicos, que, empeñados en hacerle publicidad gratuita a la casa Mattel, no cesaron de bombardearnos con reportajes sobre el tema en los que he podido ver a Barbie vestida de enfermera, vestida de exploradora, vestida de vampiresa o vestida de Dior. Como todo el mundo sabe, Barbie dispone de un guardarropa completísimo que se renueva cada temporada con el modelerío más hortera imaginable.

Barbie ostenta unas medidas de top model en miniatura, irreproducibles en la vida real. La casa Mattel, advertida por numerosos estudios de la influencia que un modelo de conducta semejante podía tener en el futuro desarrollo de la mentalidad femenina –algunos psicólogos certifican una relación estrecha entre la cultura Barbie y la anorexia–, anunció que en breve iba a proceder a un remodelamiento de la muñeca, que tendría, en su nueva versión, medidas más humanas. A día de hoy, sin embargo, Barbie sigue siendo la que era. De hecho, cuando recientemente se intentó construir una Barbie de tamaño humano destinada a una de las numerosas exposiciones que celebrarían el aniversario de la cuarentona, los organizadores se encontraron con un contratiempo inesperado: la imposibilidad de que la señorita se mantuviera de pie. El peso de sus hiperdesarrollados pectorales la forzaba a darse de bruces contra el suelo.

No es casualidad que Barbie se haya convertido en unos de los iconos más representativos de la sociedad moderna. Numerosos artistas plásticos han jugado con ella y han tratado, a través de su imagen, de subvertir roles y estereotipos. Lo mismo ha hecho el colectivo gay: existen numerosas exposiciones que tienen por protagonistas a Ken y Barbie, guiños irónicos que le pegan otra vuelta de tuerca al fenómeno Barbie... En éstas, la vida de la pareja dista mucho de parecerse a la edulcorada y asexuada existencia de cuento de hadas que Mattel propone... En fin, ya se lo imaginan ustedes.

En la pasada edición de Arco se presentaron varias piezas que tenían como protagonista a la muñequita, vestida con unos trajes de polivinilo y cuero, maquillada como una puerta y cargada de cadenas. Se había revelado por fin la verdadera personalidad de Barbie, su realidad torturadora y constrictora. Barbie se ha ganado a pulso el título de la estricta dominatrix *par excellence* del mundo moderno. Y personalmente, me gusta mucho más la sexy Barbary (la versión S/M de la rubia horterona) que la ingenua Barbie.

Por otra parte la industria del videojuego se acaba de enterar de que las chicas existimos, y en yanquilandia los jóvenes tiburones de marketing de Sega y Nintendo ya han decidido cuál será el último paso de gigante en la evolución del entretenimiento computarizado: la captación del público femenino. El problema radica en que desde la concepción tradicional de un videojuego resulta más difícil dirigirse a las habilidades y preocupaciones tradicionales que a las mujeres se nos suponen (empatía, interacción social, vestiditos de Zara) que a las de los hombres (carreras de coches, cerveza y te llamaré después del partido). Por esta razón las iniciativas de diseño de videojuegos específicamente dedicados a las chicas han fallado estrepitosamente hasta el momento, y las adolescentes siguen mostrándose más interesadas en los Back Street Boys que en el discutible atractivo del asesinato masivo de una legión de marcianitos en una pantalla.

El especialista en videojuegos Mark Griffiths, a la sazón doctor en psicología por la Universidad de Nothingham Trent, ha concluido que existe una diferencia de género en la forma en la que hombres y mujeres se enfrentan al duelo contra una máquina. Tampoco es que sus afirmaciones sean muy sorprendentes: las mujeres se sienten más atraídas por los juegos de construcción espacial (para entendernos, el Tetris) y los hombres por aquellos que sugieren competitividad (lo de siempre: las carreras de coches, los gusanitos del espacio y supermario contra los monstruos). Los fabricantes se han especializado en diseñar programas de desafío altamente agresivos, y no es por tanto de extrañar el general desinterés femenino por las consolas.[1]

Pero las mujeres seguimos constituyendo el 56% de la población y suponemos un vasto potencial consumidor, así que la industria, decidida a no despreciar semejante filón por explotar, ha lanzado al mercado un aluvión de los que se han dado en llamar *puzzle games* (vulgo: versiones más o menos sofisticadas del Tetris): *Kula World*, *Tetrisphere*, *Kurushi* o *Xi*.

La más aparente, sin duda, es una que se llama *Wetrix* y que consiste en lo siguiente: en la pantalla se ve una linda pradera diseñada en suaves tonos pastel en la que llueve sin cesar. La función de la jugadora es la de construir diques y refugios para contener la riada. Lo mejor es la banda sonora: al destrozanervios chunda chunda machacón, belicoso y bakalaero que suele acompañar a estos jueguecitos, le ha sustituido una relajante composición a base de gorgoteos acuáticos. Todo muy mono, muy ecologista, y muy *new age*.

La cuestión es que el jueguecito no ha vendido lo que

1. General pero no absoluto: yo soy una adicta al asesinato masivo de zombies digitalizados.

se esperaba, ni siquiera la mitad de lo que se esperaba. Al parecer muy pocos adolescentes están dispuestos (con *o*) a apoquinar dos talegos del ala por una especie de Lego visual cuando por el mismo precio se pueden llevar a casa, comprimida en un disquette, su horda de zombies asesinos, guerrilleros mutantes o bólidos siderales a los que aniquilar. Y a sus amigas no les apetece comprar un videojuego, porque eso «es de chicos».

Y la pregunta, claro está, es: ¿existe de verdad una diferencia biológica que determina nuestros procederes, o sencillamente mientras le demos a nuestras niñas modelos de conducta del tipo Spice Girls van a seguir más interesadas en los pintalabios y las coletitas que en la informática? Creo que el fracaso del juego radica, más que en una explicación biologista, en el hecho de que seguimos educando a ellos de una manera y a ellas de otra. Y no me importa tanto que las niñas pasen de consolas, sino que atiborremos a los niños con tanto jueguecito mega agresivo y luego nos sorprenda escuchar en el telediario que uno se lleve por delante a bofetones a media clase, que otro acose a su profesora y que un tercero haya abusado a los doce años de su vecinita de diez.

El tema de los juguetes ilustra las profundas contradicciones que alberga la lógica (o ilógica) cultural de lo que se ha dado en llamar el capitalismo tardío: Por un lado, nuestra sociedad propugna en sus textos fundamentales un profundo compromiso con la vida, la libertad y la búsqueda de la felicidad, así como el respeto a todos los seres humanos sin distinción de sexo, raza o condición; un examen de las diferentes Constituciones europeas revelaría que entre los objetivos de nuestros gobiernos destacan la justicia, la seguridad doméstica y el bienestar general; y los poderes ejecutivos fomentan iniciativas para potenciar la participación de la mujer en todas las esferas de la vida pública y política. Pero por otro lado la industria occidental comercializa juguetes que potencian la violencia temeraria, el sadismo y la tortura en los niños y la anorexia y la autopercepción como objeto sexual en las niñas.

Los fabricantes de juguetes han ampliado considerablemente los horizontes de las formas de violencia tradicionales –soldados, pistolas, tanques, panoplias de indios y vaqueros– en los productos que comercializan. Un gran número de juguetes se centra en la violencia galáctica, que suele ser del tipo militar, pero, como se puede ver en las caracterizaciones de los *transformers*, por ejemplo, el significado de lo militar se extiende *ad infinitum* incluyendo personajes repelentes que matan por diversión o son violentos por naturaleza (las tortugas ninja, por poner un caso). Sobre la idea de los *transformers* se venden modelos que representan camiones de remolque convertibles en lanzaderas de misiles, gasolineras que representan búnkers armados, robots que se transforman en misiles tierra aire y tiburones humanizados que pueden ser a la vez ametralladoras cósmicas.

Los nuevos juguetes multiplican las oportunidades de que los niños se involucren en un juego extremamente agresivo y les enseñan que la violencia es divertida, una opción aceptable en situaciones muy diversas, no un último recurso. Entretanto, las niñas de las nuevas generaciones aprenden desde pequeñas que para ser aceptada socialmente hay que ser rubia, cursilona, tetona y desmesuradamente consumista. Y repito que yo soy tan acérrima de Lara Croft, ojo. Pero es que yo tengo 33 años y sé que también debo dedicarme a otras cosas aparte de asesinar a sustitutos virtuales de mis jefes y mis ex amantes. Pero es que en los salones recreativos o en las consolas de prueba de la FNAC sólo veo chicos, con o, que se tiran horas, literalmente horas, enganchados en la pantalla. No estoy en contra de los videojuegos: me gustan los videojuegos. Pero me parece que la adicción a los videojuegos violentos es síntoma de una cultura profundamente militarista, que no ofrece otras alternativas de ocio.

Hagan una prueba y dense una vuelta por el patio del colegio de sus hijos: no verán a un niño jugando con una Barbie ni a una niña con uno de los Street Sharks. Nuestra sociedad no tolera a los disidentes, por muy pequeños que sean. Si usted le regalase una muñeca a su hijo pequeño primero pondría cara de susto, y luego la escondería. Ni se le ocurriría mostrársela a sus amigos.

Porque no es sólo la familia la que socializa. De hecho, los psicólogos magnifican a veces su influencia y minusvaloran la importancia de la del entorno y los medios de comunicación. Y me pueden decir que desde siempre los niños han jugado a los soldados y a los vaqueros y las niñas a las muñecas. Cierto. Pero también es cierto que mi abuela no tenía derecho al voto. Si la sociedad cambia, los sistemas de socialización y de iniciación deberían cambiar en consecuencia. Además, ¿cómo se puede comparar a un niño que ve veinticuatro horas de televisión a la semana, posee su propio radiocasete, alquila él mismo las películas en el videoclub y disfruta de estanterías repletas de juguetes con uno de hace cien años que sólo ocasionalmente podía leer o escuchar una historia violenta o recibir unos soldaditos de plomo? Hace cincuenta años un niño podía haber escuchado algún programa de radio con descripciones de actos violentos o haber visto alguna escena similar en una película. A día de hoy, la violencia y el modelo de separación de roles constituyen, vía la televisión, el pan suyo de cada día de los niños.

2.2. De los modelos de mujer que ofrecen los medios de comunicación

En su día, numerosos amigos míos gays apoyaban la

candidatura de Josep Borrell (presidenciable en su día, por poco tiempo) sólo porque se rumoreaba que él también lo era. Y yo no sé si este señor es homosexual ni me importa, pero esta anécdota ilustra la necesidad que la mayoría de nosotros tenemos de encontrar en los medios de comunicación un espejo en el que reconocernos, unos modelos a partir de los cuales afirmarnos en nuestra identidad. En este sentido, este político, como cualquier otro, no es sino un soporte investido en el que proyectamos nuestras frustraciones, nuestros deseos, nuestras aspiraciones. Vivimos inmersos en una cultura icónica en la que los símbolos significan más que la realidad y en la que las personalidades, las imágenes y los políticos se crean o se formulan con el único propósito de vender productos, sistemas de vida o hábitos de consumo. La capacidad de seducción de un político, por ejemplo, ha de residir en su habilidad para manejar a la esfera mediática como si fuera una amante complaciente. Que luego sea o no capaz de mantener el tipo en un debate, o elaborar un programa mínimamente coherente, ¡ah!, es otra cuestión.

Yo no era tan ingenua como para creer que Cristina Almeida fuese a suponer la panacea a todos los males de la Comunidad de Madrid, porque asumo que la política no es sino un juego de intereses en la que las figuras públicas apenas son marionetas representativas, que, todo lo más, pueden aportar un ligero cambio de estilo en su mandatura y alguna que otra reforma; y porque no creo que una sola persona pueda controlar, siquiera dirigir, un edificio administrativo tan grande como es la Comunidad de Madrid, sino que el/la presidente/a representa el juego de un enorme equipo de personas y un más enorme aún entramado de intereses. Y por lo tanto seguiremos conociendo, con Cristina o sin ella, las corruptelas, las demoras burocráticas, las discriminaciones y los nepotismos a los que estamos acostumbrados. Pero apoyé en su día públicamente la candidatura de Cristina Almeida como presidenta de la Comunidad por lo que su icono representa, porque me hacía ilusión pensar que mis sobrinas pudieran acostumbrarse a ver en los telediarios a una mujer hablando de política, a una mujer ejerciendo un cargo de poder, y sobre todo, a una mujer de verdad, es decir, no a un simulacro de mujer con un cuerpo de mutante transgénica, una cara de bebé siliconado y una melena inverosímil resultado de muchos billetes y horas de inversión en tintes, secadores de pelo y cremas suavizantes. Y por eso, porque prefiero que mis sobrinas crezcan deseando ser como Cristina Almeida antes que como Claudia Schiffer (porque no quiero que aspiren a objetivos imposibles, con la frustración que eso supone), por eso, apoyé a Cristina Almeida. Y aunque aposté a perdedora, no me arrepiento un tanto así.

Y es que estoy harta de los modelos de mujer que imponen los medios de comunicación y es que estoy harta de los modelos de moda que imponen los medios de comunicación; el prototipo sacralizado por los culebrones venezolanos y los programas para marujas de la sobremesa, o sea, mujeres morenas con ridículas mechas decoloradas en su media melena alisada a base de secador, mechas que van apoderándose de la susodicha media melena desfilada, pasando así la ex morena a lucir una cabellera blanca festoneada de eventuales rayitas negras, a juego con las cejas, negras también. Esta llamémosla mujer es aficionada a exhibir bronceado resultado de la suma «rayos UVA + Tierra de Egipto», se maquilla en tonos marrones, se ha blanqueado la dentadura hasta lucir una sonrisa cuasi fluorescente y se ha siliconado los labios estilo watusi. No se sabe por qué es tan aficionada a un color tan poco favorecedor como el beige, y a la bisutería tipo corona visigoda que la avejenta aún más que las mechas. Harta estoy también de que Carrascal pueda salir con canas pero a la pobre María Teresa Campos la pinten y la tiñan como un loro. Harta de que en *El Patito Feo,* la presentadora de turno salga vestida (o desvestida) como una buscona de la Casa de Campo mientras que su compañero, que es bastante más guapo y más joven que ella, vaya recatadito y tapadísimo...

Y para qué hablar de los anuncios publicitarios...

Hace unos años me tocó escribir un relato erótico por encargo, ateniéndome a las siguientes instrucciones: el cuento debía constar de seis entregas de siete páginas cada una, que pudieran leerse independientemente entre sí. Obviamente, tenía que inventar seis situaciones eróticas diferentes. Y como lo del polvo *mainstream* (vulgo: sexo heterosexual en pareja) está ya muy visto, me las vi y me las deseé para inventar variaciones: describí sexo en grupo, sexo sáfico, sexo en drogas... y onanismo industrial (vulgo: sexo con una máquina). La idea me vino de un relato de Bukowski titulado *La máquina de follar,* y luego, para recrear la máquina en cuestión, me introduje en Internet y en diferentes páginas de venta de vibradores (la más recomendable, http://www.goodvibrations.com). Finalmente me inventé yo misma el artilugio que estaba buscando: una *silla eléctrica* en cuya base se habían situado dos vibradores móviles y ajustables, uno ligeramente más pequeño que el otro. Este cuento se acabó publicando como parte del libro *Nosotras que no somos como las demás,* y no quiero ni contar la infinidad de e-mails que recibí en los que se me preguntaba si la máquina existía y, en tal caso, si se podía comprar.

Pero me equivoqué. La máquina de follar del siglo XXI no es la que yo describí en *La geometría del deseo.* No, no se parece en nada, porque el objeto sexual del segundo milenio tiene cuatro ruedas y un volante.

Les animo a reflexionar sobre tres anuncios publicitarios que probablemente ya hayan visto en su pantalla amiga. En el primero, una joven pareja se funde en un apasionado morreo. Él no sabe que ella, por el rabillo, no le quita ojo a un coche que atraviesa la calzada, avanzando simultáneo a su intercambio salivar. Acabado el beso, él pregunta «¿Te ha gustado?» y ella, mientras observa melancólica cómo se aleja el vehículo, responde en un hondo suspiro: «Mucho».

En el segundo, unos científicos de bata blanca intentan controlar el grado de excitación que diferentes imágenes provocan en una mujer. En una pantalla desfilan, ante los ojos húmedos y brillantes de la sujeto del experimento, imágenes de hombres ricos, hombres maduros, hombres atractivos... y la pobre chica responde a cada uno con una cara de aburrimiento mortal. Por fin, los sensores y electrodos conectados a sus sienes registran una alteración repentina y exagerada: ella ha reaccionado ante la visión de... un coche.

Y en el tercero, Claudia Schiffer desciende una escalera. Se suelta el pelo, se quita la chaqueta, la falda, la camisa, nos muestra un apabullante conjunto de lencería bordada y se entrega a... su Citroën, que resulta ser el destinatario del sugerente estriptís.

Yo entiendo que, habiendo demostrado la fiebre del Viagra que a los hombres eso de las caricias y la propedéutica sexual les suena a serbocroata, más de una desesperada piense en hacérselo con la palanca de cambios de su automóvil, que por lo menos no necesita de pastillitas para mantenerse erecta veinticuatro horas al día. Pero, honestamente, no creo que haya muchas que hagan realidad dicha fantasía. Lo único que yo puedo decir al respecto es que 1) yo no tengo coche, y 2) que a partir de hoy no quiero que ningún publicitario avispado me venga contando zarandajas de que en el siglo veintiuno ya no existe la publicidad sexista.

¿Y por qué por lo general los anuncios son sexistas? Porque los planean hombres. No hay más que ver, por ejemplo, un anuncio de compresas: Por la calle se pasea una chica muy mona que tiene la regla y se siente tan feliz y tan en órbita que saluda a un mimo callejero (sí, ¡a un mimo!, ¿ustedes han visto a alguien en su sano juicio que se enrolle con los mimos?) y esto es porque gracias a la nueva Ausonia está encantada de ser mujer. Yo no sé las demás, pero yo cuando me siento mujer-mujer, biológicamente hablando, me pongo de un mal humor del trece y medio, amén de que me duele todo el cuerpo y lo más que he conseguido de una compresa es que no se mueva mucho y que no traspase (lo de que no huela, como las nubes, no lo he logrado de momento), pero todavía no he encontrado la maravilla que me haga sentir en éxtasis por contracto osmótico. ¿Será que la nueva Ausonia lleva incorporada una sustancia revolucionaria que al mezclarse con el flujo sanguíneo produce una sensación de euforia y bienestar general que linda con la imbecilidad total? Le he preguntado a algún amigo neurólogo, que opina que de momento los éxtasis hay que tomárselos en pastilla o como mucho esnifarlos o inyectárselos, y lo del anuncio le suena a tomadura de pelo, como a mí. ¿Acaso se cree el avispado publicitario que rodó el susodicho spot que las mujeres, amén de tener que aguantar semejante fastidio una vez al mes por el mero hecho de serlo, nacemos de paso con la imbecilidad congénita impresa en nuestro segundo cromosoma X? Porque a mí no me cabe duda de que el tipo que rodó el spot de Ausonia sea un hombre, con un par de... cromosomas XY, porque cualquier mujer en sus cabales se hubiera negado a rodar semejante patochada. De hecho, mis amigas se parten de risa con el anuncio, y yo me pregunto, tras la emisión del susodicho, ¿habrá descendido en picado la vena de compresas Ausonia, puesto que las mujeres sensatas habrán decidido optar por otra marca, o por el contrario se habrá disparado, ya que todos los yonquis de mi plaza habrán acudido en masa a comprarlas a la farmacia junto con su jeringuilla desechable?

Comentando el tema con Isabel Coixet, directora no sólo de unas películas muy buenas sino de unos anuncios que al menos se limitaban a destacar las virtudes que una espera de una compresa (que no se mueva y que no traspase, que de los dolores se encargará el ibuprofén y de la mala leche la tila o el sufrid@ novi@ que nos aguante), me contó esta bonita anécdota: la Coixet, aburrida de rodar apastelados y lindos anuncios de compresas, les propuso a los de Evax una nueva idea, la de hacer unos spots en blanco y negro en los que chicas normales (no modelos) comentaran entre sí lo pesado que es tener la regla pero que al menos, puestas a resignarse, lo mejor era elegir una buena compresa. Los anuncios se rodaron y no llegaron a emitirse. ¿Por qué? Porque al cliente le pareció que no transmitía la *sensación de limpieza* que había que asociar con las compresas Evax. ¿Y quién era «el cliente»? El director gerente de Arbora y su director de marketing. Adviertan, por favor, que en ambos casos he dicho director, no directora.

Y es que si un extraterrestre quisiera hacer un informe sobre los terrícolas basándose tan sólo en lo que ve en la tele deduciría que en esta sociedad una mujer, para aspirar a serlo *de verdad*, debe ser guapa, sexy, joven y siempre encantadora, aunque tenga la regla. De ahí que la Obregón se empeñe en ir vestida como una colegiala a sus casi cincuenta años. Y esta obsesión por la juventud ya no se aplica sólo a modelos y presentadoras, sino que se está extendiendo peligrosamente a todos los campos de la sociedad en general. Por ejemplo, cada vez que alguien se refiere a mí –para bien o para mal– en la prensa, utiliza la palabra *joven*. Me he convertido en *la joven escritora*, y soy consciente de que parte de la razón por la que ustedes me están leyendo ahora mismo, por la que se me ha permitido publicar este libro, y por la que se me ha pagado un sustancioso adelanto por él, estriba precisamente en mi supuesta juventud, ese valor añadido a mi persona que llevo colgado del cuello como una etiqueta invisible.

Pero yo no soy joven. Tengo treinta y tres años. A mi edad, mi madre ya tenía seis hijos. Y a poco que mi vida siga así, dentro de poco yo seré demasiado mayor para tenerlos. ¿A qué viene entonces la insistencia general en fingir que soy lo que no soy? ¿Por qué todo el mundo se empeña en jugar a quitarme años? ¿Por qué a las revistas les resulto más fotogénica que Ana María Matute? ¿Qué tipo de alucinación colectiva ha conseguido que se me valore por los años que aparento antes que por lo que soy?

Vivimos en una sociedad obsesionada con la juventud, en la que a los ancianos se les oculta en residencias como si estuvieran apestados. Las mujeres occidentales gastan en cremas destinadas a retrasar el envejecimiento el equivalente anual a 400.000 guarderías, 2.000 millones de tubos de crema anticonceptiva, 20 millones de pasajes aéreos alrededor del mundo, 400.000 becas universitarias o medio millón de clínicas infantiles; y la industria cosmética –una estafa comercial bien presentada– ingresa al año en sus arcas veinte mil millones de dólares, con márgenes de beneficio del 50%. Los envases de cremas antiedad utilizan un lenguaje misterioso entre la ciencia y la seudociencia (cualquier biólogo sensato será incapaz de aclararles qué son en realidad los *péptidos biológicamente activos*, los *elementos higroscópicos*, y las *ceramidas naturales* que figuran en la composición de estos productos), que sólo sirve para ocultar el hecho de que dichos ungüentos no sirven *absolutamente para nada*. Una crema *no puede* retrasar el envejecimiento, reparar la piel, reestructurar las células o devolver la firmeza al rostro. Una crema hidratante puede, en todo caso, corregir ciertos niveles de deshidratación; y en este sentido el potingue más barato es tan eficaz como el que cuesta veinte veces su precio: el análisis químico de una hidratante cuyo precio de venta al público era de

2.000 pesetas reveló que sus ingredientes no llegaban a costar 150 pesetas. En la industria cosmética la farsa ya ha reemplazado a la exageración. Pero las mujeres están tan obsesionadas con mantenerse jóvenes que prefieren creer en lo increíble y gastar fortunas en lo incomprable.

Hoy en día los jóvenes urbanos no tienen la menor idea de cómo es el rostro de una mujer madura. Cuando vemos a una señora de sesenta años con aspecto de tener sesenta, pensamos que parece demasiado vieja, porque la comparamos con alguna cara sonriente que nos contempla desde la página de una revista o desde la pantalla pequeña. Las revistas femeninas ignoran a las mayores de cincuenta años o fingen que no existen. Tratan de evitar sus fotografías, y cuando no les queda más remedio que hacer aparecer a famosas de cierta edad, retocan sus retratos. En cuanto a las presentadoras y periodistas que salen en televisión, o bien son jóvenes (la inmensísima mayoría), o bien aparecen caricaturizadas, o bien se intenta que no aparenten su edad. El mensaje es obvio: las féminas más representativas de nuestra sociedad pueden ser visibles en tanto sean bellas y jóvenes (o lo aparenten), aun cuando trabajen mal. Les desafío a que encuentren una, una sola presentadora de televisión que peine canas o muestre sin disimulo sus arrugas. Y las mujeres (a excepción de algún que otro milagro genético) peinamos o lucimos alguna desde los treinta años. Pero se nos enseña a ocultarlas (a teñirnos y a someternos a operaciones de cirugía absurdas, peligrosas y desmesuradamente caras) como si se tratase de estigmas fatales.

Envejecer es bello, porque con el tiempo se adquiere experiencia y sabiduría. Borrar la edad de un rostro supone borrar su identidad, su poder y su historia. Yo creo que habría que respetar como un acto de solidaridad política, tan profunda como cualquier orgullo racial o étnico, la determinación de una mujer a mostrar su lealtad a su edad, su cuerpo, su persona y su vida. De momento, mientras maduro, yo me gasto en libros y en discos toda la pasta que me estoy ahorrando en cremas.

La publicidad nos demuestra que vivimos inmersos en una cultura mediática en la que las personalidades, las imágenes y las ideologías se crean o se formulan con el único propósito de vender. Ésta es la esencia de la posmodernidad, entendida como la lógica cultural del capitalismo tardío.

Otros dos ejemplos para ilustrar esta teoría:

Un vídeo musical de la MTV: una joven pareja que discute. La cámara se aleja y vemos que el apartamento de la joven pareja es un decorado. Una maquilladora se acerca a la chica y la da los últimos retoques mientras el director le aconseja sobre su interpretación. Su pareja, un actor, abandona el escenario. Lo importante es que nos hagamos cargo de que ella es una cantante –Natalie Imbruglia– y que quiere vendernos su disco.

Un anuncio en televisión: otra pareja que discute y otra cámara que retrocede para mostrarnos que su casa no es tal: se trata de un set de televisión. La publicidad no es real, advierten. Pero Sprite sí. Sprite quita la sed.

Conclusión: La deconstrucción del artificio, del decorado, supone la emergencia de una verdad enterrada durante mucho tiempo: el objeto de consumo es lo único real en esta sociedad de simulacros.

Hablando de la imagen icónica, la imposibilidad de conseguir el cuerpo de una modelo –ya sea para encontrárselo en el espejo, ya sea para yacer con él– es una de las fuentes básicas de frustración en la sociedad en la que vivimos. Si hojeo cualquier revista de modas puedo augurar cual siniestra sibila que este año invadirán nuestras playas hordas de adolescentes famélicas ataviadas con unos minúsculos biquinis estilo años setenta que no pienso ponerme, porque mi exuberante anatomía no me lo permite y porque las hebillas y arandelas que llevan incorporados se me clavarían, fijo, en mis rechonchas carnes. Podría, eso sí, someterme a una hambruna digna de Treblinka de aquí a julio, pero resulta que la satisfacción que me da comer supera con mucho a la que me proporcionaría pasearme por la arena convertida en una versión filiforme de mí misma que luciera un biquini de Fendi. Parece ser también que este verano, según la tal revista, una mujer no podrá presumir de elegante si no recorre las aceras precedida del repicar de los tacones de aguja estilo Morticia, anudados al tobillo con una cinta. Pero bien sé yo que las sandalias con cinta acortan las piernas y no me apetece exagerar más todavía la exigua longitud de las mías, amén de que nunca he sabido andar sobre zancos y temo espatarrarme en el intento de aprender. Y para colmo, se siguen llevando esos horrorosos colores pastel dignos de una adolescente de película de instituto yanqui. Me temo que este verano volveré a ponerme, *otra vez*, lo que a mí me dé la gana. Ese bañador azul, digno de ser enviado a los chicos de *Expediente X*, porque la forma en que hace desaparecer mi tripa en un segundo sólo puede calificarse de fenómeno paranormal, y otra remesa de trajecitos *baby doll*, que son los que mejor disimulan mis pistoleras. Quede claro que no pisa este lado del Manzanares una mujer más coqueta que yo, pero no veo por qué tengo que cambiar mi imagen cada año adaptándola a las exigencias de una siniestra conjura de diseñadores que a la hora de crear sus colecciones no tuvieron un pensamiento para las chicas de metro sesenta, que también tenemos derecho a la vida. Me niego a someterme a la angustia consumista, me reservo mi derecho a decidir qué reinterpretación de mí misma quiero enseñar al mundo, y a no dejar que otros lo resuelvan por mí. A no someter mi imagen a dictados absurdos, a imposiciones ajenas ni a presiones de papel couché.

La belleza (ergo, la juventud, real o aparente) ha llegado a representar para las mujeres, en su búsqueda de estatus, el mismo papel que el dinero entre los hombres, y como ambos valores son limitados (y relativos), ninguno es nunca suficiente, y ambos pierden pronto toda relación con su esencia real. El dinero ha dejado de ser un instrumento para ser una prueba de valor (y se inicia una persecución estratosférica hacia más y más y más...) y con la belleza (llámese estilo, o clase, o elegancia) nos ha pasado lo mismo. Pero yo prefiero ser yo misma a ser otra, y ser una chica feliz y del montón a una imbécil monísima y perpetuamente frustrada. Acabo de tirar la revista a la papelera.

Merece citarse aquí la obra de Annie Sprinkle (artista conceptual, ex estrella de porno, ex bailarina y ex prostituta), una mujer que reivindica el uso del cuerpo como vehículo de comunicación política y cultural, contraponiéndolo a la cosificación del cuerpo como icono que nos ofrecen cada día los medios de comunicación. No me resisto a comentar una de sus obras. Se titula *Anatomy of a Pin Up Photo* y consta de dos fotografías idénticas, expuestas una al lado de la otra, y sólo diferenciables por las anotaciones escritas a lápiz sobre una de ellas. La imagen representa a la propia Annie vestida de *Pin Up*, es decir: ataviada con un corsé de cuero y encaje negro modelo *Historia de O*, unas medias, un liguero y unas botas de caña y tacón alto. El epítome de la sensualidad y el morbo, vamos. Si uno se para a leer las anotaciones de la segunda copia se enterará de lo siguiente: las pestañas son falsas; las cejas han sido dibujadas a lápiz; la maquilladora ha invertido hora y media en transformar la cara de Annie, el pelo –teñido y rizado artificialmente– necesitó media hora de secador para adquirir el volumen y brillo que ostenta en la foto; las copas del corsé se eligieron una talla menores que la que Annie usa habitualmente a fin de conseguir agrandar ópticamente unos pechos que, despojados de ese armazón, son más bien fofos, según reconoce la propia modelo; el tal corsé oculta una barriga prominente, y está tan ajustado que reduce el contorno de cintura cinco centímetros, aunque también dificulta gravemente la respiración; se necesitaron veinte minutos para que la asistente de Annie abrochara las botas (Annie no podía hacerlo porque el corsé le impedía agacharse), cuyos tacones de veinte centímetros hacían imposible que Annie andara e incluso que se mantuviese mucho tiempo de pie. En fin, que la actitud presuntamente alegre y sexual que Annie ofrecía en la foto no tenía nada que ver con la tortura que supuso prepararse para ella.

Para conseguir esa imagen de Claudia que sirve de soporte al anuncio de un bolso de Chanel hicieron falta, amén de varios millones de pesetas, un día entero de trabajo, un estudio, un equipo de luces especiales y de filtros para disimular imperfecciones, diez carretes de película y un equipo compuesto de: dos peluqueros, tres maquilladores, dos encargados de vestuario, un fótografo, sus dos ayudantes y un iluminador. Tras la sesión se evaluaron las cientos de imágenes obtenidas y finalmente se eligió una sola de entre ellas, que se retocó acto seguido con aerógrafo para adelgazar la línea de los brazos de Claudia, demasiado rollizos en opinión del publicista. La imagen icónica de Claudia no es Claudia, de la misma manera que el cuadro de Magritte no era una manzana: como todo el mundillo de la moda sabe, Claudia, en la vida real, tiene granos y celulitis.

Un estudio aparecido en 1995 en *Psychology Today* descubrió que el 70% de las mujeres se sentían deprimidas, culpables o avergonzadas tras pasar tres minutos viendo fotos de modelos en las revistas.

El sector de la belleza invirtió en publicidad en España 64.753 millones de pesetas en 1998.

Hace una generación la modelo media pesaba un 8% menos que la mujer media estadounidense, mientras que hoy pesa un 25% menos.

Miss América medía 1,73 y pesaba 63 kilos en 1920. En las últimas ediciones del certamen las aspirantes no miden menos de 1,76 ni superan los 53 kilos.

Claudia vive sometida a una dieta permanente de 1.500 calorías diarias. Los judíos internados en Treblinka recibían raciones de entre 700 y 1.500 calorías diarias. Claudia, como todas las top models, dispone de un médico personal que le suministra los carísimos complejos vitamínicos destinados a compensar este estado de desnutrición.

Saquen ustedes sus propias conclusiones.

Pues eso, que hay que ser delgadas como un cuerpo danone y que nuestra vida depende de unos gramos. Y hablo de nuestra vida porque la anorexia es una enfermedad mortal. Pero de la anorexia ya sabemos todos algo. Y ahora que por fin hemos conseguido que el tema anorexia se ponga de moda, y que las adolescentes y no tan adolescentes empiecen a entender que un cuerpo sometido a la tiranía de la talla 38 no recompensa a su poseedora con el príncipe azul, ni mucho menos con la felicidad, ahora que sabemos que una obsesión por la dieta puede conducir a una enfermedad mortal, ahora que por fin Mango se aviene a vender ropa con talla 44, ahora que admitimos que Kate Winslet no está *titánica* sino sana, *ahora* ha llegado el momento de pasar a la segunda fase en la lucha de la liberación de la mujer moderna contra el Mito de La Belleza.

Ahora nos toca hablar de la verdad sobre las operaciones de cirugía estética.

Un equipo de la Universidad de Nueva York publicó

en noviembre de 1999 un informe en el que se analizaban los 1.001 casos de fallecimientos ocurridos en la ciudad este año a consecuencia de operaciones quirúrgicas. Todas las víctimas habían firmado previamente un documento en el que declaraban que se sometían a la operación de forma voluntaria y eximían de toda responsabilidad al cirujano que las operaba. La liposucción puede ser mortal, porque la lidocaína, el analgésico que se emplea en las operaciones, es tóxico, y los pacientes pueden llegar a recibir una dosis entre 10 y 15 veces superior a la recomendada. Ni en Nueva York ni en España los médicos están obligados a informar a las autoridades de los fallecimientos relacionados con la liposucción, por lo que se desconoce el número real de muertes.

En cuanto a las operaciones de aumento de pecho, permítanme que enumere algunos de los posibles efectos secundarios:

–Cicatrización gruesa o encapsulación del implante: Los pezones se vuelven entonces duros como piedras y es necesario reabrir para retirar los implantes, o bien romper los bultos mediante la presión de las manos del cirujano. Este riesgo afecta a entre un 30 y un 50% de las operadas, y es la razón por la que muchas de las mujeres que se operan los pechos tienen que reoperárselos varias veces. Y por la que Pamela Anderson hubo de deshacerse de los implantes que la catapultaron a la fama.

–Anulación de la respuesta erótica en el pezón.

–Dificultad de detección de tumores.

–Filtrado de silicona que supondría problemas en el sistema inmunológico.

–Síndrome de shock tóxico como consecuencia del filtrado.

–Muerte.

La mayoría de las mujeres que se enfrentan con estos problemas no los denuncian por dos razones. Una, porque no tienen base legal para hacerlo, ya que han firmado un documento similar al que he citado antes. Dos, porque muchas de ellas no quieren reconocer públicamente que se han alterado quirúrgicamente el cuerpo.

Estas personas no sólo son víctimas de unos carniceros sin escrúpulos, también lo son de una cultura de masas que promueve un ideal de belleza antinatural y que consigue que las mujeres se sientan lo suficientemente mal con su cuerpo como para estar dispuestas a gastar su dinero en operaciones dolorosas e innecesarias. Estas víctimas son las mártires de un negocio millonario: la cirugía plástica ingresa casi 500 millones de dólares, sólo en Estados Unidos, con márgenes de beneficio del 50%, y acusa un incremento del 10% anual.

No sólo las tres gracias de Rubens o la Bella Otero tenían celulitis, Marilyn Monroe también.[1] De hecho, el término celulitis no se utilizó hasta el año 1973, cuando la revista *Vogue* rebautizó a lo que hasta entonces era (y sigue siendo pese al nombre) simple y llanamente CARNE DE MUJER ADULTA. Por otra parte el *patrón de nadadora* (pechos muy amplios y caderas escurridas) es ANTINATURAL: sólo existe como disfunción. Y por último: quede claro que yo no creo que las mujeres se sometan *libremente* a operaciones de cirugía, porque para mí la libertad de elección implica un conocimiento sobre las consecuencias de cada decisión. Una mujer bella ha sido siempre, hasta este siglo, una mujer armónica, con forma de ánfora. Una afirmación de sentido común que la publicidad ha conseguido que olvidemos. Y es que los medios van a acabar por conseguir que olvidemos lo que es una mujer de verdad: un ser que envejece, y que, a medida que cumple años, va ganando en estrías, y curvas y arrugas y granos, así como gana en sabiduría, experiencia, conocimiento y, muchas veces, encanto.

1. Y yo, por supuesto.

Y los medios han conseguido que olvidemos lo que es una mujer de verdad porque lo que vemos en los medios de comunicación no son mujeres, sino representaciones bidimensionales de mujeres. Y eso no debemos olvidarlo nunca.

Enfrentada a mi propia imagen superreal, al icono que han hecho de mí los medios de comunicación, no me queda más remedio que preguntarme ¿ésta soy yo?, ¿esto lo he dicho yo? Y nunca me parezco a mi icono. Mi icono no soy yo. El cuadro de Magritte no era una manzana. La chica del anuncio de Chanel no es Claudia Schiffer, sólo una representación de Claudia Schiffer. Y la chica que sale en televisión no soy yo: Tras una entrevista de cuatro horas se han extraído las frases más absurdas, que fuera de su contexto adquieren un significado contrario al original. Un reportaje de televisión ha hecho lo mismo: la cámara ha superpuesto imágenes y ha eliminado otras para conseguir en el montaje final un resultado que nada tiene que ver con mi persona (la real, o la que yo entiendo por real).

Cuando veo mi icono y no me reconozco recuerdo las palabras de Baudrillard: «*En una sociedad que ha perdido toda conexión con lo real, la ironía preserva la poca realidad que nos queda*». Y no me queda más remedio que reírme de mi icono, de lo tonta que he sido al contribuir a crearlo, y de lo incapaz que me siento de luchar contra él.

En un munco icónico, en el que los símbolos significan más que la realidad, existen dos opciones: o bien aceptar una filosofía de vida irreal y aspirar a objetivos imposibles; es decir, desear la capacidad sexual de los actores porno, los cuerpos de las modelos, los coches de los anuncios, o la valentía y la labia de los políticos..., o bien la fuerza desde la apatía; es decir, apagar la televisión, dejar de leer revistas y hojear los periódicos sólo de cuando en cuando. Desconectarse de la máquina propagandística para no ser controlada por ésta. Rechazar las carreras de ratas y la angustia consumista.

En una sociedad en la que los idealismos se han probado como ineficientes (en el mejor de los casos) o asesinos (en el peor), me siento cada vez más escéptica ante los sistemas de pensamiento y día a día más comprometida con una sola empresa: yo misma, entendida ésta como la consecución de mi felicidad y la de los que me rodean. Una meta difícil pero no del todo imposible. Una meta imposible sería aspirar a parecerme a Claudia Schiffer. Yo no concibo mi feminismo como una ideología sino como una opción práctica. No aspiro a grandes logros en mi carrera, no comparto ningún tipo de orgullo nacional, no albergo excesiva fe en la justicia del sistema democrático, no creo en los valores familiares (sí en el amor) y no sustento ambiciones discernibles. No creo en un icono permanente: ni en Dios, ni en Patria ni en Superhéroe. Esto no me convierte, frente a lo que pudiera parecer, en inculta, inmotivada o apática. He acabado por aceptar la vida como un juego, como un reto, y acepto el hecho de que cuanto más cerca esté de mis más sinceros objetivos, más cerca estaré de mis mejores objetivos. El crecimiento físico y personal, en mi caso, implica ser menos idealista y más realista; menos salvaje, auténtica o sincera, pero también menos melodramática y violenta. Menos moralista y más ética. Menos ingenua y más escéptica. Y mucho más irónica (y menos icónica) de lo que ya era.

2.3. De la violencia doméstica

Hace no mucho asistí a un funeral y comprobé, entre atónita y espeluznada, cómo los que más lloraban al difunto, amén de su madre y sus tías, no eran precisamente el resto de su familia ni sus allegados más íntimos, sino alguna que otra conocida que probablemente no había cruzado con el finado más de cuatro frases en su vida y un jovencito de aspecto frágil e impresionable que, según me informaron, era un primo lejano del fallecido. La explicación del hecho residía, según parece, en el carácter gregario del animal humano, que le lleva a desarrollar conductas de imitación, especialmente entre aquellos individuos de la especie de carácter más débil o de personalidad menos estructurada. Ésta es la razón por la que la gente llora de dolor en funerales de desconocidos o de alegría en las bodas de parientes lejanísimos, por la que tantos adolescentes se suicidan cuando lo hace el líder de su banda de rock favorita... Y por la que los expertos desaconsejan que se publiquen noticias detalladas sobre el comportamiento de bandas armadas o de asesinos en serie: porque inducen a la emulación.

Como probablemente sepan, en inglés se les llama *palabras de cuatro letras* a los tacos más bestias (y no los escribo aquí por respeto al respetable, valga la redundancia, pero les confirmo que en ese idioma tienen cuatro letras). Y de ahí viene la famosa broma de que el amor es una palabra de cuatro letras, tanto en inglés como en español. Y se diría que la afirmación tiene su fundamento: a juzgar por el torrente de reportajes informativos sobre violencia doméstica, bien parece que el matrimonio fuera camino de convertirse en una de nuestras instituciones más peligrosas. La violencia doméstica se ha convertido en la causa principal de agresiones a mujeres entre quince y cuarenta años. Pero el aparente incremento de las resoluciones violentas e incluso letales del conflicto conyugal forma sólo parte de una historia más larga, puesto que las conductas privadas no pueden abstraerse del ambiente cultural que impregna todas nuestras relaciones. Y es que el deseo y el amor, amén de conductas instintivas, también son construcciones sociales, moldeadas por la imaginación colectiva de una sociedad. Los medios de comunicación poseen un poder incalculable para influir en el modo en que los individuos perciben, piensan, sienten y actúan. De modo que decir que la violencia se ha convertido en el eje central de nuestra cultura implica afirmar que existe un cambio en nuestra conducta íntima, a partir de una actitud, una sensibilidad, un modelo de expectativas y razones creado por los medios de comunicación.

Y con esto quiero contar que si bien me parece necesario que se informe sobre las cifras reales de abuso, maltrato, violación, etc., me parece detestable la manera en que estas noticias se tratan desde una vertiente sensacionalista francamente peligrosa. Cada vez hay más noticias, por ejemplo, sobre señores que se cargan a sus legítimas. Y las seguirá habiendo, creo, si esas noticias no empiezan a redactarse de una forma menos escabrosa.

En una reseña sobre el asesinato de una niña de ocho años por parte de un vecino de catorce, en un periódico pretendidamente serio de difusión nacional, la noticia estaba tratada con una mezcla de morbo y fascinación que podría inducir a cualquier chalado a repetir el numerito. Y encima, para colmo, en la misma página, el redactor escribía: «La horrorizada sociedad se pregunta qué es lo que falla, qué ha hecho mal».

Sin comentarios.

La tesis del macho agresivo y violador por naturaleza ha sido severamente criticada por antropólogos, sociólogos y pedagogos. La propensión a la violencia masculina varía considerablemente entre unas sociedades y otras como demostró en su día Margaret Mead en su ensayo *Masculino y femenino*, y como vinieron a confirmar diferentes antropólogas feministas como Peggy Reeves Sanday. La tesis según la cual la violencia es inherente a la sexualidad masculina no ha sido convenientemente demostrada, aparte de perjudicar claramente al género masculino. La agresividad pertenece a los dos sexos, puesto que, como ya he dicho, ambos sexos segregamos testosterona y adrenalina. Bien entendida, la agresividad es sinónimo de supervivencia, de acción y de procreación. El perfil psicológico del maltratador no puede extenderse de ninguna manera a todos los hombres. La violencia doméstica es una condición aprendida que aparece como consecuencia de un fracaso en la identificación masculina derivada de un rechazo a la feminidad. Esto es, los hombres pegan a las mujeres por dos razones que vienen a ser la misma: porque lo han visto en su propia casa y porque les han enseñado que las mujeres son distintas a ellos, y por ende inferiores y despreciables.

Nuestro viejo ideal masculino –el hombre duro, recio y viril, que nunca llora y que siempre está dispuesto a defender por la fuerza sus ideales y convicciones– es fatal para las mujeres, pero lo es también para el hombre mismo.

Repito que la violencia doméstica no es una condición inherente a la familia. La violencia doméstica se aprende en casa, se imita a partir de comportamientos que se ven en las películas y en los periódicos, y se utiliza como válvula de escape para dar rienda suelta a las frustraciones masculinas en una sociedad que le exige al hombre un comportamiento que no puede, naturalmente, sostener. Porque los hombres, como seres humanos que son, poseen las mismas necesidades psicológicas que las mujeres (y por qué no decirlo, que los animales en general): amar y ser amado, comunicar emociones y sentimientos, ser afectivamente activos y pasivos. Pero el ideal masculino prohíbe a los hombres satisfacer estas necesidades y genera una frustración que inevitablemente degenera en violencia. Es por eso que los símbolos de virilidad suelen ser violentos: fútbol, toros, boxeo, porque pareciera que algunos hombres inseguros sólo saben encontrar la confirmación de su virilidad ejerciendo la violencia, personal o colectivamente, porque los esfuerzos que se les exigen a los hombres para que se conformen al ideal masculino más tradicional provocan angustia, dificultades afectivas y miedo al fracaso, y, como consecuencia de los factores anteriores, comportamientos compensatorios violentos. Por lo tanto la masculinidad se paga a un alto precio. El Ministerio de Sanidad debería advertir que el uso del ideal tradicional de masculinidad puede acabar resultando nocivo para la salud.

Pero conste que nosotras también contraatacamos. Aunque de una manera más sutil, más *femenina* (apréciese la ironía), más *cool*... Con más *glamour*, vaya. A mí me parece que la aparición de un nuevo tipo de mujer fatal en los noventa responde precisamente a este clima de violencia y contraviolencia.

La tendencia empezó en 1994, cuando Chanel sacó al mercado un esmalte de uñas de un color que fue definido por los profesionales como *rojo-negro*, aunque el nombre oficial del color era (anótenlo, por favor) *Vamp*, y que cosechó tan tremendo éxito de ventas como para que a los pocos meses Chanel lanzara al mercado dos nuevas versiones del color: *Metallic Vamp* y *Very Vamp*. En breve el resto de las grandes firmas cosméticas imitaron a Chanel y se descolgaron con sus propios tonos de uñas sangrientos: *Midnight*, *Naughty* (niña mala) y *Fatale*, de Estée Lauder, *Vixen* (que quiere decir zorra) de Revlon, *Seduction* de Maybelline, *Wicked* (malvada) de Essie, *Circe* y *Delilah*, de Temptress, *Diablo* de Margaret Astor.

Desde el verano de 1998 una de cada tres mujeres lleva las uñas pintadas de rojo negro. Peor aún: lleva las uñas *de los pies* pintadas de ese color (las mías están pintadas en rojo-negro de Yves Saint Laurent. Me cuesta un ojo de la cara, pero es que me pierde la devoción por Cahterine Deneuve), y aún peor si cabe, se ponen unas sandalias de lo más descocadas para lucirlas (y lo digo porque de pequeñita me enseñaron que una mujer decente no se pinta las uñas de los pies). Y la pregunta es ¿qué razon ha impulsado a mujeres de todo el mundo a destacar sus garras con un tono que hace cinco años ninguna secretaria sensata se hubiese atrevido a lucir en la oficina? Un color de prostituta, de bruja, de mujer fatal, tan fatal, tan malvada y tan sangrienta como sugieren los nombres comerciales con los que se vende el esmalte.

Si, como aseguran algunos sociólogos, no es la moda la que dicta los cánones, sino que se limita a proyectarlos, es decir, a funcionar como el termómetro de cada sociedad y a reflejar en cada momento los cambios que ésta sufre, entonces tendremos que creer que se ha puesto de moda ser fatal, fatalísima. Porque, a fin de cuentas, no se llega a ninguna parte yendo de buena chica. Y para muestra, un botón: Madonna, Courtney Love, Sharon Stone, Naomi Campbell... Todas arrastran la reputación de ser maleducadas, difíciles, tozudas, exigentes, dominantes..., unas auténticas zorras. Y según les ha ido, parece que más nos vale ir de malísimas. Porque a las buenas chicas, ésas que se casan y adoran a su marido y cuidan de su hogar y de sus niños, no les puede ir peor. A esa chica que ustedes han visto en la tele la semana pasada, con una pinta de ser más buena que el pan, la pobre, ésa a la que la pegaba el novio, el mismo novio al que nadie encerró pese a que ella denunciara sus repetidas agresiones, el mismo novio que acabó por matarla..., a esa chica no le fue nada bien. Y no sólo la maltrataba el novio, sino la justicia, que se desentendió de aquella pobre chica como se desentiende, no nos engañemos, de las más de quince mil denuncias que cada año se registran en España por malos tratos a mujeres.

Me gustaría creer que la elección del color de uñas refleja un sentimiento profundo que empieza a germinar en el inconsciente colectivo. Todavía no somos tan malas como deberíamos (no acosamos a los mensajeros en la oficina, no pegamos a nuestros novios, no les obligamos a estar calladitos y a recogernos la mesa...), mira tú, por algo se empieza.

2.4. Sobre la educación religiosa

Con mi agradecimiento a Pilar Escabias, educada en las salesianas, gran cantante, estupenda filóloga y mejor ensayista, que me ha proporcionado gran parte de la información recogida en este texto y me ha orientado sobre el enfoque necesario para redactarlo. De hecho, los primeros párrafos son practicamente suyos. Conste.

Si alguien leyó mi primera novela recordará la alusión a Lilith, la primera esposa de Adán, que se rebeló contra la obligación impuesta por el Administrador Divino a todos los seres de la naturaleza de mantenerse por debajo del hombre.

Pero por si no se la recuerda, ampliaré la alusión con algunas referencias a la interfecta que pueden encontrarse en diversos textos sagrados:

«Y Dios dijo "hagamos al Hombre a nuestra imagen y semejanza" (...) Y Dios creó al Hombre a su imagen y semejanza (...) Hombre y Mujer les creó.» (Génesis 26-27.)

«Después de que el Señor creara al primer ser humano, Adán, creó a una mujer que también fue moldeada de arcilla y la llamó Lilith. Adán dijo: "Tú fuiste hecha para estar por debajo de mí, y yo para ser tu superior". Y Lilith contestó: "Los dos somos iguales porque ambos nacimos de la tierra".» (*Alphabet of Ben Sira*, 23 a-b.)

«Dios le entregó a Adán a Lilith, para que fuera su esposa y apaciguara su soledad. Como Adán, Lilith había sido modelada a partir del barro. Pero Lilith no permaneció mucho tiempo al lado de su esposo, porque ella insistía en que merecía ser trata-

da como igual a su marido, puesto que si ambos provenían de un mismo origen lo justo era que disfrutaran de los mismos derechos. Gracias al Nombre Inefable, que Lilith se atrevió a pronunciar en alta voz, Lilith huyó de Adán, salió volando y desapareció en el aire.» Louis Ginzberg (*The Legends of the Jews*, 1909).

«El Señor Dios dijo: "No es bueno que el hombre esté solo; le daré una ayuda apropiada"... Entonces el Señor Dios hizo caer sobre el hombre un sueño profundo, y mientras dormía le quitó una de sus costillas, poniendo carne en su lugar. De la costilla tomada del hombre el Señor Dios tomó a la mujer y se la presentó al hombre, el cual exclamó: "Ésta sí que es el hueso de mis huesos y carne de mi carne, será llamada mujer porque ha sido tomada del hombre".» (*Génesis* 2; 18, 21-23.)

Así que según parece, o al menos así se refería en una versión de la Biblia anterior a la Vulgata, Dios creó al hombre y a la mujer de la tierra, y cuando la primera mujer, Lilith, desapareció (huyó), Dios creó a una segunda mujer, Eva, a partir de la costilla de Adán.

La figura de Lilith –un personaje que la Biblia no menciona, o no al menos en la versión «oficial», la Vulgata– se ha perpetuado a través de los siglos transformada en numerosas imágenes de pecadoras (María Magdalena, Medea, Yocasta, Cleopatra, Melusina, la Lamia, la Meiga, las Sirenas, Lorelei, las Harpías, la Medusa, las Gorgonas, Lulú, el Ángel Azul...) que simbolizan una relación esencial entre lo femenino y lo demoníaco. Son tan parecidas entre sí, a pesar de su diversidad, que se puede identificar en todas ellas un carácter común de respuesta del ser humano a sus miedos fundamentales. En cierto modo, los mitos de cada sociedad aparecen como productos de un mismo imaginario, como frutos de un mismo inconsciente colectivo.

En todas las culturas la imagen femenina se manifiesta en múltiples niveles. Existe un panteón universal de divinidades femeninas dividido en figuras terroríficas (Hécate, Durga, Isis, Khalio...) y figuras protectoras y nutricias (Deméter, Hator, Bhavani...). En la tradición cristiana la figura de María se opone a las de Eva, Lilith y María Magdalena. Estas deidades resumen las imágenes socializadas de los hombres con respecto a las mujeres: madre/virgen/protectora/nutricia *versus* castradora/prostituta/devoradora/seductora. Resumen también una idea profundamente relacionada con la tierra: la naturaleza es la madre y la destructora. Lo femenino implica a la vez creación y destrucción. No existe bien sin mal, yin sin yang, principio sin fin.

Las mujeres estamos tomando conciencia de las interpretaciones políticas implícitas en numerosas tradiciones mitológicas, que se han perpetuado como una justificación de la opresión a las mujeres. La libertad política no existe sino como consecuencia de la libertad espiritual. De esta manera la búsqueda femenina de un ideario espiritual o religioso propio no es sino una dimensión más de la lucha femenina hacia la (re)creación de un orden mundial más justo.

La teológa Barbara Rigney apunta que *«las religiones patriarcales se han basado, históricamente, en la sumisión femenina, y la mujer debía abdicar su personalidad individual a favor de la representación de un ideal».*[1] Lilith representa, por tanto, el derecho de la libertad de elección inherente a cada mujer.

Sandra Gilbert y Susan Gubar en su libro *The Madwoman in the Attic* escogen a Lilith como arquetipo de mujer creadora y símbolo de la autoridad femenina. Para estas autoras el (auto)destierro de Lilith representa el precio que las mujeres deben pagar por atreverse a ser ellas mismas.[2]

Las mujeres españolas de mi generación hemos crecido

1. Rigney, *op. cit*, p. 44.
2. *The Madwoman in the Attic*, p. 35.

como hijas de tres madres: la primera, la nuestra biológica; la segunda, Eva, madre de toda la Humanidad; y la tercera, María, madre de todos los católicos.

En el colegio en el que me eduqué, la ceremonia de la Consagración, que se celebraba el 31 de mayo, consistía en la imposición a las alumnas de seis años de una medalla que nos acreditaba como hijas de María. Por si esto fuera poco, y no nos hubiera quedado claro el asunto de la custodia compartida, en clase cantábamos una bonita cancioncita que rezaba (nunca mejor utilizado el verbo rezar):

> Tengo en casa una mamá
> pero mis mamás son dos
> en el cielo está la Virgen
> que es también madre de Dios
> las dos me quieren a mí
> las dos me entregan su amor
> a las dos las busco y las a-a-mo
> a las dos las quiero yo

(vamos, un *ménage à trois* incestuoso-lírico-espiritual).

Resumiendo: María, en la tradición católica es una figura estática, pasiva. Un objeto de adoración, algo a lo que mirar. Tradicionalmente se la representa bien como madre o como Virgen. Si tenemos que creer a la tradición, vivió con José el carpintero, pero en la más absoluta castidad, como buenos hermanos.

¿Cómo se explica entonces que en el Evangelio de san Marcos se narre lo siguiente?:

«Llegaron la madre y los hermanos de Jesús, se quedaron fuera y lo mandaron llamar. La gente estaba sentada a su alrededor cuando le dijeron: "Mira, ahí fuera te buscan tus hermanos y hermanas".» (*Marcos* 3, 31-32; *Mateo* 12, 46-48; *Lucas* 8 19-21.)

La explicación de la doctrina católica que debía desfacer este entuerto acerca de los hermanos concebidos por una madre presuntamente virgen se basa en la aseveración de que en la tradición hebraica se consideraba como hermanos de uno a los que nosotros llamaríamos primos hermanos. En ese sentido yo siempre me consideré protestante. Prefería creerme que María había sido una señora normal y que Jesús había tenido hermanos como todo hijo de vecino (yo misma tengo seis, y ese detalle no desmerece a mi madre ante mis ojos).

En resumidas cuentas, María es la antítesis de Eva: si Eva es la pecadora, María es la santa, la que viene a arreglar el desaguisado cometido por su predecesora. De hecho, la imagen de la Virgen Inmaculada es representada tradicionalmente aplastando la cabeza de la serpiente. María y Eva son dos caras de la misma moneda: «Eva/avE», de forma que el saludo a María, Ave, cierra o sana la tradición pecadora de las mujeres, puesto que si fue una mujer la que cometió el primer pecado, fue también una mujer la que concibió a aquel que lo redimiría para toda la humanidad. Como bien explica Barbara Rigney, entre otras, la imagen de María resulta poco atractiva para las feministas, puesto que aparece como una composición diseñada por una cultura fuertemente patriarcal cual es la hebrea. Por lo tanto, algunas de nosotras hemos elegido, conscientemente, ser pecadoras. A algunas de nosotras nos tira más Lilith.

Las tradiciones religiosas constituyen siempre reelaboraciones y reinterpretaciones de tradiciones precedentes. ¿O acaso recuerda alguien a estas alturas, inmersos en este caos de tarjetas de crédito y de regalos envueltos en papel impreso con el logo de unos grandes almacenes, que la Navidad no es sino una ingeniosa estratagema que la Iglesia cristiana utilizó para apropiarse de los ritos paganos que celebraban la llegada del solsticio de invierno, o que la festividad de San Valentín enmascara en realidad la celebración romana de la llegada de la primavera mediante el apareamiento de las aves? De esta manera, no es extraño que mucha gente opte por fabricarse una moral a medida a partir de una adaptación personal de las tradiciones en las que se ha criado.

El pecado, por ejemplo. Una feminista es una pecadora convencida, una mujer que hace del pecado su bandera, *entendiendo el pecado como la reivindicación del propio cuerpo*. Es decir, yo no reivindico pecados mortales como el asesinato (por algo estoy en contra de la pena de muerte), pero sí «pecados» que se refieren al uso de la vida privada de cada cual, como la gula, la lascivia o la lujuria. Porque mientras yo no me meta en la vida de los demás ¿quién es la Iglesia o el Estado o cualquier poder establecido para decirme lo que debo hacer con la propia?

Para hablar sobre el pecado viene bien extenderse sobre la fiesta que lo celebra: el carnaval. La fiesta de carnaval se remonta a creencias mucho más antiguas. La licencia sexual del carnaval deriva de los primitivos ritos de fecundidad de la tierra y remite a creencias ancestrales que dieron lugar a determinadas ceremonias históricas, en particular las fiestas griegas en honor a Dionisos y las *saturnalia* y *lupercalia* romanas.

La etimología de la palabra carnaval (del italiano *carnevale*, o adiós a la carne) se remonta al medievo, momento en que la tradición se instituyó como sustitución de las *lupercalia* y las *saturnalia* romanas con la excusa de que se trataba de una preparación para la cuaresma, que, como sabrán ustedes, constituye la celebración cristiana de la Pascua de Jesucristo en la que se imponen el ayuno y la abstinencia. El carnaval resultaba, pues, un desahogo permitido, e incluso promovido, por los estamentos superiores, en una semana en la que la Iglesia volvía por una vez a un lado su inquisitiva mirada y, pretendiendo ignorancia, hacía la vista gorda ante unos excesos cuyo precio ya se encargaría de recaudar en cuaresma.

Se suponía que las *lupercalia* se celebraban el 15 de febrero y las *saturnalia* en diciembre o enero. Pero, como los sacerdotes romanos cambiaban el calendario a su antojo para favorecer o perjudicar a tal o cual magistrado, al final de la república el calendario pompiliano se había tornado totalmente opinable, así que no hagan demasiado caso de las fechas y piensen más bien que las fiestas se celebraban cuando hacía buen tiempo. Y punto.

Las *saturnalia* eran las fiestas dedicadas a Saturno y las *lupercalia* las dedicadas a Luperca, la loba que, según la tradición, amamantó a Rómulo y Remo, fundadores de Roma. Pero las más importantes eran las fiestas saturnales, herederas directas de los ritos de Delfos griegos. De hecho, Saturno era un dios tan venerado que el tesoro de la ciudad se custodiaba en los sótanos de su templo.

Son las fiestas saturnales aquellas a las que se supone que el carnaval sustituye, porque la Iglesia comprendió bien que no era cuestión de hacer desaparecer una tradición asumida durante siglos en el inconsciente colectivo.

Durante la semana saturnal las guerras se suspendían, se aplazaban los suplicios, les estaba permitido a los esclavos sentarse a la mesa de los amos y todos los excesos quedaban consentidos. Como bien citaba Plauto, *«en las calendas saturnales cada cual puede comer lo que quiera, ir a donde le plazca, y hacer el amor con quien le parezca, siempre que respete a las viudas, las esposas, los niños y las niñas»*.

Otro poeta, Nomo, describía cómo *«en las orgías saturnales las mujeres, presas de una extraña locura sensual, se entregan sin cesar, corriendo animadas de entusiasmo, a furiosos bailes y juegos, danzando insaciables, bebiendo vino y librándose al desenfreno de los sentidos»*.

Importante resulta destacar esta libertad asumida en

unas mujeres que estaban vigiladísimas el resto del año, y a las que, si se consideraban honestas, sólo les estaba permitido salir de día y por tres razones: ir de compras, visitar a los parientes, o asistir a los oficios religiosos. Porque los paganos habían comprendido bien que el instinto sensual constituía una inclinación tan acendrada en la naturaleza humana que más valía permitirlo aflorar libremente durante determinados días, para garantizar así que el resto del año cada cual se atendría al papel que debía representar en orden a perpetuar la estructura social.

Para los romanos, la borrachera era una cuestión religiosa: cuando uno bebía más de la cuenta el espíritu de Baco se instalaba dentro de su cuerpo, y por tanto el humano dejaba de ser responsable de sus actos. Nuestro derecho ha heredado esa concepción: la ebriedad constituye un atenuante penal, puesto que en el fondo, aunque nosotros los contemporáneos ya ni lo recordemos, no fue el inculpado quien cometió el delito, sino el travieso dios que temporalmente ocupaba su cuerpo.

Nosotras queremos recuperar esta concepción clásica del *frenesí como manifestación de un instinto religioso profundamente acendrado en el ser humano*, y su íntima relación con la agobiante carga del yo, una carga que ya había descrito el filósofo Plotino veintitrés siglos antes de que Freud naciera.

Como bien explicaba el filósofo neoplatónico, no existe peor y más inevitable descubrimiento para el ser humano que la asunción de la propia soledad, la certeza que nos invade poco después de ser destetados de que nadie sangra con nosotros cuando nos cortamos; de que ninguna otra persona va a sufrir, ni en su carne ni en su conciencia, nuestros dolores físicos o espirituales, de que estamos obligados a soportarnos a nosotros mismos, nos gustemos o no, durante veinticuatro horas diarias hasta el final mismo de nuestra existencia, sin posibilidad de descargar en otro esta perenne compañía que nos ha sido impuesta.

Nuestro yo, nuestra alma, nuestro inconsciente, nuestra personalidad, llámele cada uno como quiera, nos hace sentir a menudo más desgraciados que otra cosa y es por eso que a menudo estamos tan ansiosos de perderlo. Las Erinias, por ejemplo, enloquecían a la gente magnificandó hasta el límite el monólogo interior: hacían que una persona fuera tan *sí misma* que no pudiera soportarlo.

Es cierto que de mayores intentaremos, merced al amor, volcar en otro el peso agotador de nuestra identidad. Esfuerzo vano, frustrante e inútil, puesto que acabaremos por descubrir que el amor no supone un consuelo, es más, que se convierte en una fuente inagotable de amargas decepciones e incómodas tensiones. Y que, para colmo, casi nunca es correspondido.

La última posibilidad de deshacerse, siquiera durante un tiempo limitado, del fatigoso lastre de nuestra propia persona, radica por tanto en la libranza a los sentidos, en la completa entrega a los instintos. La idea de perder el control es la que más fascina a la gente controlada. El hombre se ha civilizado mediante la represión voluntaria de su antiguo yo: el yo animal, el yo primitivo, emotivo, apetitivo, sin conciencia de moralidad.

Los griegos, por ejemplo, se entregaban en masa con frecuencia al más sagrado de los desenfrenos: danzas, delirios, orgías, matanzas. Al parecer los participantes de estos ritos se arrojaban a un estado preintelectual en que la racionalidad se sustituía por algo totalmente diferente, inhumano. El triunfo de la barbarie –oscura, caótica e inexplicable– sobre la razón.

No hay que subestimar el atractivo primordial de salir de uno mismo, completamente, porque esta salida, esta huida de la prisión del cuerpo, implica nacer a la vida eterna, lejos de las constricciones de la mortalidad y del tiempo. Librarnos de las cadenas del ser por un instante, suprimir el accidente de nuestro yo mortal, liberar las pasiones en un único estallido.

La embriaguez, el orgasmo, el vértigo de la danza no constituyen, pues, sino el abandono de nosotros mismos a una voluntad superior que se hará cargo de nuestra persona el tiempo que duren el baile, la borrachera, la pasión amorosa o los efectos de las drogas, depositando nuestra confianza más absoluta en poderes vitales sobrehumanos, que nos permiten sentir que la propia vida, en los momentos de extrema exaltación, se funde en un poder divino. En ese sentido, lo que en nuestra sociedad son pecados constituían manifestaciones de gracia para los paganos.

A este sentido pagano del frenesí, a esta mística justificación de la entrega a las pasiones de la carne, lo subvertió la filosofía cristiana, según la cual la sensualidad reside en la carne, mientras que la gracia divina habita en el espíritu. (Durante milenios hemos estado influidos por una religión que consideraba el cuerpo como la cárcel del alma. Pero en cierto modo, es al revés: es la racionalidad, la conciencia, la que le impide a nuestro cuerpo comportarse según sus instintos le dictarían: cuando a mí me apetece hacer pis tengo que esperar a encontrar un lavabo de señoras para hacer feliz a mi cuerpo.) De esta forma se crea la noción de pecado como transgresión de la ley de Dios, que no de la de los hombres. El éxtasis cristiano se obtiene por la vía del espíritu, y se niega por tanto la comunión pagana con la divinidad a través de la sensualidad.

(Esto no impidió, por supuesto, que algunos de los más poderosos príncipes cristianos se entregaran con devoción a orgías que hubieran hecho palidecer de envidia a los paganos. No quiero desviarme en cuestiones no pertinentes y no me extenderé, pues, en la historia de los Borgia. Permítanme recordar, no obstante, el origen de su linaje: Xàtiva, Valencia, España.)

Volviendo a los cristianos, el caso es que ellos tampoco rechazan del todo la carne, puesto que reconocen que fue creada por Dios, asumida por Dios en su propio hijo y transfigurada por obra del espíritu, de manera que los cristianos se permiten afirmar con orgullo en cada misa que creen firmemente en la resurrección de la carne. Paradojas de la religión...

Porque, si bien la carne es terrena y el espíritu divino, ninguno tendría sentido sin el otro, ya que la identificación de cada uno se define por oposición al contrario. Seamos realistas, ¿qué mérito tendría la gracia si no existiese la carne para renunciar a ella?

Nosotras, pecadoras convencidas, hemos de recordar que la figura del pecado constituye, a pesar de las buenas intenciones de sus primeros definidores, una de las aportaciones más sexys de la filosofía cristiana. ¿No decía el propio Buñuel que eran las católicas las mejores amantes? Porque, a qué negarlo, el castigo que al pecado se le atribuye no hace sino aumentar el valor del pecado en sí mismo. ¿Cómo no va a resultar atractiva una transgresión tan valiosa que se pena con una eternidad de calderas humeantes y espeluznantes suplicios?

La conciencia de pecado añade, pues, una dimensión extra de disfrute a los placeres de la carne. Conocedoras del castigo que nos espera, nos resulta lógico que, puestas a pecar y teniendo en cuenta que nos vamos a condenar de todas formas, una vez metidas en harina nos sumerjamos hasta el fondo mismo de la sima del pecado, encenagándonos de tal manera en su lodo que no dejemos un milímetro de nuestra superficie carnal sin contaminar.

Y además, afortunadas que somos las católicas, nuestra religión, a diferencia de las herejías protestantes, introduce la figura del arrepentimiento, una especie de divino ariel de acción reforzada que limpiará de manchas nuestra conciencia hasta dejarla limpia cual las alas de un arcángel, permitiéndonos disfrutar, de paso, de los refinados placeres de la penitencia: el cilicio, la disciplina y la autocompasión, entre otros.

Yo os exhorto pues, queridas hijas de Lilith, a una entrega apasionada al pecado, plena de fe en su valor catártico, confiadas en el enorme beneficio que reporta, siquiera una vez al año, el abandono a los placeres de la carne y la total indiferencia ante las exigencias del espíritu y ante esa racionalidad tirana e impuesta que nos domina durante ocho horas diarias, obligándonos a controlar nuestros instintos y a mostrar una apariencia uniforme, socialmente aceptable y, reconozcámoslo, profundamente aburrida y escasamente satisfactoria.

No hay forma mejor de amarse a sí misma que aceptarse a sí misma y dejarse, pues, llevar por los requerimientos más primarios de nuestro yo. Entregaos pues, hermanos y hermanas, a las libaciones y a los cánticos, al desenfreno de la danza y a los alegres juegos sensuales, y no olvidéis una frase no por mucho repetida menos sabia: amaos los unos a los otros como yo os he amado.

3. ¿A DÓNDE VAMOS?

3.1. UN MUNDO FELIZ. SOCIOLOGÍA DEL MUNDO EN QUE VIVIMOS

3.1.1. Que nos arrastra a todos a este infierno... Una mirada crítica sobre los noventa.

Este artículo se incluyó en el libro: Retrato de un siglo. La mirada de diez escritores *y se reproduce aquí, aunque ampliado, gracias a la colaboración de Julián León, de Temas de Hoy.*

Mi agradecimiento por sus aportaciones a Tonino Martín Guitián, Álvaro Monge y Julián Hernández.

Es curioso cómo una canción fija y clava, con precisión de calendario, momentos de nuestras vidas. La transición de los ochenta a los noventa viene marcada, en mi memoria, con su propia banda sonora, entre cuyos temas destaca, por derecho, una canción: «Smells like teen spirit», de Nirvana. Me interesa citarla porque el suicidio del líder de la banda ejemplifica en cierto modo el espíritu de la década que acabamos de dejar atrás. Una década marcada por una serie de claves que voy a intentar explicar desde una óptica muy personal. No la de la socióloga, que no lo soy; ni la de la escritora, pues entonces provocaría en mis lectores la tentación de valorar la forma de este texto por encima de su contenido; sino como algo entre las dos: una observadora, una superviviente. Para colmo, no se pueden resumir diez años en veinte páginas. Así que he optado por no referirme a las vivencias personales que se filtran, sin embargo, en una recopilación presuntamente objetiva.

Generación X era y es el título de un libro de Douglas Copeland que se convirtió por unos meses en mi biblia. Con esta denominación Copeland bautiza a un sector de treintañeros universitarios que, por coincidir su entrada en el mercado laboral con una crisis económica endémica que marca el fin del capitalismo tal y como lo hemos conocido, se enfrentan a una certeza que marca, como un rito de iniciación, su tardía –por no decir eternamente demorada– entrada en la vida adulta: la convicción de que ellos, los hijos del *baby boom*, jamás llegarán a disfrutar de la calidad de vida que conocieron en su infancia, en los felices sesenta, en una época marcada por el expansionismo y la bonanza económica. Explotados por unos jefes que disfrutan de unos contratos blindados firmados en plena euforia de los ochenta, a ellos les corresponden los que Copeland denomina *mac jobs*, trabajos infrapagados y rutinarios, sin la menor posibilidad de promoción, unas tediosas ocupaciones marcadas por la imagen de la zanahoria al final del palo, en busca de una meta, un ascenso, un cambio que nunca va a llegar. El fantasma del paro, la certidumbre de que un montón de buitres carroñeros revolotean en torno a su puesto de trabajo, les obliga a venderse por lo bajo, a aceptar unos sueldos que ni de lejos se corresponden a sus capacidades. Estos treintañeros se mantienen en condiciones precarias (micropartamentos, microsueldos, microvidas, microsiervos), y no pueden por tanto plantearse la posibilidad de llegar a fundar una familia algún día. Desengañados, los protagonistas de la novela de Copeland optan por abandonar la carrera de ratas y retirarse al desierto. *(En mi caso particular, yo me retiré a vivir del subsidio de desempleo y escribí una novela... Pero ésa es otra historia.)*

El término *generación X*, en España, se utilizó para designar a una generación distinta, de veinteañeros presuntamente iconoclastas y abúlicos, pasajeros en permanente tránsito de sí mismos. Una generación que se resistía a abandonar la casa paterna, que no expresaba el menor interés por encontrar trabajo, que no abrazaba ningún ideal... Pero esta pasividad no respondía, y no responde, como clamaban y claman airadas voces mayores de cincuenta años, al hastío consecuente con una vida excesivamente regalada, sino precisamente a todo lo contrario. Si esta juventud no parece mostrar excesivo interés por el mundo que les rodea, puede que sea porque el mundo que les rodea en nada les tiene en cuenta: no les tiene en cuenta su modelo de estructura social, basado desde su origen sólo en la idea de familia; ni les tiene en cuenta su modelo político, que les ha vendido a los imperativos económicos y que les ha traicionado en cuestiones tan básicas como las relativas a la mera subsistencia. *(A un Gobierno presuntamente socialista le debemos la creación de las leyes que posibilitaron la existencia de los contratos de prácticas, la creación de empresas de trabajo temporal y el despegue estratosférico de los precios de los alquileres –gracias a la famosa ley Boyer–; es decir, la instauración de un marco legal que impide conseguir un trabajo remunerado que permita pagar una casa propia...)* Esta generación se ha encontrado con un mundo en el que las antiguas ideologías de izquierdas, tras el fracaso de los regímenes comunistas, se han revelado ineficaces, mientras que el capitalismo ha dejado de significar la promesa de un desarrollo potencial para cualquiera que se decida a trabajar duro y ha mostrado su cara más amarga: el sistema es un monstruo que no parece dispuesto a acogernos en su seno, que no nos ofrece trabajo excepto en condiciones de semiesclavitud. La especulación inmobiliaria, los alquileres desfasados y los sueldos misérrimos fuerzan a la *generación X* española a permanecer *sine die* en la casa paterna, enquistados en una adolescencia eternamente dilatada, rumiando una frustración inútil, una rabia que no encuentra objetivo al que dirigirse....

(Por no hablar de la integración traicionera y sistemática de todos los líderes juveniles, ideas revolucionarias, opiniones políticas, asociaciones sociales, etc... Para mí ver a la Reina del Glam anunciando en el ABC *un licor estilo Pilé 43 fue el anuncio de que la divertida promesa de acabar siendo un bote de colón se había cumplido y además con un toque de calidad, es decir, de clase, desalentador que convertía a los punkis en ingenuos chiquillos en vez de aguerridos protestones callejeros. Un negro presagio que se confirmó cuando la ex musa de la vanguardia subversiva apareció en* Tómbola *narrando sus intimidades y casorios. El propio Rey del Pollo Frito se ha convertido en un progre bienpensante que queda de lo más* ad hoc *en esos debates televisivos en los que hay de todo menos auténtico debate y que sólo sirven para perpetuar el orden simbólico establecido y una visión dominante del mundo. Eso sí, por lo menos habla bien.*

En ese orden de cosas nos hallábamos al final de los ochenta, como preparación a lo que iban a ser los noventa: desde Dylan visitando al papa a Felipe González pactando con la Alianza Atlántica, pasando por la desintegración del comunismo que se revelaba con toda su realidad, y la instauración de Rappel como única vía espiritual.

Puesta a seguir aberrando, yo me acuerdo del nefasto giro de la Iglesia, que parecía dispuesta a tomar un rumbo progresista de aproximación a los planteamientos de la Teología de la liberación, y que gracias a Juan Pablo, un polaco indestructible cuya mayor meta personal parece ser la consecución del fin del comunismo, es decir, del idealismo social que es la base del cristianismo, vuelve a resurgir como un fascismo de fe, más alejado del pueblo que nunca excepto en las granjas de reinserción de yonquis donde cobra un valor surrealista añadido, y eso sin nombrar a Peret...)

El movimiento *grunge*, nacido en Seattle, cuna del sello musical Sub Pop, expresaba, o eso se suponía, el desencanto de esta generación y su desprecio por un sistema que no les tenía en cuenta, y que para colmo les bombardeaba con unos mensajes publicitarios crueles de puro irónicos en los que a la juventud en cada momento se le confiere un poder maravilloso para disfrutar de la vida según el modelo más irreal posible: guapos, frescos, libres como el sol cuando amanece y para ti, porque eres joven. El título del disco insignia de la causa *Nevermind (Da igual)*, de Nirvana, resume perfectamente esta actitud. De la noche a la mañana se puso de moda un *look* desaliñado que manifestaba el más rotundo desdén por el consumismo y el marquismo que habían imperado en los ochenta. Chicos y chicas se dejaban el pelo largo y se lo teñían de colores imposibles (amarillo peróxido, naranja henna...), dejando bien visibles las raíces negras que evidenciaban que el atuendo capilar era resultado de una chapuza casera y no de un peluquero tan chic e imaginativo como caro. La bandera más visible: el torpe aliño indumentario, raído y descolorido. Para salir de marcha uno no tenía que arreglarse, sino muy al contrario, debía vestir prendas tal que salidas de un ropero de beneficencia. Cuantos más agujeros, remiendos, y zurcidos, tanto mejor. Y para tocar en un grupo *grunge* –cuya filosofía musical se venía a resumir en una refundición de la consigna punk del hágaselo usted mismo, pero sustituyendo la rabia por la apatía– bastaba contar con un instrumento, una guitarra, un bajo o una batería, nada de órganos ni secuenciadores. No se requería virtuosismo musical, ni tan siquiera cierta pericia: bastaba con saber aporrear el instrumento con estudiada desgana y un mínimo, mínimo, de oído musical. Los desgarrones sónicos, los acoples de guitarra, las armonías discordantes se hicieron melodía. Y sobre ella, una voz lánguida y arrastrada, como de quien atraviesa un subidón de heroína (como solía ser el caso).

Desgraciadamente el sistema fagocitó al contrasistema, como suele suceder, y para cuando el *grunge* había llegado a España ya se había convertido en un asunto de niños pijos que jugaban a vestirse de mendigos pero compraban sus Levi´s 501 deshilachados en los mejores centros comerciales. *(La novela* Historias del Kronen, *de José Ángel Mañas, narraba las andanzas de un grupo de jovencitos de esta ralea, que se enrollaban, se drogaban y salían de marcha al ritmo de grupos como los Pixies o The The. En Madrid la sala Revólver –que aparece retratada en mi novela* Beatriz y los cuerpos celestes *bajo el seudónimo de «La Metralleta»– se constituyó en templo de esta selecta modernidad* grungie, *aunque existían otros bares, como el Maravillas, el Agapo o el Louie Louie, que también serían de obligada referencia. De la noche a la mañana un aluvión de grupos indies calcados a imagen y semejanza de los de la escena Seattle –Nirvana, Pearl Jam, Smashing Pumpkins...– inundó las estanterías de las tiendas de discos. Bandas ya desaparecidas o casi como Sexy Sadie, Australian Blonde, Penelope Trip... Nombres en inglés y letras en inglés. Se salvaron de la criba, precisamente, los únicos hispanoparlantes, Los Planetas, todavía en activo a día de hoy.)*

El suicidio de Kurt Cobain ejemplifica la derrota de un movimiento supuestamente contracultural a manos del sistema que pretendía denunciar: el cantante que en su día se había prostituido y había vivido, literalmente, bajo un puente, decidió poner fin a sus días cuando ya se había hecho más que rico y llevaba 50 millones de copias de sus discos vendidas en todo el mundo.

Y ejemplifica también el estado de ánimo general de una juventud que no conoce otro estado de ánimo que la desesperanza. Para Elizabeth Wurtzel, autora del best seller *Nación Prozac* (que sustituyó a *Generación X* a la cabeza de mi *top ten* privado de libros de la década) «*hay algo de enfermo en una generación que venera como líder a un suicida*». Desde su propia experiencia como drogadicta legal, la autora concluía que, si cada momento de la historia podría definirse por su emoción distintiva, había llegado el momento de aterrarse al comprobar que la emoción de fin de milenio se llamaba depresión.

En la época victoriana, por ejemplo, la plaga psicológica se llamaba histeria y era femenina. Las novelas nos cuentan innumerables escenas de desmayos que las protagonistas sufrían al menor contratiempo y que había que aplacar con sales, amoníacos o compresas frías. Las enfermas respondían, en realidad, al clima de opresión y represión sexual que al tiempo le correspondía y al canon de mujer que exigía: débil, sumisa, supeditada al varón, incapaz de tomar decisiones propias.

En los tiempos de Freud, la ansiedad devino la nueva pandemia emocional y así continuó a lo largo de la primera mitad de siglo. La drástica transformación de valores con la caída de los Habsburgo, la Primera Guerra Mundial y sus consecuencias, el vértigo de un futuro impredecible y temido, gestaron un ambiente en el que la ansiedad se convirtió en el tema recurrente de las manifestaciones artísticas, ya fuesen novelas, pinturas, esculturas o películas: recuérdense si no nombres como Kierkegaard, Munch, Giacometti, Murnau...

A punto de cambiar de siglo, la ansiedad no ha desaparecido, pero sobre ella impera una emoción de desaliento, de impotencia, que sobreviene como consecuencia de la frustración. Y ésta no es una mera reflexión literaria. Aterradores datos la sostienen: 340 millones de personas (3 millones en España) sufren de depresión en todo el mundo. Se calcula que en los noventa hay hasta diez veces más personas deprimidas que hace tres décadas, y el índice sigue aumentando día a día. Las personas sufren hoy depresión diez años antes que sus padres. La OMS vaticina que en el año 2020 ésta será la patología que provocará más años de pérdida de vida saludable para la población occidental, en particular para una parte de esa población: se trata de una enfermedad que afecta más en teoría a mujeres que a hombres, y de hecho el 75% de consumidoras de drogas psicotrópicas legales son mujeres.

En este estado de cosas, el Prozac se convirtió en una de las dos pastillas líder de la época, la pastilla legal. Su contrapartida viene representada por una pastilla ilegal, el éxtasis, de la que hablaré más tarde. Pero ambas pildoritas, desde su respectiva posición a uno u otro lado de la línea divisoria que separa el crimen y la honorabilidad, representan lo mismo: la felicidad química, el sustituto de la auténtica paz de espíritu imposible de encontrar en una época caracterizada por las familias desestructuradas, las relaciones violentas, el empleo precario y el sexo infectado.[1]

Desde su comercialización en Estados Unidos a princi-

1. Prozac es el nombre comercial de la fluoxicetina, que en España se vende también bajo el nombre Adofén. La fluoxicetina incrementa los niveles del neurotranmisor serotonina. Su consumo produce un incremento del nivel de actividad mental, reduce la fatiga y combate los desórdenes de atención. Aunque Lily, la multinacional que lo fabrica, asegura que no tiene efectos secundarios, lo cierto es que se da por hecho que el Prozac reduce la libido y el apetito además de crear adicción, al menos psicológica.

pios de 1996 la fluoxicetina se ha recetado a uno de cada dos pacientes tratados por depresión, y acabó por convertirse en el soma nuestro de cada día –¡el fármaco más vendido de la década!– y por tanto un negocio millonario para la Lily, que accedió a la cotización en bolsa precisamente merced a la comercialización de la cápsula blanquiverde. Inmediatamente el resto de las multinacionales farmacéuticas se pusieron manos a la obra para hallar un competidor. El relevo del Prozac parece que va a ser el Seroxat (paroxetina) cuyos efectos (también los secundarios) son similares.

La felicidad química se extiende también a ámbitos más hormonales: el 27 de marzo de 1998 la Comisión para la Administración de Alimentos y Drogas de los Estados Unidos (la FDA) aprobaba la comercialización de otro fármaco que también prometía un paraíso químico: la Viagra. Cuatro mil quinientos agentes de ventas de la multinacional farmacéutica Pfizer llevaban para entonces varios meses encargándose de trabajarse a los urólogos norteamericanos contándoles las maravillosas propiedades del compuesto, para que éstos convencieran a su vez a sus pacientes. La estrategia de marketing no pudo ser más afortunada: en menos de una semana a partir de la autorización de su venta, esta pildorita azul y romboidal había arrebatado al Prozac el título de producto farmacéutico más vendido de la historia. En un mes se estaban prescribiendo, sólo en los Estados Unidos, más de 10.000 recetas diarias de Viagra. Un millón largo de americanos ya han probado el invento.

La Viagra es un fármaco que no alivia ningún dolor ni sana ninguna enfermedad. Es la última de las *lifestyle drugs*, la nueva generación de productos farmacéuticos que constituyen más un divertimento que un tratamiento. Nada que ver con salvar vidas o mejorar la salud: su único propósito es incrementar la calidad de vida, entendida según el paradigma de una sociedad feroz y competitiva que celebra los cuerpos duros, las mentes duras, los corazones duros y los penes duros, y en la cual es inevitable la fascinación por productos como el Prozac y el Viagra. El éxito de este tipo de fármacos ha alterado sustancialmente las directrices (por no decir la ética) de la medicina moderna, que invierte billones de dólares en la búsqueda de un fármaco que controle el apetito, frene la caída del cabello o combata la impotencia, pero que aún no ha desarrollado una vacuna efectiva contra el sida. Y este recién aparecido vasodilatador proerecciones va a suponer, según el color del cristal con que se mire, el amanecer de una nueva revolución sexual o un paso más hacia un mundo feliz huxleysiano, en el que la megaindustria farmacéutica transnacional de fin de milenio determinará nuestros comportamientos.

Mi generación es la primera que ha crecido bajo la creencia de que cualquier problema (una gripe, un abandono, dos kilos de más, la inminencia de un examen) puede ser solucionado con drogas legales (paracetamol, Prozac, Minilip, centraminas). Una generación con el cerebro lavado por una inmensa industria farmacéutica, cuyas energías y recursos se centran cada vez más en el desarrollo de productos rentables, antes que en el logro de verdaderos avances para la ciencia médica. El éxito de un medicamento ya no radica en que cure o no cure, sino en su capacidad para persuadir a las masas y calar en el subconsciente colectivo. Te deprimes, tomas Prozac. No te pones, Viagra al canto. Estamos enamorados de la ciencia e inmediatamente abrazamos cualquier solución que nos proponga, sin pararnos a pensar si se tratará o no de la mejor solución posible.

Incluso si sus efectos secundarios a largo plazo siguen siendo un misterio, la Viagra se ha convertido en el equivalente farmacéutico de *Titanic*, la película más taquillera de la década. Pfizer, el fabricante de Viagra, está encantado porque ha logrado desbancar en bolsa a Lily.[2]

Cuando el Prozac salió al mercado millones de personas se abalanzaron a consumirlo. Yo aún recuerdo cómo en la redacción de la revista en la que yo colaboraba por entonces, una se podía encontrar la cajita de Adofén en uno de cada tres cajones de las redactoras. Y luego, al cabo de unos meses, venían los problemas de insomnio, las depresiones reactivas, los temblores, la hiperactividad. *(Los niveles de consumo de Prozac en España nunca llegaron a alcanzar ni la mitad de las proporciones de los de Estados Unidos, pero es cierto que se puso de moda entre periodistas, ejecutivos, diseñadores y demás profesiones liberales. Las revistas más enteradillas de la época –el* EGM, *el* Ajoblanco*– le dedicaron largos reportajes en los que de una manera más o menos velada o subliminal, se recomendaba su uso.)*

El Prozac se creó, en principio, para tratar las depresio-

2. Aunque el desarrollo del prodigio ha sido tan caro o más que la película (500 millones de dólares, según la Pfizer) amenaza con hacerse más rentable que la catastrofista cinta: se espera que venda en un año unos diez mil millones de dólares, eso sin contar las ventas en el mercado negro y el tráfico ilegal. De todas formas, a la Pfizer le puede durar poco el chiringuito, ya que le están saliendo serios competidores. En breve se anuncia la comercialización de la segunda generación de potenciaerecciones: el Vasomax, que actuaría con mayor rapidez que el milagro azul (trempera garantizada al cabo de diez minutos en lugar de dos horas). Y eso no es todo: los laboratorios de todo el mundo ya están desarrollando la tercera y la cuarta: la apromorfina, que estimula directamente en el cerebro la glándula encargada del rendimiento sexual; y la terapia genética, que podría garantizar meses sin gatillazos merced a una simple inyección.

Al parecer en Nueva York y Los Ángeles uno de cada dos machos ya ha probado la Viagra. Y si según los médicos sólo pueden considerarse impotentes, fisiológicamente hablando, a los hombres que no consiguen una erección, y éstos no llegan al 2% de la población masculina, debemos concluir que el 48% restante de los habitantes humanos varones de NY y LA han probado la pastillita no porque no puedan conseguir erecciones, sino porque no están contentos con la duración o disponibilidad inmediata de las mismas.

nes endógenas, esto es, las causadas por un problema neuronal de recaptación de serotonina. Pero de la noche a la mañana, y merced a una ingente campaña publicitaria, lo que debía ser un tratamiento específico para una enfermedad concreta se convirtió en la pastillita de la felicidad, en la panacea para todos los problemas, y el personal se metía Prozac porque su novia le había dejado o porque no aguantaba a su jefe.

De forma parecida, la Viagra, que en principio debería utilizarse exclusivamente para el tratamiento de disfunciones eréctiles graves (pues sus efectos secundarios pueden ser altamente peligrosos), acabó utilizándose como vía para la consecución del rendimiento sexual perfecto, el exigido por una sociedad aterradoramente uniformadora.

En *Un mundo feliz,* John Savage se negaba a aceptar la tiránica perfección de un mundo creado por laboratorio y habitado por individuos eternamente felices merced al consumo de una pastilla mágica (el soma). ¿Les suena? *«Reclamo mi derecho a ser infeliz. Mi derecho a crecer viejo, gordo e impotente»,* proclamaba. La calidad del sexo no se mide en centímetros y un polvo de tres horas no constituye, de por sí, la apoteosis de una relación. Una pastilla no sustituye al buen entendimiento entre dos personas, ni a la confianza en uno mismo. Y un sistema que nos ofrece la felicidad en comprimidos, porque nos niega el tiempo necesario para alcanzarla por nosotros mismos, es un sistema enfermo.

A la pregunta de por qué necesitamos tan desesperadamente una dosis de alegría artificial se me viene a la cabeza una respuesta obvia: muy poca gente soporta las exigentes expectativas de una sociedad que requiere de cada uno la adecuación a un imposible ideal de perfección. Mi generación ha crecido acribillada por unos mitos culturales y un bombardeo mediático que hemos asimilado desde nuestra más temprana infancia y que nos exhortan a triunfar enseñándonos cómo conseguir el éxito, bien sea en los negocios, en los deportes, en la literatura o en el amor.

Para ilustrar esta idea me remito a sendas conversaciones con dos de mis mejores amigos. El primero, un director, había estrenado su ópera prima. El segundo, un showman televisivo, me había traído a casa un ejemplar de su primer libro.

Pensarán ustedes que conversé con dos individuos felices, encantados de la vida de haberse conocido y de haber logrado conseguir lo que sólo unos pocos privilegiados alcanzan: la posibilidad de hacer llegar su mensaje a una masa potencial de individuos a través de los canales de una industria que es más que selectiva a la hora de decidir a quién le permite publicar o estrenar. Pues no, señores, con lo que me encontré fue con dos tipos agobiados y hechos un manojo de nervios, venga a darle vueltas al mismo tema: *¿venderá el libro?*, *¿arrasará la película en taquilla?* Es decir, *¿triunfaré?* No hubo manera humana de convencerles de que en realidad ambos son personas estupendas con o sin libro o película, y que si sus obras no conocieran el éxito comercial eso no mermaría la calidad de éstas, ni mucho menos la valía personal de sus autores. Hay que decir en descargo de estos dos señores que a día de hoy ambos viven presionados por las expectativas de su respectiva editorial/productora y son conscientes de que la posibilidad de que sus segundas obras vean la luz depende en gran parte del éxito que conozcan las primeras.

Así, no se nos permite considerar el fracaso –entendida la palabra como la no consecución de unas metas impuestas desde fuera, es decir, como el hecho de no descollar en alguna actividad profesional o creativa por encima del resto de los mortales, como la negación de la ilusión de dominar a unos cuantos que sentimos por debajo de nosotros– como una posibilidad tolerable, y mucho menos como un camino asequible y quizás inevitable de autotransformación y de una mayor comprensión de la condición humana. Nuestra cultura nos ofrece muy poco apoyo para ayudarnos a fracasar con elegancia o con provecho, para enseñarnos a aprender de los errores, para conseguir aceptarnos y querernos, para evolucionar como adultos resistentes a la frustración.

(Además de que curiosamente la medicina psiquiátrica se ha instaurado como un excelente sustituto o complemento de la mística que todos de alguna manera necesitamos para comprender nuestra misteriosa presencia en este mundo, representada en la comunión con un concepto tan difícilmente comprensible como Dios: las pastillas que nos comunican con nuestro interior.)

Y lo peor es que el éxito no garantiza la felicidad. Ambos términos no son sinónimos, aunque pudiera parecerlo, y no están relacionados de un modo casual, pues de ser así Marilyn Monroe, Mark Rothko y Jean Michel Basquiat, por poner los tres primeros ejemplos que se me vienen a la cabeza, no se habrían suicidado. El éxito tampoco asegura la valía, y no me voy a poner aquí a dar ejemplos de perfectos inútiles que han triunfado y que estarían en la mente de todos, pero baste decir que Adolf Hitler fue un gran triunfador en la cúspide de su carrera política.

Por si sirve de algo añadiré que yo recuerdo 1998 (el año Nadal) como uno de los peores de mi vida adulta. Estaba sometida a un estrés que no había conocido hasta entonces (un campanilleo imparable del teléfono que me transmitía el acoso de un enjambre de periodistas empeñados en que les respondiera a entrevistas más o menos insidiosas o insultantes, y una vida privada inexistente merced a los tiránicos compromisos de promoción que me hicieron recorrer media España en una desquiciada gira digna de la Pantoja); sufrí una infección de riñón bastante grave y dolorosísima que a punto estuvo de mandarme al otro barrio (porque no pude tratarla a tiempo debido a los problemas logísticos anteriormente citados); mis relaciones personales eran caóticas, por utilizar un eufemismo digno (obviamente si no dispones de tiempo para atender a tus amigos y amantes, dejas de contar con ellos)... Y sin embargo, cada vez que me encontraba con un conocido por la calle me daba de narices con el mismo saludito: *Hombre, Lucía, ¿qué tal?... Estupenda, ¿verdad?... Ya veo que te va fenomenal, que estás vendiendo muchísimo...*

Supongo que no hará falta que les explique la moraleja.

La falsa mitología de la igualdad de oportunidades más la obsesión por la satisfacción inmediata han hecho creer en el sueño americano: que todo el mundo es capaz de alcanzar con rapidez cualquier cosa que se proponga. Nada más falso. Nuestra sociedad sigue siendo desigual y jerárquica, con unas variaciones salvajes en los niveles de renta de los individuos según su situación en la pirámide social, y un cambio en el estrato económico es mucho más dificil de conseguir de lo que se nos quiere hacer creer. *(No en vano en España mantenemos un sistema monárquico, esto es, un constante recordatorio de que, diga lo que diga la Constitución sobre que todos somos iguales ante la Ley, se es según se nace.)* Nos enseñan a creer que el éxito económico, profesional o social constituye la meta imperativa de cualquier proyecto vital. Crecemos sin que nadie nos ayude a desarrollar la necesaria resistencia a la frustración que implica la madurez. Para colmo, la edad de más, como los kilos de más, se asocian con la idea del fracaso, de forma que inevitablemente cualquier ser humano está condenado a acabar en permanente guerra contra sí mismo. La cultura de la droga legal se ha creado para mantener a esta falsa estirpe de triunfadores. Parafraseando a Shakespeare: ¿cómo huir de un cielo que nos arrastra a todos a este infierno?

(No acaba ahí la cosa, entiendo yo, si no que se extiende desde el miedo al fracaso al HORROR CERVAL de no ser «normal», entendiendo la normalidad como el pertenecer a un grupo, puesto que hasta los disidentes de una norma social, lejos de querer explicarse, constituyen su propio segregacionismo. Ya no se busca tanto el éxito por el éxito como la simple, pura e inexistente normalidad. Y lo que es peor, en esa búsqueda de la homogeneidad social es donde radica la falta de entendimiento entre las personas de nuestra década. Y así se explica uno de los mayores fracasos del movimiento gay, como explicaré más tarde.)

Y ahora, pasemos a las drogas ilegales: El suicidio de Kurt –un heroinómano conocido– marca en cierto modo la muerte del rock. El rock conoció el mestizaje e incorporó elementos de otras subculturas musicales y de pronto, sorpresa, el rock se fundió con la música electrónica. De la misma forma la indumentaria urbana adoptó elementos de otras subculturas en una especie de amalgama delirante: el *piercing* de los sadomasoquistas, el teñido de los antiguos punks, los pantalones de campana hippies, la bisutería setentona, las cuarzos *new age*... Más que nunca el atavío no busca reflejar algo en concreto como la posición social –una de las bases de la vestimenta–, sino disfrazar la falta de discursos, de pensamientos, o de metas. Nunca como ahora la gente joven se ha travestido en tribus sin ningún objetivo real, excepto el de reunirse para bailar o tomar unas copas.

A mitad de los noventa, el rock ha muerto, viva la *dance culture*, que es una nueva refundición más (otra vuelta de tuerca) del espiritu punk, ¡hagáselo usted mismo! Pero ahora ya no hace falta una guitarra, basta con un ordenador, unos platos de Dj y ningún tipo de reparo a la hora de apropiarse de lo ajeno, musicalmente hablando. Ha nacido la técnica del *sampling*, esto es, escoge usted la canción que más le apetezca, reproduce el riff de guitarra, la línea de bajo o el soniquete del órgano y, merced a las habilidades de su ordenador, lo incorpora a ese bonito tema que está *componiendo* (es un decir). Lo que consigue usted es una música repetitiva, hipnótica, fractal, que a base de repetir machaconamente un mismo elemento puede cambiar el estado de ánimo de quien lo escucha, bien sea para incitar la euforia *(la «electronic body music» o «música máquina» incorpora 320 BPM –beats per minute– para acelerar el pulso)*, la meditación *(la música «trance» reproduce el tempo de los ritos tribales para incitar a un sujeto a la contemplación mística)*, el romanticismo o quién sabe si el sopor *(la música «ambient», despaciosa, fluida, cristalina, está diseñada para tranquilizar el ánimo)*...

Cambio de cultura musical, cambio de droga. Si la heroína había sido la droga del *grunge*, el éxtasis se convirtió en la pastilla del tecno.[3] En Inglaterra se describieron quince casos de muerte por ingestión de éxtasis (MDMA) entre 1994 y 1995. Las víctimas presentaban un cuadro de

3. La metilenedioximetanfetamina o MDMA es un compuesto químico semisintético que se ha convertido en una de las drogas recreativas más populares y en la droga por excelencia de la cultura de baile. Se vende normalmente como pastilla o cápsula y la dosis normal se establece en unos 80-160 mg. Ingerido oralmente su efecto se manifiesta a los 30-45 minutos de la toma. Los efectos primarios (euforia y empatía generalizadas y agudización de los sentidos) duran unas dos horas. Los secundarios (bienestar general) pueden durar días. Los terciarios, indefinidamente. Antes de que se declarara ilegal se empleaba en tratamientos psiquiátricos, como antidepresivo y para facilitar la empatía entre paciente y terapeuta. El cuerpo humano desarrolla muy rápidamente tolerancia al MDMA, de forma que el compuesto pierde su efectividad a partir de unas doce tomas.

deshidratación, hipotermia severa y coagulación intravascular. En todos los casos habían sufrido un colapso después de permanecer horas bailando bajo los efectos del éxtasis, sin recibir la hidratación adecuada. Habían sucumbido víctimas de los encantos de las *rave*, las imparables sesiones de baile que se organizaban en un principio al aire libre, en cualquier espacio más o menos desierto que viniera al caso *(en la Playa de la Barceloneta, a día de hoy, se siguen organizando)* y que acabaron ocupando el espacio de los *clubes* (ojo, que ya no se llaman discotecas). El baile ya no se utilizaba, como en las discotecas de los setenta, a modo de ritual de cortejo, para facilitar la exhibición de los encantos hormonales del travolta de turno, sino para amalgamar a los danzantes en un estado extático de comunión espiritual. *(La verdad es que la toma de una pastilla tiene mucho que ver con el verdadero sentido de la comunión* [*unión común*]*: 1.º la de gozar de un bien espiritual, compartido –si has estado bailando sin haber tomado la misma droga que el de al lado no hay comunicación– como partes de un mismo cuerpo; y 2.º la de profesar la misma fe, es decir, la de no tener ninguna fe en la realidad tal y como nos la presentan. Es una interpretación un poco exquisita, pero mi formación de letras me obliga a utilizar las palabras en mi provecho. Además, también puede una jugar con el concepto de inocencia que tienen los oficiantes, es decir, el joven de los noventa tiene la idea de que él no puede actuar de ninguna manera sobre el mundo en el que vive sino sólo sobre sí mismo, con lo cual se declara inocente en un enrevesado regreso a la religiosidad más tradicional, sólo que a través de medios modernos.)*

En el Hacienda de Manchester, en el Heaven de Londres, en el Cream de Edimburgo, en el Damn de Amsterdam, en el festival tecno de Berlín, en el Sónar de Barcelona, en las playas de Ibiza, en el Apolo de Barna, en la ruta del bakalao de Valencia, en el Attica de Madrid, las *raves* –o sus derivados, reuniones más o menos *cool*, más o menos cerca de la música máquina antes que del *dance*– retoman el sentido pagano del frenesí, de la trascendencia a través del baile... La embriaguez, el vértigo de la danza no constituyen, pues, sino el abandono a un estado alterado de conciencia inducido desde la música o la química que se hará cargo de nuestro cuerpo y de nuestra mente el tiempo que dure el baile, o los efectos de las drogas.

Parte de mi vida la paso en Londres –por cuestiones sentimentales que no vienen al caso–, una ciudad muy, muy, muy bonita, muy, muy, muy cara y muy, muy, muy grande, con lo cual una se pasa el día andando sin parar de aquí para allá y rumiando aquellos versos de Vallejo que decían «*abandona esta triste ciudad peripatética*».

Bueno, la triste ciudad peripatética en cuestión tiene una vida nocturna de lo más particular, consistente en: a las once se cierran los pubs, de forma que la única opción que le queda a una noctámbula de pro como yo consiste en meterse en un club de entrada restringida y carísima en el que atrona un pandemónium de sonidos sintetizados y en el que el personal deambula *peripatéticamente* con una extraña cara de felicidad. Emborracharse es dificilísimo, puesto que el alcohol es caro y escaso (un gin tonic de por aquí contiene la mitad de la mitad de la mitad de la ginebra que me pondrían en España), así que los peripatéticos danzantes sobreviven merced a unas pastillitas blancas que les proporcionan la necesaria dosis de euforia artificial para digerir la noche del sábado. Unas pastillitas que están por todas partes y que, mira por dónde, son ilegales.

La compañía farmacéutica Merck patentó el MDMA en 1912. Nunca se comercializó y la patente no especificaba sus usos. En 1953 el ejército de los Estados Unidos hizo experimentos con esta sustancia, entre otras, a fin de comprobar si podía utilizarse para desorientar a tropas enemigas. Pero no fue hasta 1965 cuando el farmacéutico Alexander Shulgin se decidió a estudiar en profundidad los efectos psicotrópicos de la droga. Tras obtener un doctorado en bioquímica por la Universidad de Berkeley, California, Shulgin obtuvo un puesto en el departamento de investigación de la compañía Dow Chemicals, para quienes diseñó un insecticida que obtuvo tamaño éxito en su comercialización como para que la compañía se decidiese a premiar a Shulgin con su propio laboratorio y le concediese total libertad para encaminar sus investigaciones hacia la dirección que más le apeteciera.

Más tarde Shulgin describiría sus experiencias en un libro coescrito junto con su mujer, Ann, y titulado *PIHKAL*, abreviatura para *Phenetylamines I Have Kown and Loved*. Una combinación de autobiografía, descripciones gráficas de los efectos de diversas sustancias psicodélicas e instrucciones para sintetizar hasta 179 drogas de diseño (pero no se hagan ilusiones: solamente un químico con la carrera acabada y con un buen laboratorio a su disposición podría seguirlas). En el libro, Shulgin concluía que entre todas las sustancias estudiadas, el MDMA constituía la herramienta terapéutica más apropiada para el tratamiento de las enfermedades mentales. «*Los efectos del MDMA podrían considerarse únicos* –escribía– *porque: 1.º se consigue una ruptura rápida y significativa en las defensas del individuo; 2.º puede facilitar una significativa oscilación desde un estado de mínima autoestima y autopercepción negativa hacia otro de amor hacia uno mismo y, por extensión, hacia los demás; 3.º anima al paciente hacia un cambio desde un estado de terror y aislamiento hacia la necesidad de compartir sus vivencias, y 4.º a partir del momento en el que el MDMA facilita una actitud positiva y la empatía entre paciente y terapeuta, los individuos progresan con mayor facilidad en la toma de decisiones.*»

De esta manera, durante los años sesenta y setenta el MDMA se utilizaba básicamente como coadyuvante para la terapia psiquiátrica. La sustancia era de uso legal hasta el año 1985, pero las compañías farmacéuticas no podían comercializarla debido principalmente a dos razones: la primera porque la FDA (Food and Drug Administration) prohibió su experimentación en humanos. La segunda, la más importante, la que realmente supuso un obstáculo a la explotación comercial del MDMA, residía en el hecho de que el MDMA ya había sido patentado, y aunque la patente hubiera prescrito hacía años, una droga no puede ser patentada por segunda vez. Antes de comercializar un nuevo medicamento una compañía farmacéutica debe probar que los riesgos de experimentación están justificados debido al potencial curativo de la sustancia, lo que implica largas, complicadas y caras pruebas en humanos. Y la única manera de recuperar la inversión que estas pruebas supondrían sería mediante la comercialización en exclusiva del producto, que sólo puede obtenerse cuando se posee la patente. De forma que, al no poder comercializarse legalmente, en el año 1985 se prohibió su venta.

De aquí deriva el absurdo de que el Prozac y el Seroxat sean legales mientras que el MDMA (el *Éxtasis*, como se conoce en la calle) siga considerándose una droga tan peligrosa como la heroína. En realidad empieza a ser peligrosa precisamente por ilegal, puesto que al no existir un control de calidad y al resultar prácticamente imposible poder determinar el contenido de una pastilla a primera vista, los consumidores se acaban metiendo comprimidos que son una mezcla de heroína, anfetaminas, efedrinas, aspirinas y cal de la pared. Entretanto el alcohol y el tabaco siguen siendo legales (e inmensamente lucrativos). Lo dicho: que vivimos en la cultura del absurdo.

Hay que insistir en la imposibilidad de separar la cultura *rave* de las drogas, sobre todo del éxtasis. El éxtasis funciona como combustible y lubricante de una gigantesca subcultura. Música y drogas, combinados, ofrecen un efecto mayor que la suma de sus partes. Es lo que en física se llama sinergia y en farmacología potenciación. La música electrónica, con su textura sinestésica y sus contagiosos ritmos, parece especialmente diseñada para enfatizar las emociones que la química libera. Integrarse en una *rave* es una de las sensaciones más placenteras que existen, pero el problema es que no es duradera: se necesitan drogas para acelerar el sistema nervioso, y el cuerpo humano no está diseñado para soportar tanto desgaste. Las drogas aflojan la tiránica sumisión al yo, pero también, en la bajada, desencadenan todos los fantasmas predadores que uno lleva dentro. El éxtasis incita a una especie de fervor flotante que convierte al más banal riff de sintetizador en una oración plena de significados radiantes. Pero al final de la noche, cuando los efectos desaparecen, uno cae en la cuenta de que toda la energía y el idealismo del baile han sido movilizados, en el fondo, para nada. En este sentido la cultura de baile puede ser considerada la experiencia posmoderna definitiva: gasto sin recompensa, discurso sin contenido, cultura sin referente, masa sin jerarquía, religión sin dios.

Al final los elementos más subversivos de la cultura *rave* son los que probablemente potencien su destrucción, es decir, su inevitable asimilación por el sistema. Porque la cultura *rave* no tiene ningún fin político, amén de su propia propagación. No se asimila a la bienpensancia (de hecho está bastante perseguida, dado que las *rave* están prácticamente prohibidas en media Europa y el consumo y la venta de MDMA penado a nivel mundial), pero tampoco intenta defenderse del sistema que la margina. Se trata de una unidad sin objetivo, apolítica, que no celebra nada excepto la propia celebración. Nunca ha tratado de transformar la realidad, sino de alejarse de ella por un rato, o más bien, por un fin de semana: 48 horas transformados por la metanfetamina, en las que desahogar toda la rabia y la frustración acumuladas de lunes a viernes, para volver a integrarse en la maquinaria del sistema al lunes siguiente. La cultura de la *rave*, con sus intensas experiencias psicotrópicas y sus pulsos sónicos, no es sino una experiencia de autismo colectivo. Al final, el propio sistema que condena las drogas se aprovecha de ellas, porque así es como se mantiene a los individuos controlados y aborregados, sin capacidad de protesta o de cuestionamiento.

El éxtasis, como decía, se ha convertido en la droga tecno, la droga del *dance*, de la música electrónica. El concepto de la creación fragmentaria y fractal que supone la música electrónica se aplica también al arte plástico de final de la década: del *collage* cubista hemos llegado a la creación por ordenador. El arte electrónico, por su propia naturaleza, permite la apropiación y la manipulación infinita de todo tipo de elementos previamente concebidos. Cualquier material queda a disposición del artista para innumerables reinterpretaciones y reinterpretaciones de reinterpretaciones. La autoría pierde por tanto toda significación. El palimpsesto es el rasgo característico del nuevo arte, y en el futuro, por qué no, de la nueva literatura (algo que predijo Joyce en el *Finnegan´s Wake*). En realidad, y resumiendo, el arte del siglo XX consiste en la descontextualización, esto es, yo saco de su sitio esto y lo otro y lo designo. Así consigo transmitir un mensaje, quizá desesperado, quizá sarcástico, a mis colegas de viaje (véase seres humanos que viven en un pequeño planeta quince mil millones de años –o así– después del Big Bang) en el que puedo plasmar todo lo que me rodea, todo lo que yo soy, todo lo que podré llegar a ser. Esta idea –no sé si llega a concepto filosófico– no parece suficiente, sin embargo, para aterrizar con orgullo y entusiasmo en el nuevo milenio. Quizá estamos haciendo un negativo fotográfico de lo que fue el anterior cambio de siglo: no hay nada que nos asombre, miramos al cielo y no soñamos con naves intergalácticas, no imaginamos máquinas maravillosas que nos cambien la vida, no creemos en la utopía (¡pobre H. G. Wells!). ¿Por qué?, se preguntarán ustedes. Pues por una razón muy sencilla: porque, mal que bien, ya tenemos todo eso, y nos ha salido mal. En definitiva: el futuro ya no es lo que era:

El futuro ya está aquí.

En el *Mundo feliz* descrito por Huxley, el proceso reproductor ha pasado a manos de los biológos que controlan la cantidad y la calidad de futuras generaciones desde sus laboratorios. Los seres humanos se producen en serie y grupos enteros se clonan a partir de un mismo óvulo para satisfacer los requerimientos laborales previstos; de forma que estos grupos, clasificados de antemano en cinco variedades, dentro de una gama que abarca desde los superdotados Alfa Plus, futuros dirigentes, hasta los imbéciles Epsilon Minus, destinados a la realización de los trabajos manuales menos gratos; y entrenados para la aceptación de su vida futura merced a rigurosos métodos neopaulovianos: el electroshock asegura el odio a la naturaleza y los libros –puesto que la economía consumista requiere de la afición a las distracciones y deportes caros– y la hipnopedia garantiza la asimilación social, ya que desde temprana edad los niños del Mundo Feliz, que conviven en alegres dormitorios comunales, asimilan en su sueño mensajes destinados a moldear sus mentes de acuerdo al pensamiento del grupo dominante... Estos grupos humanos, decía, se integrarán sin fisuras en las capas jerárquicas e inamovibles del tejido necesario para que el organigrama social funcione a la perfección. Puesto que las hembras humanas ya no conciben en el Mundo Feliz (la probeta lo hace por ellas) la sexualidad, liberada de todo sentido de pecado u obligación reproductora, se convierte en un grato ejercicio, sin subordinación al afecto, la pasión o la fidelidad. La inmunología ha acabado con las enfermedades, la geriatría garantiza una vejez estética, y la muerte, cuando llega, es rápida, indolora e invisible. El cine sensacionalista proporciona la vivencia de toda clase de emociones fuertes sin necesidad de abandonar la incomodidad de la butaca. Y si alguno sufriera un ligero acceso de melancolía, se puede recurrir al soma, la euforia artificial, una droga inofensiva, no sólo legal sino recomendada por el sistema.

De hecho, ya vivimos en el Mundo Feliz. Resulta sorprendente hasta el terror comprobar lo acertado que estuvo Huxley en sus predicciones. La silicona nos proporciona unas hembras que no tendrían nada que envidiar, en cuanto a neumaticidad, a la mismísima Lenina; el soma se llama prozac o seroxat; la fecundación *in vitro* ya está a la orden del día, un equipo de científicos surcoreanos asegura haber clonado embriones humanos; la cultura del corazón ha invadido los medios de comunicación; los complejos equipamientos de los gimnasios carísimos sustituyen al deporte al aire libre; la publicidad de los cines y la música ambiental de los supermercados incluye mensajes subliminales destinados a inducirnos a la compra...

Y sin embargo, visto lo visto, parece que vivamos en el menos feliz de los mundos.

Retomando el tema de la música *dance* y asociándolo al de la felicidad, tengo que hablar de una comunidad que se ha autodenominado alegre y que ha hecho de la música de baile uno de sus signos de identidad. Los noventa han sido la década del orgullo gay, de la salida del armario colectivo. Mientras parecía que el resto del planeta se estaba sumiendo en la más negra depresión comunal, la comunidad gay se volvió más *alegre* y orgullosa que nunca, y se esforzó en reivindicar su presencia de los más diversos modos y maneras. La subcultura gay tomó al asalto los medios de comunicación y si hasta anteayer, como quien dice, uno debía esforzarse por ocultar su condición fuera del *ambiente* (es decir, fuera de las casas de los amigos *entendidos* o de los bares y las discotecas gays) de pronto parecía que lo *chic* era ser gay y que ser heterosexual estaba completamente *out*. George Michael reivindicó *alegremente* su condición sexual en la pasada entrega de los premios MTV (eso sí, unos policías habían tenido que pillarle *in fraganti* en unos urinarios públicos de California para que decidiera hacerlo), Brett Anderson, de Suede, declaraba con orgullo que él se consideraba *«un bisexual que no ha conocido una experiencia homosexual»;* y de la noche a la mañana, en nuestro país, un aluvión de revistas gays *(Shangay, Entiendes, Odisea, Zero)* aparecieron en los quioscos exhibiendo con orgullo desde la portada su condición homosexual, algo impensable en los ochenta, cuando la subcultura gay era eso, subcultura, y no se atrevía a salir, ya no del armario, sino de los estrechos y constrictivos límites del *ambiente*. Actualmente hay tiendas de ropa gay, agencias de viajes gays, servicios domésticos para gays (el chico que limpia mi casa vino recomendado por esa vía)... Si uno quiere, puede vivir en un mundo exclusivamente homo y no relacionarse en absoluto con la cultura heterosexual.

Un tipo de vida exclusivamente gay, en un mundo de servicios gays (prensa, médicos, abogados, fontaneros, revistas, agencias de viajes, bares, librerías, hoteles...) se hace tan intolerante como la sociedad bienpensante de la que presuntamente se defiende. El barrio de Chueca en Madrid se ha convertido en los noventa en una microciudad dentro de la ciudad, donde la mayoría de los comercios y los residentes proclaman con orgullo su opción sexual. Es cierto que *el ambiente* facilita la sensación de protección, reconocimiento y solidaridad. Pero también la automarginación y la imitación de conductas intolerantes más propias del sistema bienpensante que de un colectivo que se supone tolerante por definición. A veces se critica lo diferente, de la misma forma que al homosexual siempre se le ha marginado, atacado, insultado o temido por diferente.

En resumidas cuentas: de la misma manera que el sistema fagocitó a la contracultura *grunge* y acabó haciendo un asunto de ropa de temporada de El Corte Inglés lo que en principio se concibió como movimiento de protesta *(no había más que ver a Carlos Galán –el factótum del imperio Subterfuge, el sello discográfico bastión de la música independiente española de los noventa– recogiendo un premio Ondas concedido por la Cadena Ser para entender lo que quiero decir)*, también asimiló a la contracultura gay y la convirtió en un segmento de mercado más, un grupo de población representativo en los estudios de marketing. La liberación sexual que el movimiento propuso en su día ha desaparecido como reivindicación y ahora cualquier pareja gay lo que quiere es su enlace monógamo, su chalet en Pozuelo y sus vacaciones por matrimonio, como todo el mundo. Es decir, la pareja gay se convierte en un calco de la familia nuclear de toda la vida –varón productor, mujer distribuidora– y se incorpora con la mayor alegría a la sociedad que hace tan poco la condenaba. Teóricamente este receso conservadurista vino provocado por la epidemia de sida, que impulsó a un cambio de costumbres en lo sexual y al abandono de una promiscuidad que podría ser mortal, pero creo que, en realidad, el colectivo se ha dejado seducir por el lavado de cerebro de los medios de comunicación, que no por casualidad han hecho de las noticias del corazón la baza máxima en los contenidos «informativos» (es un decir) de los últimos años.

No suelo leer prensa del corazón, ni siquiera cuando voy a la peluquería. De hecho, casi nunca voy a la peluquería. Sin embargo, gracias a las portadas de las revistas, colgadas como jamones de las paredes de los quioscos, ya sé, como todo hijo de vecino, quién es Rociíto, quién es Maribel Sanz, quién es Chonchi y hasta quién es el novio marroquí de Chonchi. No me pregunten, eso sí, a bote pronto, cómo se llama el ministro de Industria, que lo tendría que consultar, como todo hijo de vecino.

La prensa del corazón es un montaje orquestado que vive de las mentiras de unos personajes que viven a su vez del *cheque-press* (dícese en argot profesional de la venta pactada de un reportaje, un negocio inmensamente lucrativo y que no cotiza a Hacienda), y que se prestan a vender las noticias de sus romances, matrimonios, hipotecas, bautizos, divorcios, nuevos romances..., fingidos en la mayoría de los casos.

La prensa del corazón, que ha existido siempre, pero que se ha convertido en las postrimerías de siglo en el gran negocio mediático, no hace sino reproducir los esquemas sociales obsoletos que demandan nueve millones de lectoras. Nueve millones de sufridoras con maridos que les ponen los cuernos, o que no se las follan, o que las maltratan o que las ignoran, y que quieren creer que a otras mujeres, por mucho dinero que tengan, les sucede lo mismo, para así sentirse un poco menos solas. Lo que las estrellas del negocio (las Anitas, Rociítos, Isabeles y demás) consiguen del público es la bolsa. Lo que las lectoras obtienen de las estrellas, la vida. Y así, este negocio del absurdo mueve 50.000 millones de beneficios, algo así como quince veces el Producto Interior Bruto de Sudán.

El paradigma de esta *corazonización* de los medios es un programa que se llama *Tómbola*, un espectáculo hortera, zafio, chusco y políticamente incorrecto, cuando menos. Y muy gracioso, según algunos. A mí, en principio, ni me va ni me viene que a dos señoritas les entretenga ponerse a caldo en público (en la plaza de mi barrio las heroinómanas y las prostitutas protagonizan a diario escenas similares). Lo que ya no me parece tan divertido es que a una de ellas le están pagando cuatro kilos por hacerlo, y a la otra quinientas mil pesetas cada semana. Lo que no me parece tan divertido es que semejante dispendio salga de las arcas de una televisión pública que se paga a través de mis impuestos (el 56% de lo que gano). Telemadrid, ente público deficitario, compra este programa a Canal Nou, ente público igualmente deficitario, con la excusa de que es el programa de mayor audiencia de la cadena. Cualquier programador sabe que la audiencia se crea: sitúe usted un programa en *prime time* el tiempo suficiente, acostumbre al público a verlo, y *voilà* (es lo que pasó con «CQC»). Así las cosas, el mantenimiento de semejante programa en una cadena pública suena más a maniobra del aparato del poder (mantenga al personal obsesionado con el aparato del conde Lecquio para que no piensen en el paro ni en el lino) que a contraprogramación. A fin de cuentas, la programación la decide el Director General de la Cadena, designado por el Gobierno.

Por último, la segunda mitad de los noventa viene caracterizada por la emergencia de lo que se ha dado en llamar *tercera ola feminista*. Una corriente de pensamiento que en Estados Unidos vendría representada por ensayistas como Naomi Wolf, Camille Paglia, Katie Roiphe, o Christina Hoff-Summers, entre otras. En España esta corriente no se ha traducido en un movimiento concreto, pero sí quizá en un estado de opinión que ha posibilitado el éxito de figuras políticas como Cristina Almeida y Carmen Alborch, y en cierto modo de la mismísima Loyola de Palacio, que integra la contradicción de liderar una lista conservadora simbolizando casi un icono feminista de mujer fuerte y autogestionada cuyas acciones importan más que su físico (al contrario que el resto de las mujeres de su partido, todas oros, mechas y perlas, el atuendo y las maneras de Loyola siempre se han caracterizado por su sobriedad).

En España muchas mujeres como yo (mis propias lectoras, según puedo deducir de las cartas que recibo) hemos conocido serios conflictos, sobre todo en la adolescencia, al reconocer nuestra condición de *diferentes* en una cultura que prima lo heterosexual, y por ende, la diferenciación de géneros según unos patrones tradicionales que no nos conciernen. En el cine, en la publicidad, en la televisión no se ha mostrado un tipo de mujer que no se adaptara al patrón de la cultura heterosexual dominante, es decir, que no funcionase como apéndice más o menos decorativo del varón de turno.

La aparición a finales de los noventa de una serie de iconos culturales que entronizan a la mujer fuerte, «masculina» en sus comportamientos (Madonna, Sharon Stone, Courtney Love, los autorretratos de Cindy Sherman, la superheroína virtual Lara Croft...), preconizan un nuevo modelo de lo femenino que se supone será el que predomine en el nuevo milenio. Un modelo envuelto en el lenguaje de la heterosexualidad, pero que al mismo tiempo atrae conscientemente una mirada lesbiana, una transformación premeditada del juguete masculino en camarada femenina, que aparece en un momento cultural en el que existe la posibilidad de adoptar pública y explícitamente los modos y lenguajes de una subcultura gay y lesbiana para nuestros propios fines comunicativos. En este sentido el éxito de la heroína virtual Lara Croft es paradigmático. Lara viste el que podría ser el «uniforme oficial» de una lesbiana concienciada: cola de caballo, camiseta de comando, botas militares, cuerpo musculado hasta la exageración, en un alarde del *apropiacionismo* –la utilización de códigos ajenos y su posterior transformación para integrarlos en un nuevo mensaje– que yo citaba como característica esencial del arte –y la ideología– de fin de milenio. Es posible que para algunos esta apropiación tenga algo de insidioso, puesto que ninguna de las mujeres que he citado es homosexual (sobre todo Lara, que debido a su condición de dibujo animado está condenada, la pobre, a la asexualidad), y sin embargo creo que sería justo reconocer la importancia histórica del hecho de que algunas mujeres puedan, podamos, sacar provecho de una serie de identidades y estilos que han estado condenados durante tanto tiempo, y que gracias a nuestras opiniones públicas personas de todo tipo de ámbitos se familiaricen con cierto tipo de imágenes culturalmente subterráneas. Destruyendo los prejuicios sobre los roles y la sexualidad de cada género, tanto gays como heterosexuales, espero que contribuyamos a crear un clima social más progresista y tolerante entre personas de todas las opciones sexuales que sea el que defina el siglo, el milenio que viene.

3.1.2. La mujer del César. El estado de los derechos de la mujer analizado a través del prisma del *affaire* Lewinsky.

Los hombres son, por naturaleza, más promiscuos que las mujeres. Puede que el abogado David Kendall no lo usara, pero, de acuerdo con las directrices de la psicología cognitiva, éste habría podido ser el sustento biológico-ideológico para el alegato de defensa de Bill Clinton en el proceso de *impeachment.* ¿O acaso no está programado genéticamente el macho humano para fecundar el mayor número de hembras posible, mientras que en su compañera, limitada a poder parir sólo una docena de crías en toda su vida –como máximo– por muchos hombres con los que copule, esta programación no tendría mayor sentido? Además, la hembra primigenia, recolectora, no se atrevería a ponerle los cuernos a su cazador marido, no fuese a ser que aquél la abandonara y la dejara sin su ración de carne de mamut. Así que Hillary se calla, Monica escribe un libro y Bill, condenado a obedecer los dictados del legado de la evolución de la especie, está abocado, instinto obliga, a seguir buscando nuevas hembras entre las que esparcir su semilla.

Pero la cosa no es tan simple. Recientes descubrimientos prueban que en los primeros asentamientos de homínidos los machos no eran los únicos predadores, sino que las tareas de caza se realizaban en un sistema de red: las mujeres y los más jóvenes acosaban y perseguían a las piezas para agotarlas y dirigirlas a un enclave cercado –un valle, un precipicio– donde los hombres esperaban para rematar la faena. Por otra parte, en los primates y en muchas organizaciones sociales primitivas, los alimentos se distribuyen entre toda la comunidad, de forma que una hembra gestante no depende exclusivamente del macho que la haya preñado para poder alimentarse. Además, es discutible que los primeros homínidos conocieran la relación existente entre coito y gestación, puesto que en algunas culturas precivilizadas los hombres siguen sin establecer esta relación (es decir, que saben que la hembra se queda embarazada, pero no lo achacan a otra razón –los rayos de luna por ejemplo– antes de a que haya mantenido una relación sexual).

Pocos discutirían el hecho de que la promiscuidad masculina está ampliamente extendida y que se trata de una tendencia natural. La monogamia es antinatural, pero también lo son los televisores, los minibares y los coches, y el hombre puede aprender a ser fiel de la misma forma que puede aprender a conducir. La cuestión a debatir ahora es si la mujer es fiel y casta por naturaleza.

La mayoría de las mujeres son –o han sido tradicionalmente– más fieles que los hombres. Pero concluir que este comportamiento responde a una tendencia genética sería lo más parecido a dictaminar que las jirafas son incapaces de correr después de haber estudiado su comportamiento en un zoológico. Hay que tener en cuenta que la mayoría de las culturas penalizan a las mujeres sexualmente activas, o han adoptado medidas drásticas para prevenir esta actitud, desde la denigración social hasta el asesinato. En América Latina o en Sicilia todavía se contempla legalmente el asesinato por honor, y los hombres que matan a las mujeres o a las hermanas o a las hijas adúlteras y/o a sus compañeros saben que pueden contar con el apoyo de la sociedad e incluso con la benevolencia de la justicia. En muchos países árabes y africanos aún se practica a día de hoy la cliterodictomía, esto es, la ablación del clítoris, en las mujeres núbiles para garantizar la fidelidad a su futuro marido. Seamos lógicos: si las mujeres fueran monógamas por naturaleza ¿a que vendrían semejantes esfuerzos para asegurar una tendencia natural?

En realidad, parece ser que la evolución ha favorecido precisamente a las más promiscuas. Las hembras de nuestros parientes más cercanos, los chimpancés y los orangutanes, no constituyen precisamente ejemplos de castidad y buenas costumbres. Los chimpancés comparten con los humanos, además del 98% de la cadena de ADN, la tendencia a lo que Freud denominó la perversión polimorfa. Es decir, las hembras del chimpancé son bisexuales y altamente promiscuas.

Parece ser que la promiscuidad femenina supone una ventaja evolutiva, y por esto se trata del comportamiento que prevalece en el reino animal. Cuantos más perros cubran a una perra, mayores probabilidades habrá de que ésta conciba una nutrida camada. En el caso de las humanas, y si es cierto el aforismo que reza que *anatomía es des-*

tino, estamos destinadas a ser las hembras más promiscuas de la especie animal, dado que somos las únicas que disponemos de un órgano exclusivamente destinado al placer: el clítoris. El pene masculino, en contraposición, debe alternar las funciones de excretor de semen y de orina y además sólo posee la mitad de las terminaciones nerviosas que nuestro refinado y especializado botón. De ahí que las mujeres podamos alcanzar el orgasmo múltiple con mayor facilidad.

De forma que las mujeres somos, por naturaleza, tan promiscuas como los hombres, pero después de siglos de dominación masculina, hemos aprendido a autoengañarnos o a disimularlo. Pero a las puertas del segundo milenio algunas empezamos a quitarnos las caretas. No es casualidad que Madonna, Sharon Stone o Courtney Love se hayan convertido en iconos finiseculares. Una mujer puede ser a la vez buena y mala, protectora y agresiva, creadora y destructora, adorable para con sus amigos, peligrosa frente a sus enemigos, fiel cuando decide serlo y un pendón si le viene en gana. Exactamente igual que cualquier otro ser humano. Pero la mujer del César no sólo deber ser honesta, sino parecerlo. Y resulta que Hillary Clinton ha ganado puntos en el ranking de popularidad porque, en lugar de hacer lo que cualquier mujer sensata habría hecho y pagar la infidelidad de su marido con la misma moneda, ha jugado el papel tradicional. Y a Hillary no se le conocen amantes, ni escarceos, ni siquiera, puestos a pedir, le imagina una deseos sexuales. La pobre Chelsea debe de ser resultado de un experimento de laboratorio o de un segundo advenimiento del Espíritu Santo.

Cuando se desató el escándalo de Monica Lewinsky, yo estaba pasando unos días en Miami. Y si me preguntan por el *Miami Vice* les tendré que confesar que, la verdad, no vi mucho. La única noche que salí me llevé la impresión de que la famosa South Beach no es más que una Chueca en pequeñito, pero con agua. Además, un bar gay es un bar gay en cualquier lado, qué quieren que les diga: idéntica música machacona, el mismo camarero megamusculado tras la barra, el chico monísimo de rigor que baila en la pista con el torso desnudo... Así que, sintiéndolo mucho, no les puedo adelantar cotilleos o tendencias porque, o bien soy yo muy mala observadora, o lo cierto es que en mi pueblo –Madrid– somos muchísimo más modernos.

Eso sí, lo que diferenciaba a la discoteca gay de Miami del Xenon de Madrid, amén de la amabilidad del portero –diez-cero a favor del Miami– era lo que se veía en las pantallas del vídeo. ¿Ru Paul? No. ¿Unos surfistas monísimos? No. ¿La elección de Miss Drag 98? No. A las tres de la mañana, en la discoteca más puntera de Miami, el muro de televisores que decoraba la pared de la pista central no paraba de ofrecer imágenes de Hill y Bill (que es como se les llama en los USA, haciendo un juego de palabras porque *hillybilly* significa paleto). Y de la ínclita Monica, *of course.*

Las cartas al director que se publicaban en el *Miami Herald* versaban sobre un único tema: el *affaire* Lewinsky, por supuesto; abordado desde los puntos de vista más reaccionarios que imaginarse quepan.¿Creen ustedes que a alguien le importaba, por ejemplo, que el fiscal Ken Estrella y sus esbirros se hubieran gastado la friolera de casi medio millón de dólares en sus averiguaciones acerca de cómo y por dónde le metía el puro el señor presidente a la becaria? ¿Creen ustedes que alguna carta opinaba que el presidente, por muy presidente que fuera, también tenía derecho a su intimidad, como cualquier hijo de vecino? En absoluto. La tónica general de las cartas iba de *oh, Dios mío, ¿en quién voy a confiar ahora si mi presidente miente?*, y *oh, Dios mío bis, mis hijos me preguntan qué es sexo oral y en su* kindergarten *ya saben qué significa la palabra adulterio.*

Esta insistencia en mantener a los niños alejados de todo lo que suene a sexo me recordó la formidable polémica que se montó en el Reino Unido cuando John Guillebaum, director de un centro de planificación familiar de Londres, sugirió que un nuevo anticonceptivo, el Implanon, se *implantase* (valga la redundancia) en niñas de doce años, al mismo tiempo que se las vacunaba de la rubéola. El tal Implanon consiste en un diminuto dispositivo de cincuenta milímetros que se inserta bajo la piel y libera hormonas durante unos tres años. El doctor Guillebaum creía que el invento podría suponer la solución para reducir la elevadísima tasa de embarazos adolescentes en Gran Bretaña.

«Repugnante» fue el calificativo más utilizado no sólo por las organizaciones antiabortistas inglesas, sino también –y eso es lo triste– por las de planificación familiar, para describir la sugerencia del médico. «*Es como dar luz verde a la promiscuidad adolescente* –afirmó un portavoz del grupo Life (Vida)–, *tendrían que detenerlo por alentar el sexo entre menores.*»

El portavoz y su grupo olvidaban que Tutankamón se casó a los nueve años, que Beatriz tenía trece años cuando Dante la vio por primera vez, y Julieta doce cuando conoció a Romeo, y que aunque Fernando de Rojas no cita la edad de Melibea, ésta debía de andar por las mismas. Lucrecia Borgia tenía 13 años cuando se casó por primera vez, y, siglos más tarde, Luisa Gabriela de Saboya desposó a Felipe V a la misma edad. En la antigua Grecia, a un muchacho se le consideraba apto para mantener relaciones sexuales desde el momento en que podía eyacular: «La juvenil ternura de un muchacho de doce años me causa placer, el que tiene catorce es una flor más dulce aún, aunque más encantador es el de quince», escribía Adriano. En tres cuartas partes del mundo las niñas se casan a los doce años, en cuanto conocen la menarquía, es decir, en cuanto se las considera fértiles. Incluso aquí, en España, las gitanas se siguen casando a esa edad al igual que las niñas de dos tercios de los países del mundo en Asia, África y Oceanía. Yo misma perdí la virginidad a los trece años. Y si se trató de un acontecimiento de lamentable memoria fue debido, precisamente, a mi total ignorancia respecto a lo que estaba sucediendo y a mi absoluta falta de preparación para enfrentarme a la experiencia. De hecho, creo que perdí la virginidad precisamente porque no tenía ni idea de cómo se perdía... Pero nuestra sociedad, empeñada en extender la adolescencia *ad infinitum*, ha olvidado un hecho básico: que las mujeres no cambian porque hayan transcurrido setecientos años o porque vivan en una u otra latitud. A los doce años una mujer es fértil, y como tal, impelida por sus hormonas, experimentará un más que saludable instinto sexual. La represión de esta pulsión natural sólo puede degenerar en frustración o neurosis.

Yo no apoyo la propuesta de este médico británico, pero no debido a una cuestión moral, sino por razones de sensatez sanitaria, dado que no creo que sea muy adecuado suministrarle una dosis de hormonas a una prepúber que se está desarrollando. Por eso me sorprendió que, comentando la noticia con un conocido, padre de tres hijas, votante del PSOE, ex marxista y muy culto, se escandalizara de mi opinión. Su hija mayor tiene catorce años, y, en privado, me confesó que en su clase había varias chicas que ya habían hecho *eso*, pero que por supuesto ella no pensaba contárselo a su padre, y esperaba que yo no lo hiciera.

El sexo entre adolescentes es inevitable, querámoslo o no, y es absurdo empeñarnos en atajar el curso natural de las cosas. Con una mentalidad que niega lo evidente sólo vamos a conseguir una mayor tasa de embarazos de adolescentes. Los jóvenes deberían recibir una adecuada educación sexual desde los diez años para poder eludir, en su momento, los riesgos de un contagio o un embarazo no deseado.

Una esquizofrenia culturalmente inducida permite a cierta gente elaborar discursos sentimentales sobre la ingenuidad y la inocencia de los niños y luego negar esta inocencia dedicándose a controlar su vida privada para alejarles del sexo. Si los niños fueran tan puros ¿qué necesidad habría de preocuparse tanto? Los niños de doce y trece años de nuestra sociedad son célibes sólo porque les enseñamos o les obligamos a serlo, y no lo serían en otra cultura. No son inocentes, son ignorantes, y esta ignorancia la mantienen deliberadamente unos padres y unos educadores que se niegan a proporcionarles una educación absolutamente necesaria. Pero este tipo de actitud no consigue que desaparezca el sexo entre púberes. Simplemente se esconde, y se convierte en la cosa no vista, la palabra impronunciable, la acción que no se reconoce.

A pesar de que numerosas investigaciones han probado la existencia del impulso sexual en los niños (de hecho, Kinsey documenta la existencia del orgasmo en bebés), nuestra sociedad está fanáticamente decidida a negarlo. Pero yo no creo que esta actitud proteja a la infancia. Muy al contrario, le niega la protección ante unos riesgos con los que inevitablemente se va a encontrar. Porque sabiduría es conocimiento, e información es poder.

Las mismas personas que no quieren que sus hijos oigan hablar de sexo son las que consideran a un adolescente incapaz de mantener relaciones sexuales, las que le limitan el acceso a la privacidad, los anticonceptivos, el aborto o el tratamiento médico de enfermedades de transmisión sexual. Una absurda paradoja lleva a que esta gente, que considera el sexo fuera del matrimonio malo por principio, sea la que mantenga el interés más morboso por averiguar hasta el último detalle de la adúltera vida sexual de su presidente. Y si tienen que pagar millones por ello, perfecto. Y es que a mayor represión, más necesidad de espectáculo erótico. A fin de cuentas el *affaire* Lewinsky no fue más que una inmensa retransmisión caliente, una especie de noche de viernes de Canal Plus global, destinada a aquellos incapaces de admitir ante sí mismos y ante los demás lo mucho que el sexo les interesa, o de atreverse a ver una película porno. La tele del bar gay tenía razón: resultaba más interesante entretenerse con Hill y Bill que con las cintas X que se suelen exhibir en semejantes sitios a semejantes horas, porque Clinton ha desbancado a Rocco Siffredi en el Hit Parade de las estrellas sicalípticas.

Y no me extrañaría nada que la señorita Lewinsky acabara de estrella del cine X, como hizo en su día aquel gañán al que su legítima le cortó el aparato y de cuyo nombre, afortunadamente, no consigo acordarme (del de ella sí: Lorena Bobbitt).

Siempre pensé que entraba en lo posible que Monica no llevara su traje azul al tinte por razones sentimentales. Me explico: me acuerdo perfectamente de la primera vez que masturbé a un chico... Bueno, lo de «masturbar» es un decir: en realidad apenas le toqué, pero (cosas de la inexperiencia o de la edad) se desbordó inmediatamente. Sobre mi falda escocesa tableada. Incapaz de explicarle a mi madre la procedencia de tan vergonzosa mancha, opté por esconder la prenda en el fondo de un armario, de donde no volvería a salir hasta unos años después. Cuando la recuperé, decidí dejarla tal cual. En primer lugar porque la falda ya no me cabía y no tendría ocasión de volvérmela a poner, y en segundo, porque la mancha quedaba como recordatorio de una experiencia que, desde la distancia, adquiría cierto tinte de encanto nostálgico.

Claro que el empeño de Monica por conservar el traje poluto podía justificarse también por una cuestión patriótica: deseaba entregar la prueba de ADN del presidente a un laboratorio criogénico para que en su día pudieran reconstruirlo –¿o no han visto ustedes *Parque Jurásico*?– y fabricar un ejército de presidentes clonados, que se fueran a practicar el terrorismo de estado en el Tercer Mundo cuando hiciera falta correr una cortina de humo sobre los deslices de jovencitas como Monica.

Pecaríamos de reduccionistas si nos limitáramos a considerar el asunto Lewinsky como un episodio más del folclore de la América puritana. No sólo es su cultura carca y religiosa la que ha propiciado este esperpento. Se lo debemos también, y de manera indirecta, a algunos de los movimientos más importantes de la evolución reciente de la sociedad USA: el hiperjuridismo, la lucha contra la corrupción, el movimiento gay y el feminismo. Que, al desplazar la vida sexual desde el dominio personal al público, han detonado –involuntariamente– un proceso de erosión del derecho a la vida privada.

Para hacer avanzar su causa los gays han denunciado la homosexualidad de numerosas figuras públicas que escondían o negaban su opción sexual. Pero el *outing* es sin duda un ataque a la esfera íntima, no importa cuán elevadas sean sus intenciones. En cuanto al feminismo, una de sus mayores victorias, la conciencia de la existencia del acoso sexual y de la necesidad de luchar contra él, ha demostrado asimismo que puede tener consecuencias perversas. Por supuesto que toda ley encierra la trampa, de la misma manera que los ricos tienen más posibilidades de escapar a la justicia que los pobres. La raza humana no es perfecta, y por tanto la democracia tampoco lo es. Los ideales más excelsos cuentan siempre con su reverso tenebroso. Y es una pena que un avance importante como es la existencia de procesos por acoso sexual se utilice para montar una paparruchada del tipo Paula Jones; de rebote una mayor aún, como ha sido el proceso Lewinsky; e indirectamente un ataque injustificado y temerario como fue el de Sudán (organizado por Clinton para desviar la atención pública del *affaire* Lewinsky).

Lo divertido, o lo triste, del caso es que este arranque puritano se haya dado en un país en el que los *sites* porno de Internet son los más visitados por sus cibernautas, y en el que la industria del cine pornográfico es más próspera que nunca: se calcula que su cifra de negocios ha aumentado un cien por cien desde 1992 y que sus ingresos anuales ascienden a unos 50.000 millones de pesetas, tres veces más que los de todos los parques de atracciones Disney en el mundo.

Hablemos ahora de la tercera en discordia: la legítima. He leído en el periódico que el máximo árbitro de la moda y la elegancia en los Estados Unidos ha incluido a Hillary Rodham Clinton en la lista de las mujeres mejor vestidas de su país. Dado que es obvio para cualquier persona con un mínimo de gusto que Hillary Clinton no viste particularmente bien, no puedo por menos que pensar que la decisión responde a una cuestión política, a un intento de promocionar a Hillary en un momento en que la carrera de su esposo, y en consecuencia, la suya, se desmorona.

Hay quien ve a Hillary Clinton como la única mujer presidenciable de su país, la primera dama del tercer milenio. Permítanme que lo dude. A muchas mujeres nos gustaría ver a una mujer ostentando la presidencia del país más poderoso del mundo (si es que todavía lo es), pero, sinceramente, dudamos mucho que esa mujer vaya a ser Hillary.

Hillary Rodham Clinton era socia de un prestigioso bufete de abogados, The Rose Law Firm, en el que ganaba exactamente un tercio con respecto a los ingresos del resto de los socios, debido a que el hecho de estar casada con un senador la obligaba a descuidar su carrera: no pasaba en el despacho ni las tres cuartas partes del tiempo que sus colegas. Porque empleaba su tiempo en hacer de *señora de*, en acompañar a su marido a las recepciones públicas, y además porque ocupaba un puesto honorario como presidenta del comité estatal de educación, trabajo que la obligaba a viajar a través de los setenta y cinco condados de Arkansas. Un trabajo no remunerado, eso sí, pero que hacía mucho por la carrera de su marido. Por supuesto, lo abandonó en cuanto llegó a la Casa Blanca. Una ocupación más representativa que otra cosa, y no un gran logro, al contrario de lo que la prensa se ha empeñado en afirmar: cualquier graduado de Yale acaba siendo socio de un bufete, sobre todo si ese graduado de Yale se ha casado con un gobernador. Y cambió su peinado, sus gafas, su modo de vestir y su nombre porque así se lo aconsejaron los asesores de imagen de su marido.

Mucha gente ha querido ver al matrimonio Clinton como la primera pareja que ha ocupado la Casa Blanca en la que ambos tenían una carrera. Pero no ha habido dos carreras: ha habido una, la de él.

No soy yo quién para juzgar si las decisiones de la señora Clinton fueron o no las más acertadas. Pero lo que está claro es que en su momento ella antepuso su matrimonio a su propia carrera, así que resulta un poco irónico que se haya convertido en el adalid del feminismo americano, dado que ha vivido su vida por y a través de la de su marido. Su plan de reforma de la Seguridad Social, por ejemplo, se fue al garete porque no convenció ni a demócratas ni a republicanos, y porque demostraba una falta de coherencia que no hacía sino reflejar la de los propios planteamientos de Hillary: una mujer que quiere el poder pero que, a modo de una lady Macbeth, no tiene valor para buscarlo por su cuenta. Quiero decir que si alguien quiere trabajar en política tiene que labrarse su carrera por sí mismo, y no hacer valer su condición de *señora de* para dar rienda suelta a sus ambiciones.

Lo que demuestra el caso Hillary, como también se ha demostrado en el caso Lewinsky, es que la sociedad americana es mucho más tradicional y obsoleta de lo que creemos. Si a una señora como Hillary se la considera feminista, poco sabemos sobre lo que es el feminismo.

Carmen Romero o la propia Ana Botella, en mi opinión, son tan feministas como Hillary puesto que las dos han trabajado toda su vida. Y aquí en España nadie las ha subido a los altares como la gran esperanza blanca para las aspiraciones femeninas.

En el mundo hay y ha habido presidentas de Estado y primeras ministras en países tan variados como Inglaterra, Israel, Pakistán, India, las islas Filipinas, Irlanda, Islandia o Australia. Pero en Estados Unidos no se concibe una mujer presidente y ni siquiera un soltero presidente. Las tareas protocolarias de la primera dama están estrictamente reguladas: almuerzos, visitas, galas benéficas... Se trata de actos sociales, no de decisiones políticas. A la primera dama se le asigna un despacho y un equipo de secretarias, jefes de prensa y asesores. Pero, a diferencia de su marido, no recibe un salario. La primera dama se convierte en la madre y esposa oficial de toda la nación. Y el trabajo de madre y esposa, como todos sabemos, no está remunerado. A millones de mujeres en el mundo no se las paga por hacer un trabajo que millones de hombres no quieren hacer. Hillary Clinton es la única graduada por Yale que cobra por su trabajo menos que una becaria, menos que una secretaria, menos que usted y que yo. Nadie le pagó un miserable dólar por elaborar su plan de reforma de la Seguridad Social. Y Hillary no va a ser, me temo, la primera mujer presidente de Estados Unidos, no sólo porque el país no está preparado para eso, sino porque el *affaire* Lewinsky ha echado por tierra cualquier remota posibilidad de que tal cosa sucediera.

Pero sobre todo Hillary Clinton no va a ser la presidenta porque ningún hombre, ni Bill ni ningún otro, querría ser la primera dama.

En resumidas cuentas, lo que el *affaire* Lewinsky vino a demostrar es que, digan lo que digan, Hillary no es un modelo para las feministas ni la prueba viviente de que el mundo está cambiando. El *affaire* Lewinsky ha probado que seguimos rigiéndonos por concepciones absurdas respecto a los roles femenino y masculino en la pareja y la política y respecto a cuestiones como la libertad sexual o el derecho a la intimidad. Y que quede clara una cosa: si yo mantuviese con un hombre un pacto de fidelidad mutua y él lo rompiese, le dejaría. Lo cierto es que tampoco lo he mantenido nunca. Y es que yo soy de las que prefieren saber cuándo las están engañando. Y es por eso que no me creo que Hillary vaya a ser algún día presidenta de Estados Unidos.

3.1.3. Nuestra monarquía, también sexista

> Querido Felipe
>
> Me presento: me llamo Cristina, tengo veinticuatro años, soy filóloga y trabajo de camarera en una barra. Me hice un pelín famosilla hace unos años, después de aparecer en una novela que se llamaba *Amor, curiosidad, prozac y dudas*, y que por lo visto se vendió bastante bien. (El encargado del bar está encantado porque desde la publicación del libro vienen al bar aún más gilipollas de los que venían antes, que ya es decir.) El caso es que a la autora de la magna obra en cuestión le dieron el premio Nadal (tres kilos se ha llevado de golpe, la muy zorra, y, eso sí, yo no he visto un duro) y al director de esta revista se le ha ocurrido que alguien de tu edad (año más, año menos) podría escribirte una carta emulando la hazaña de Emilio Romero, que en su día le escribió una a

tu padre (por si no te aclaras: Emilio Romero era un periodista muy conocido allá por el franquismo –antes de que yo naciera, vamos– y al que ahora los de mi edad sólo recuerdan porque es el padre de Marta Romero, la cantante de Los Vancouvers). Pues eso, que le ha tocado a menda escribírtela porque me consideran representante de mi generación (aviada va mi generación si su representante tengo que ser yo, la camarera más pendona y más macarra a este lado del Manzanares, pero yo me he guardado mucho de citarle este detalle al director de la revista, más que nada porque por esto me van a pagar) y me toca contarte la opinión que mi generación (o sea, tu generación) tiene de tu persona y de la institución monárquica en general. En fin, que qué te voy a contar, yo no soy monárquica, pero eso tampoco quiere decir que tenga algo personal contra ti, que al fin y al cabo no te conozco de nada y, como siempre digo, puestos a que nos toque tener rey, más nos vale que se nos vayan los impuestos en mantener a tu familia, que sois guapos, altos y discretitos, a que nos toque apechugar con una cruz del tipo de la familia real inglesa (ya dijo Saavedra que cuanto mayores son las monarquías más sujetas están a la mentira). Pero lo que yo digo: si ya sabemos que el rey reina pero no gobierna, que no tiene más papel que el representativo (sancionar leyes, pasar revista a las tropas de vez en cuando y hacer algún que otro viaje oficial) y que encima, a las puertas de la Europa federal, lo de la monarquía no va a tener más sentido que hacer bonito; ¿a qué viene defender una institución antidemocrática y sexista? Porque, que yo sepa, según la Constitución todos los españoles somos iguales ante la ley, así que no se sostiene que por nacimiento a ti te toque ser rey y no a otro. Y que yo recuerde, y si no lo estudié mal, Fernando VII derogó la Ley Sálica borbónica, de forma que, según el propio derecho monárquico, lo lógico sería que reinara tu hermana Elena, que es la primogénita. Eso sí, que conste que yo comprendo el papel fundamental que la monarquía jugó en la transición, y la necesidad que en aquellos momentos tenía España de un referente de poder estable, y justifico el pacto que hicieron los representantes de todas las fuerzas políticas para legitimar y apoyar a la Corona, que resultaba lo más sensato dadas las circunstancias (o sea, que se hicieron más realistas que el rey, que diría Chateaubriand). Para entendernos, que aunque yo no defienda la institución monárquica, tampoco me molesta su existencia, porque la verdad es que tengo preocupaciones más acuciantes en las que pensar que en la pervivencia o no del linaje real. Porque yo, de momento, trabajo sin contrato ni seguridad social, y aún puedo estar contenta, que yo por lo menos trabajo, porque la mitad de mis amigos están en paro o con un contrato de prácticas, cobrando ochenta mil pelas al mes (o lo que es lo mismo: quinientas pesetas la hora, la mitad que una asistenta), que no sé qué es peor. Y claro, estando el metro cuadrado en esta ciudad a doscientas mil pelas, la mayoría siguen apalancados en casa de los viejos, estancados en una especie de adolescencia sin fin que les impide madurar; y así les va a todos, enganchados a una cosa u otra. En fin, que, como comprenderás, se me ocurren otras cosas más importantes que se deben discutir en este país que el sostenimiento o no de la monarquía (ya sabes: familias desintegradas, relaciones efímeras, empleo precario y sexo infectado), con todos mis respetos; aunque supongo que mis preocupaciones te sonarán a chino, y que bastante tendrás tú con las tuyas: quedar a cenar con tu novia sin que te persigan los *paparazzi*, aprobar las tropecientas asignaturas de ese máster que por lo visto estás estudiando, no romperte muchos huesos esquiando..., qué sé yo. A cada cual su cruz. Pues eso, Felipe, te dejo deseándote toda la suerte del mundo, que la vas a necesitar, y suponiendo de antemano que lo más probable es que nunca lleguemos a conocernos personalmente. Y concluyo con una última cita, para abrumarte con mi condición de camarera plebeya, pero, eso sí, leída y escribida. Se trata de algo que dijo el presidente del parlamento búlgaro hace no mucho: «Primero la democracia, después la monarquía».

Gracias por tu atención,

Cristina Gaena

P.S: Por cierto: Feliz cumpleaños. Y que cumplas muchos más.

La carta previa la escribió una de las chicas que vivían dentro de mi cabeza, y que ahora, desde que me decidí, cual demiurgo, a concederle vida autónoma plasmándola en letra impresa, vive fuera, a la intemperie, expuesta al amor y al odio de los lectores. Pero esta chica, aunque ya me haya abandonado, sigue compartiendo conmigo muchas ideas. Por ejemplo, ambas nos preguntamos ¿qué mundo igualitario es éste en el que se admite de una forma tan flagrante que uno nace diferente a otros sólo por haber nacido varón y de buena familia? La pervivencia de una monarquía en pleno siglo veintiuno ya me parece un anacronismo bastante grave, pero el hecho de que los derechos de sucesión vayan a parar al heredero, con *o*, me resulta ya intolerable. ¿Somos nosotras dos las dos únicas que pensamos que esto es una barbaridad?

Si se han preguntado ustedes por qué el nuevo Borbón (el Marichalarín) cuenta entre su larga lista de nombres con el escasamente conocido y aún menos usado patronímico de Froilán, no desesperen que yo se lo explico: pues porque san Froilán es el patrón de Lugo, la ciudad de la cual Elena y Jaime son *Duques de*. Y fue precisamente en una pared de Lugo donde yo leí aquella bonita pintada que rezaba: «*Stop a los experimentos genéticos: no más bodas reales*».

A estas alturas hemos olvidado que el 16 de julio de 1969 el Caudillo anunció su decisión de nombrar sucesor a Juan Carlos de Borbón, designación aprobada por las cortes franquistas por amplísima mayoría, y apoyada por un fuerte sector de las fuerzas armadas, encabezado por Carrero Blanco, que veía en la resolución de Franco la legitimidad de la sucesión. La monarquía, por tanto, nos fue impuesta por testamento político de un dictador.

La ventaja principal de la monarquía, y la única que se me ocurre, es que sale barata, puesto que no requiere de una convocatoria electoral cada cuatro o seis años. Pero se me ocurren muchas desventajas aterradoras. La principal entre ellas, que aquel sobre el que recaiga el título de rey no reúna las exigencias morales necesarias o no se encuentre en condiciones (físicas o mentales) de asumir las obligaciones y compromisos que el título implica. Para muestra un botón: resulta que la renuncia al trono de Eduardo de Inglaterra no se debió tanto a su romance con Wallis Simpson como al hecho probado de que el monarca, simpatizante declarado del fascismo, había estado pasándoles secretos de Estado a los alemanes hasta que los servicios de espionaje británicos forzaron su abdicación. Prueba de que nadie nace capacitado para ser jefe de un Estado sólo por haber nacido en una familia determinada.

Otra: al hablar de monarquía se nos olvida a menudo el principio constitucional de igualdad de sexos, del que nuestra propia carta magna hace excepción al hablar de los herederos del rey, vulnerando en sí misma un principio general consustancial al ser humano. Todo el mundo parece omitir el hecho de que la Ley Sálica fue derogada en España, y por tanto, de acuerdo al propio derecho dinástico, Elena y no Felipe debería heredar el trono. Me pregunto a qué pueda deberse este estado de amnesia generalizado.

Y por último: nuestro ordenamiento jurídico incluye una figura muy particular, la de injurias al rey, que significa, en cristiano, que ningún medio de comunicación puede hablar mal del rey, aunque la acusación fuera fundada. Esta figura legal protege a la Corona y discrimina al resto de los ciudadanos del país, y queda a debate la cuestión de si el apoyo popular a la Corona no se ha logrado a costa de la imposición de una disposición antidemocrática. Con el consenso, en su momento, de todas las fuerzas democráticas del país.

Como personas, el señor o ciudadano Juan Carlos de Borbón y su familia me merecen la mayor de las consideraciones, y respeto al mencionado *ciudadano* en cuanto a

Jefe de Estado, pero no le quiero como rey. Ni a él, ni a Felipe Juan Froilán de todos los santos, ni a nadie.

3.1.4. Culturas coexistentes: racismo y xenofobia

Hasta hace poco los sociólogos, al referirse a Nueva York, hablaban de *melting pot,* esto es, de la olla en la que se cuece un guiso compuesto de los más diversos ingredientes. Pero últimamente los sociólogos yanquis han decidido relegar el término y hablar de *culturas coexistentes,* por aquello de que viven juntas pero no se mezclan. ¿Que no se mezclan? No, no se mezclan, de verdad.

En mi última estancia en Nueva York mi anfitrión era un tipo de color (de color negro, se entiende) y nuestra presencia en cualquier antro o restaurante despertaba todo tipo de reacciones más o menos disimuladas (miraditas sutiles y menos sutiles). Y eso que estabamos en el Greenwich Village, que se supone que es un sitio enrollado e intelectual, que si llegamos a estar en el Bronx, no sé qué habría pasado. Lo más fuerte fue cuando se le ocurrió llevarme a la casa de la familia para celebrar el Día de Acción de Gracias. Allí estábamos veintitantos negros de color negro y Lucía, que por muy latina que sea, era muy blanca en comparación, compartiendo cena.

Menuda experiencia. En primer lugar, a mi anfitrión y a mí nos relegaron a una mesa apartada del grueso de la familia –los padres y los hermanos mayores– y nos mandaron a comer con dos primos de veintipocos años que poco o nada tenían que decirme; en segundo lugar, a la sobremesa los miembros mayores de la familia evitaron dirigirme la palabra, mientras que las jóvenes que ejercían de intelectuales concienciadas –una que era profesora de universidad y otra que quería serlo– se dedicaron a prestarme excesiva atención como para demostrar que ellas sí estaban a favor de la integración. Pero las pobres estaban tan cortadas y tan forzadas y tan poco naturales que eran casi más dignas de compasión que yo. Y a todo esto mi anfitrión tan contento, poniéndose morado a pavo como si nada, más divertido que otra cosa. Y luego dicen que si mis novelas son tremendistas...

Y es que Estados Unidos es así: racista. El Bronx es negro, Harlem es negro, Greenwich Village es blanco, Miami es latino, Chicago es negro, Boston es blanco. Allí sí que las cosas son blancas o negras y no hay lugar para las medias tintas. Fíjense si no en sus series de televisión. ¿tienen pareja o amigos blancos los protagonistas de *El príncipe de Bel Air* o *Bill Cosby*? Y viceversa, ¿había algún negro entre el elenco de *Dinastía* o *Melrose Place*? Si quieren más datos les aconsejo el visionado de la excelente película de Spike Lee *Do the Right Thing,* que narraba el tremendo escándalo que se montaba cuando un arquitecto negro se liaba con su ayudante blanca, o aquella otra, *Esperando un respiro,* que tenía por protagonistas a cuatro chicas, Whitney Houston entre ellas, que vivían en Savanah (ciudad negra) y llevaban una amplia vida social..., relacionándose exclusivamente, eso sí, con sus amistades y sus amantes del mismo color (negro).

Pues nada, me vuelvo yo a casa pensando esa tontería chauvinista de *«menos mal que mi país no es así y mira que aquí las parejas mixtas sí que están bien vistas y tal y cual»,* cuando el Señor o la providencia o el destino se encarga de echar un jarro de agua fría sobre mis ilusiones nada más salir del aeropuerto. Y es que el taxista que me llevaba a casa aprovechó la media hora de trayecto para largarme una disertación de corte lepenista sobre la necesidad de controlar la inmigración en España *«que bastante paro hay en el país como para que vengan los de fuera a quitarnos el pan de la boca».* De momento, no es que vea yo a muchos africanos o marroquíes de dependientes de El Corte

Inglés o de ejecutivos de agencia de publicidad. Sí los veo trabajar de basureros, o recogiendo cartones, o pasando droga, o de camareros en unos bares que ofrecen unos sueldos tan ínfimos como para que cualquier español prefiera quedarse en casa cobrando el subsidio de desempleo antes que trabajar allí... Es decir, haciendo el tipo de labores «alguien tiene que hacerlo» que en general nadie quiere hacer. Por otra parte yo creo que todos somos ciudadanos del mundo y que esa exagerada conciencia de *«mi país es mío y aquí que no entre nadie más»* es la que conduce a catástrofes como la guerra de Bosnia o las matanzas de ETA. O el desastre de El Ejido, que nos ha confirmado (por si no lo teníamos claro) que aquí también somos racistas.

Habría que añadir que los países del Tercer Mundo no son pobres precisamente por falta de recursos, sino como resultado del expolio que han hecho de los mismos los países industrializados desde el siglo XIX para hacerse con materias primas que alimenten su tejido industrial. Las multinacionales europeas y americanas siguen a día de hoy explotando los recursos de Asia, África y Latinoamérica con el consenso de unos gobiernos títere corruptos a los que nuestros gobiernos apoyan y reconocen. O sea, que no son los inmigrantes los que vienen a quitarnos la comida de la boca, sino nosotros los que se la hemos quitado a ellos, con nuestro consentimiento tácito (por inconsciencia o por ignorancia) de la explotación ajena de las riquezas de sus países. Esto no se lo dije al taxista porque una es también una cobarde y quería llegar a su casa sana y salva, pero se lo tenía que haber dicho, y como no se lo dije no me queda más remedio que escribirlo aquí con la esperanza de que el taxista y otros tantos como él quizá lean estas páginas y se paren a reconsiderar las tonterías que tan alegremente dicen. Está claro que aquí también hay culturas coexistentes: la mía, que es lógica o lo intenta, y la de algunos gañanes que viven en mi misma ciudad y que no parecen tener, en realidad, cultura de ningún tipo.

3.1.5. El deporte: por qué ellos adoran el fútbol

Los estudios psicológicos demuestran que las mujeres de cualquier edad poseen una coordinación motora superior a la de los hombres y manipulan con mayor facilidad los objetos pequeños. Las niñas hablan antes que los varones, con mayor fluidez y corrección. Hay cuatro veces menos mujeres que hombres disléxicos. En contrapartida, los hombres, en promedio, son más hábiles en las aptitudes motrices que requieren velocidad y fuerza, desde la carrera del salto hasta el lanzamiento de una pértiga o una pelota. También destacan en la lectura de mapas, en la solución de laberintos y en los problemas de altas matemáticas.

Estas diferencias entre sexos se explican desde el enfoque evolutivo. Hace dos millones de años los hombres se encargaban de la caza: acosaban a sus presas, las perseguían, las mataban, y patrullaban los límites del dominio para proteger el espacio comunitario. Sus mujeres se ocupaban primordialmente de la tarea de recolectar nueces, bayas y frutas, y del cuidado de las crías, interactuando con ellas, vocalizando y verbalizando. Con el tiempo, estas distintas funciones de cada sexo evolucionaron hasta convertirse en habilidades innatas masculinas y femeninas.

Para los hombres, por lo tanto, la intimidad es el resultado de participar en encuentros deportivos o presenciarlos. No pueden evitarlo. Al fin y al cabo ¿qué es un partido de fútbol sino una ruta, un laberinto, un rompecabezas, acción en el espacio y competencia agresiva? Esto es, cualidades todas ellas que entusiasman a las mentes masculinas, que despiertan un eco en sus psiques evolutivas. En realidad, cuando ven un partido se enciende una lucecita en su programación genética: lo que contemplan en pantalla no es sino la versión sofisticada de dos tribus rivales en competencia por un mamut.

Por otra parte, los deportes colectivos occidentales en general, y el fútbol en particular, muestran numerosos puntos en común con los ritos de iniciación de la mayoría de las culturas: griegos helénicos, sambias, romanos, vikingos, samuráis japoneses, baruyas... Todas las civilizaciones ancestrales desarrollaron ritos de iniciación basados en desafíos, disciplina, rigor físico y moral y alejamiento de toda presencia femenina. Rituales en los que los jóvenes machos se unían bajo la férula de uno mayor al que se le reconocía una autoridad indiscutible. En el campo de fútbol el jugador (y el espectador, por proyección e identificación) demuestra públicamente el desprecio por el dolor, el control de su cuerpo, la fortaleza frente a los golpes y la voluntad de derrotar al contrario. La figura del entrenador encarna la virilidad, y viene a ser, para entendernos, un equivalente del chamán mexicano, el erasta griego, el guerrero sambia o el hechicero kikuyu. Pero algo más vestido, eso sí.

Por último, la concepción que tenemos de la masculinidad –competitiva, jerárquica y agresiva– no es propicia al establecimiento de amistades íntimas entre hombres: ay de aquel que en la oficina se atreva a coger de la mano a un amigo, o peor aún, se vaya al cuarto de baño con él, gestos que las mujeres nos permitimos a diario sin el menor asomo de rubor. Los deportes de equipo ofrecen a los jugadores (y al espectador, por proyección) la oportunidad de tocar y abrazar a otros hombres sin que se sospechen intenciones homosexuales de por medio. Un alivio, vamos.

El profesor Gil Calvo ha confirmado en su *Estudio sobre hábitos culturales en España* que el fútbol es, con mucho, la primera actividad de ocio preferida por los adolescentes españoles (ellos, no ellas) y que la mitología del deporte sigue siendo todavía la más poderosa, sinónimo de virilidad y éxito. En resumidas cuentas: que la mayoría de los chavales de mi barrio de mayores quieren ser como Súker y no como Lorenzo Silva. Y esto tiene que ver, sépanlo ustedes, con las muestras de afecto, con los hechiceros kikuyus y con los mamuts.

Ésta es la razón por la que el fútbol sigue siendo un deporte masculino, que cuenta con algunas forofas femeninas más que nada porque los jugadores tienen unas piernas preciosas. El fútbol no es de por sí malo ni bueno. Lo triste es toda la cultura de la violencia gratuita y de la competencia agresiva que se ha instituido alrededor del juego (los entrenadores zafios que insultan a sus jugadores como si fueran ganado, las cantidades astronómicas que se manejan por el traspaso de un jugador, los presidentes de equipo tipo Gil y Gil –sin comentarios...–, los Ultra Sur, la *ostentórea* piscina de Súker...), el hecho de que un deporte se haya convertido en el máximo exponente de la cultura de la gañanada. Yo no tengo nada contra el hecho de que veintidós señores de buen ver exhiban sus magníficas pantorrillas mientras persiguen una pelota. Fantástico. Pero me permitirán que, de momento, me quede con la gimnasia rítmica masculina. ¡Esas anillas, esas barras paralelas, aquel inigualable Dimitri Belocherchev...! Quita, quita... Dónde va a parar...

3.1.6. ¿El huevo o la gallina? De la violencia en el arte

Al pobre Michael Douglas le acababa de abandonar su mujer, le habían echado del trabajo y para colmo se encontraba metido en un atasco de siete pares de narices en plena autopista de Los Ángeles, achicharrado por una solanera de justicia y aturdido por el estrepitoso pandemónium de millones de cláxones sonando a la vez con sus dueños respectivos vociferándose insultos los unos a los otros. No era de extrañar que la olla se le fuera, y que, revólver reglamentario en mano, arramblase por delante con unos cuantos conductores de camino a casa de su ex señora. Todos los que estábamos viendo la película le entendíamos perfectamente y no podíamos evitar ponernos de su lado.

Al salir de la proyección (ya hace unos años de aquello) le expliqué a mi acompañante una pesadilla recurrente que todavía me acosa de vez en cuando. Resulta que cuando yo vivía con mis padres en el extrarradio de Madrid no teníamos parada de metro cercana, y el único autobús que pasaba por mi barrio lo hacía cada veinte minutos. Algunas mañanas de invierno a punto estuve de convertirme en carámbano esperando al dichoso M-12. Y me ponía frenética en aquellas ocasiones en las que, cuando por fin llegaba el anhelado vehículo, el conductor se negaba a dejarme subir porque yo sólo disponía de un billete de mil para pagar y él no tenía cambio. Me pasó más de una vez y aún sueño con aquello. El caso es que si entonces llego a tener un revólver a mano, ¿quién me garantiza que no lo habría descerrajado contra el cruel conductor?

Nosotros los humanos éramos anteayer, como quien dice, unos elementos que sobrevivían cazando fieras y liándose a porrazos con los habitantes de la cueva de enfrente. Puede que ahora vivamos en edificios con agua corriente y podamos embelesarnos con *Lo que necesitas es amor* cada domingo, pero, por mucho que nuestras costumbres hayan evolucionado, nuestro programa genético no lo ha hecho, o al menos no a la misma velocidad. Quiero decir que la pulsión violenta, la agresividad, es consustancial al género humano, como lo es a los perros y a los gatos, y que se ha mantenido como característica de la raza porque es necesaria para la supervivencia de la especie, que conserva un saludable instinto de autodefensa. Cuando superamos determinados niveles de estrés nuestra violencia se dispara para poder responder a los ataques. Estamos programados para eso, viene impreso en nuestro genoma y es inevitable negarlo. Pero lo cierto es que, como animales racionales que somos, disponemos, amén de la respuesta instintiva, de una inteligencia lógica capaz de prever las consecuencias de nuestros actos y de reprimir las reacciones automáticas. O eso hacemos la mayoría de nosotros.

Es decir, que yo no le descerrajé ningún revólver al conductor porque se me ha enseñado a no hacerlo, pero, sobre todo, porque no tenía revólver que descerrajar. Con lo que vengo a decir que no entiendo que en Estados Unidos se lamenten tanto por las doce víctimas de su último *spree killer*, pero sigan defendiendo el derecho de cada ciudadano a poseer un arma. Y vengo a decir también que el interés morboso que los medios de comunicación han venido demostrando por este tipo de historias responde a la demanda del criminal que late en cada uno de nosotros. Esto es, la mayoría no acuchillamos a nuestro jefe, no bombardeamos la central de Telefónica, no zarandeamos a las camareras de los restaurantes cuando se ponen bordes y no nos llevamos por delante a nuestros profesores metralleta en mano. Pero eso no quiere decir que de vez en cuando no fantaseemos con hacerlo. Y es por eso que la noticia de doce muertos en un día a manos de un solo asesino despierta mucho más interés que la de los millones de muertos de hambre diarios.

Michael Myers, el psicópata enmascarado, ha organizado una escabechina del trece en un instituto de secundaria. Jamie Lee Curtis, su hermana y heroína de la película, ha conseguido salvar a una parejita de adolescentes a los que conduce en su jeep, sanos y salvos, a la verja del colegio. ¿Y escapa con ellos hacia la comisaría más próxima? Pues no. Jamie agarra un hacha y retorna hacia el tenebroso edificio. Plano cenital de Jamie blandiendo el arma homicida con decisión, resuelta a acabar con el asesino «*tras cuyos ojos sólo se vislumbra el mal en su estado más puro*» (*sic*). Y es en ese preciso instante cuando el público de la sala, en señal de apoyo a la protagonista, aplaude como un solo hombre, aunque a la película le quede todavía un rollo.

Esta anécdota del estreno de *Halloween 20*, una superproducción hollywoodiense de *teen gore*, en la que se optó por resucitar a Michael Myers al calor del éxito de filmes como *Sé lo que hicisteis el último verano* o *Scream 2*, ilustra la función catártica que la violencia extrema puede tener en una pantalla. El espectador, por proyección, delega en el héroe la función de combatir las ansiedades y los temores cotidianos (simbolizados en un asesino que de realista tiene poco y de incombustible lo tiene todo), y sale de la sala liberado de presiones. En ese sentido este tipo de películas no se diferencian mucho de los cuentos de los hermanos Grimm, donde los ogros devoran a los niños, las madrastras asesinan princesitas y las jóvenes casaderas se cortan un trozo de pie en un intento vano de ligarse al príncipe azul. El problema llega cuando este mecanismo se distorsiona y a la violencia catártica se la adereza con unas dosis de sexo del gañán y de rocanrol del intragable (ojo, que a mí por lo general el sexo y el rocanrol me gustan), en un intento rastrero de hacerse con un público adolescente sin demasiado criterio en la mollera. Entonces la película deja de tener su gracia para convertirse en una salvajada políticamente incorrecta, amén de en una bomba de relojería. Sudores fríos me entraban cuando, recién salida en este festival de Sitges de una proyección de ésas de tetas, culos y casquería, escuchaba cómo tras de mí, en la fila, el chavalote granudo de turno le comentaba a su no menos granudo amigo: «*Joder, tío, ¡mola mazo!*». De ahí a Alcásser, un paso. Y, por cierto, no me refiero precisamente a *Halloween 20*, que es una cinta digna en su estilo (Jamie Lee Curtis, quiéranlo o no, tiene su criterio), sino a alguna película de serie subzeta que me tocó ver y cuyo nombre el director del festival no me permitiría revelar. En fin... Desde Sitges con horror.

Frente a esta utilización catártica o puramente comercial de la violencia en cine, existe otra mucho más provocadora que es la que incomoda a críticos y enerva a bienpensantes, la que diferencia a *Henry, retrato de un asesino* de *El dentista*: el retrato real de la violencia cotidiana, el que nos hace enfrentarnos cara a cara con las miserias de la sociedad en que vivimos. Me hizo mucha gracia comprobar cómo algún crítico, que había permanecido incólume ante las masacres masivas perpetradas por el vampiro posmoderno de *Revenant*, se escandalizaba cuando el protagonista de *Seule contre tous* (un carnicero semianalfabeto en paro, desesperado por la falta de dinero y de calor humano) asesinaba a patadas al feto que su mujer llevaba en las entrañas. La diferencia entre unas películas y otras estriba en que en la vida real no existen psicópatas como Michael Myers, que sobreviven incluso tras haber sido flambeados cual tarta de ron. Pero sí existen skinheads, maltratadores de mujeres, violadores, un Antonio Anglés que sigue en libertad... La única violencia que nos resulta de verdad insoportable en la pantalla es la que podría ser real. Ésa es la única violencia visual ideológicamente subversiva. Y ahí estriba la razón, creo, por la que *Seul contre tous*, el primer largometraje de Gaspar Noe, nunca se estrenó en España.

Paralelamente al estreno de *Halloween 20*, y al no estreno de *Seul contre tous*, y la misma semana en la que salía a la venta el excelente libro *Psychokillers*, de Jesús Palacios (Ed. Temas de Hoy), los diarios de difusión nacional dedicaban páginas enteras a la detención del *Diablo de Ucrania*, un asesino en serie, educado en un orfanato estatal «*donde aprendió a odiar a los hombres en silencio» (sic)*, que acabó con la vida de 52 personas.

Películas, libros, exagerada atención en prensa... En los últimos años el *psychokiller* ha adquirido la categoría de mito. Inmerso en la decadente cultura de fin de milenio, el asesino psicópata emerge como la suma de todos los miedos del ser humano contemporáneo, y fascina porque representa una parte de nosotros –la violencia intrínseca al ser humano, que no deja de ser en origen un animal depredador– que los demás hemos aprendido a reprimir o a sublimar.

Esta cuestión siempre acaba por llevar a una discusión filosófica sobre la Naturaleza del Mal; esto es: la interacción con la sociedad que crea y cría al asesino. En otras palabras: ¿es cada criminal un producto de su época? Como sucede con tantas otras preguntas simples, la respuesta es compleja: Sí, pero No, pero Quizá...

La coordenada fundamental en cada asesinato es el *motivo*. No existe el homicidio inmotivado, aunque a veces parezca casi imposible clasificar una muerte violenta a partir de la relación entre victimario y víctima, especialmente en casos como el de Ucrania, donde los crímenes *aparentemente* carecían de *modus operandi* o de sistema de selección de víctimas. Lo que sucede es que el motivo está tan profundamente oculto en la psique del asesino que a veces es difícil entender sus razones últimas.

De acuerdo con los expertos, las razones que pueden justificar un asesinato se reducen a siete, como los pecados capitales: Ambición, Celos, Venganza, Placer, Convicción, Eliminación o Excitación. (Por eliminación de obstáculos se entiende, por ejemplo, el asesinato del hermano que se interpone entre el fratricida y la obtención de una herencia o el de los testigos que lo harían entre uno y la libertad.) Y muchos criminales actúan movidos por una mezcla de varias de estas razones. Parece ser que estos motivos han permanecido invariables a través de los tiempos, culturas y geografías, y en ese sentido, los asesinos no son tanto productos de su sociedad como demostraciones de la singularidad de la naturaleza humana.

Lo que sí proporciona la sociedad es el *método*. En primer lugar, porque cada comunidad pone al alcance de sus asesinos diferentes armas y maneras de esconderse, desde el machete al misil termonuclear, desde la huida al bosque a la falsificación de documentos. Y en segundo, porque el asesinato, como casi todo en esta vida, se aprende, y cada homicida copia lo que ha visto hacer a sus padres o a sus cuidadores, aunque luego lo amplíe y lo exagere: la casi totalidad de los *serial killers* fueron víctimas de abusos infantiles en mayor o menor grado. Después puede, además, aderezar sus métodos con detalles que haya visto o leído en películas, libros, cómics, páginas de Internet o telediarios.

¿Significa esto que habría que censurar la información para no dar ideas a cualquier desequilibrado? No lo creo. Yo sostengo, al contrario, que la censura les arrebataría a muchos la experiencia catártica de transferir su agresividad a la arena civilizada de las artes y las letras. Por eso me parece una estupidez achacar algunos comportamientos violentos juveniles a la influencia de películas, cómics o videojuegos violentos. Es cierto que algunos comportamientos violentos se imitan a partir de los que se han visto en televisión o en donde fuera, pero sólo se imita el *modus operandi*: el motivo estaba ahí y la violencia hubiera surgido de una forma o de otra. Yo estoy y estaré siempre en contra de la censura, tanto en lo referente a violencia como a pornografía (que luego no me apetezca ver gore o porno, será otra cuestión). Teniendo en cuenta que un asesino en serie resulta de una combinación de factores que combinan el abuso infantil, el daño cerebral, la deficiente adaptación social, la represión sexual y la drogadicción, entre otros, de existir una solución al problema, éste radicaría en la prevención, en la atención a la infancia. Mientras no aprendamos a prevenir el comportamiento homicida todo intento de censura de contenido en medios estará condenado no sólo al fracaso, sino probablemente a conseguir el efecto contrario al buscado: que algunos llevarían a la realidad lo que de momento subliman a través de la creación, propia o de otros.

3.2. UN MUNDO ARTIFICIAL

3.2.1. El año que clonamos peligrosamente

A finales de 1998 unos científicos coreanos aseguraban haber clonado una célula adulta de una mujer y detenido el experimento antes de completar la reproducción de una persona. Los científicos padres (es un decir) de la oveja Dolly clamaban, desde Edimburgo, su escepticismo. Menos incrédulo se mostraba Antonio Dyaz, autor del libro *Mundo artificial,* que daba por hecho que en el mundo ya había varios clones humanos paseando por ahí: «*Técnicamente no existe ninguna dificultad adicional al realizar el proceso de clonación con una oveja, un ratón o un mecánico de Arkansas*», aseguraba. Si bien el equipo surcoreano recibió fuertes críticas por parte de grupos ecologistas y religiosos (nótese que grupos ecologistas y religiosos suelen aparecer juntos en las noticias; será porque en los últimos tiempos se parecen demasiado), Dyaz no creía que la clonación planteara un problema ético o moral, sólo práctico.

Más o menos a la semana de que se hiciese público el anuncio del equipo coreano, científicos de diversas universidades en todo el mundo anunciaban su resolución de clonar embriones humanos. Lo más curioso fue que el equipo que creó a la oveja Dolly, que en principio se oponía tajantemente a este tipo de prácticas, dio su beneplácito a estas intenciones.

A mí el advenimiento de la clonación humana me parece inevitable: si un avance científico perengado en teoría está en condiciones de realizarse en la práctica, y sobre todo, si su realización se perfila como potencialmente rentable, alguna multinacional farmacéutica se encargará de borrar la distancia que existe entre potencia y acto. Si se puede hacer una bomba de neutrones (y alguien está dispuesto a pagar mucho por ella), se hace, por muy peligrosa que la cosa pueda resultar.

Por tanto, no puedo ponerme en contra de la clonación humana. Pero algunas de sus posibles aplicaciones me ponen los pelos de punta. En realidad son estas aplicaciones prácticas las que verdaderamente están deteniendo el proceso de investigación para clonar humanos. A continuación detallo unas cuantas:

- El clon de una persona (de la millonaria persona que pudiera pagarlo) podría utilizarse como una especie de recambio humano, el equivalente a un frasco de formol andante donde se conservaran los órganos (riñón, corazón, ojos...) que el dueño del clon pudiera necesitar el día de mañana para vivir diez años más.
- Los clones se podrían utilizar como mano de obra barata para realizar los trabajos más ingratos. Bastaría con clonar a una partida de deficientes mentales bien desarrollados para mandarlos a la vendimia o a la guerra.
- O se podría clonar a las mejores actrices y actores de Hollywood para organizar el mayor negocio de trata de blancas conocido hasta la fecha. ¿Cuántos no pa-

garían millones por poder beneficiarse, a un módico precio, a una réplica exacta de Sharon Stone?

- Por otra parte, la clonación se perfila como una alternativa posible para las parejas que no puedan tener hijos. Y no hace falta que el retoño sea idéntico a uno de los futuros padres legales: ya puestos, ¿por qué no tener una hija que fuera la réplica exacta de Sharon Stone? O ¿quiero que mi hija herede mi miopía y mis pies planos o prefiero convivir con una adorable criatura blanca y rubia igualita, igualita que Eva Braun?
- La clonación se perfila también como una opción de inmortalidad. Si usted sufre un accidente de coche su afligida viuda podría encargar una réplica exacta de su persona a partir de las últimas uñas que se cortó, y esperar veinte años, claro, antes de poder casarse de nuevo con usted, caso de que usted accediera.

Las posibles aplicaciones suenan tan terroríficas como terrorífico pueda ser el ser humano. Porque, seamos realistas, los resultados del progreso dan la razón a Orwell antes que a Rousseau o a Saint-Simon. La investigación nuclear significa energía barata y tratamientos contra el cáncer, pero también misiles tierra aire. Y basta con ver el telediario para darse cuenta de que, de existir una aplicación práctica potencialmente peligrosa de un avance científico, acabará por usarse.

Lo que quiero decir es que estos experimentos no se realizan porque sí. ¿Qué sentido tiene que los escoceses clonen a una oveja y los japoneses a cien ratones si no es porque se pretende, en última instancia, clonar a humanos? Los experimentos de clonación se vienen llevando a cabo desde hace décadas, con mayor o menor éxito, pagados por los propios gobiernos en algunos casos y por multinacionales farmacéuticas en otros. Y la historia de la ciencia demuestra un axioma: «*Si técnicamente es posible hacer algo, ya se está haciendo».* Y no me pongo apocalíptica o alarmista, sólo realista, cuando doy por hecho que algún megamillonario de ¿Arkansas? ya debe de tener en su hangar unos cuantos clones de sí mismo esperando su momento.

Me gustaría hacer un apunte sobre los argumentos que los diversos cerebros implicados en el asunto esgrimen a la hora de justificar los experimentos en el campo de la duplicación genética humana. Ninguno habla del más obvio: el dinero. Es evidente que la duplicación genética humana y sus posibles usos se pueden convertir en un futuro muy cercano en un negocio multimillonario

Pues bien, para justificar la creación de replicantes humanos se alude sobre todo a dos razones:

La primera, la posibilidad de acabar con los problemas actuales de trasplante de órganos. Si se pueden clonar órganos a partir de embriones humanos, una persona que necesite urgentemente un trasplante no tendrá que esperar meses, quizá años, a que se dé la bendita casualidad de que fallezca otro ser humano de su edad y de su grupo sanguíneo, y que coincida además con otra bendita casualidad: que un tercer ser humano de las mismas características no tenga prioridad en la lista de espera de receptores.

Hasta ahí, de acuerdo.

El segundo argumento se centra en las posibilidades de reproducción que se abrían a parejas hasta hoy infértiles. Esto me parece terrorífico. Quiero decir, que entiendo perfectamente la natural aspiración del ser humano a tener herederos que sean carne de su carne y sangre de su sangre. Lo que no entiendo es que esa aspiración deba satisfacerse a toda costa, incluso a través de medios espectacularmente onerosos y moralmente discutibles.

Hasta hace muy pocos años si una pareja no tenía hijos, se resignaba, se compraba un perro, intentaba adoptar un niño o se volvía particularmente amable con los ajenos. Si a una mujer le había tocado en suerte un pecho pequeño, se ponía pañuelos en el sujetador. Si un hombre disponía de un miembro de dimensiones modestas y capaz de erecciones asimismo modestas, se lo tomaba con calma, y quizá incluso se autocompadeciera en privado. Actualmente, se recurre a las siliconas inertes, la prostaglandina, la Viagra o la clonación.

Seamos realistas, los objetivos de la ciencia médica en los países industrializados tienen cada vez menos que ver con salvar vidas o mejorar la salud: su único propósito es mejorar la calidad de vida (si somos bien pensados) o ganar dinero (si pensamos mal). Me parece que estamos asistiendo al amanecer de un mundo feliz huxleysiano, poblado por individuos puerilizados que lo quieren *todo* y lo quieren *ahora*. Individuos, por tanto, particularmente vulnerables a la frustración. Porque la madurez consiste en aceptar que en la vida no se puede tener todo lo que uno quiere.

Entre el 5 y el 12% de los hombres y entre el 10 y el 12% de las mujeres de los países industrializados sufren o sufrirán algún episodio depresivo importante en su vida. La mitad de ellos padecerán depresiones en más de una ocasión. Una quinta parte alternará sus momentos de humor y tristeza con crisis maníacas, caracterizadas por el insomnio, la hiperactividad y los comportamientos autodestructivos (conducción temeraria, promiscuidad, ludopatía, abuso del alcohol y de las drogas...). En el futuro, la depresión será la patología que provocará más pérdida de años de vida saludable, sólo superada por las enfermedades cardiovasculares.

Poco a poco se confirma lo que cuesta estar deprimido. Además de la amargura de espíritu, la angustia permanente, la incapacidad de dormir y el pensamiento suicida, la tristeza causa problemas cardíacos y puede provocar cáncer. En el último número del *Journal of Cancer Institute* se publica un trabajo en el que se asocia la depresión crónica con el riesgo de padecer cáncer. Un estudio del Instituto Nacional de Envejecimiento ha analizado a 4.800 personas y ha comprobado que aquellos que habían tenido más de tres episodios de depresión elevaban en un 88% su riesgo de padecer cáncer. Aunque la relación entre cáncer y depresión ha estado siempre en entredicho, ahora los especialistas creen que la depresión mantenida en el tiempo acaba provocando trastornos graves en el sistema inmunológico y que son estos trastornos los que favorecen que el organismo sea incapaz de controlar el cáncer cuando éste aparece.

Cuando hojeo el periódico y leo horrores como los que están sucediendo en Kosovo, en Ruanda, en Irak, cuando veo fotografías de niños con una mano amputada resultado de una operación de castigo, me prohíbo a mí misma deprimirme. La depresión es un mal occidental porque en el Tercer Mundo la tristeza es, simplemente, una característica de la vida. Y a veces me pregunto si no somos tan vulnerables a los cuadros depresivos porque vivimos en un sistema que nos conmina a tenerlo todo (belleza física, éxito social, vida sexual intensa, lujos y comodidades) amén de matarnos a trabajar para conseguirlo. No estamos acostumbrados a la resignación, a aceptar la frustración como una parte inapelable de la existencia, y damos por hecho que todas nuestras aspiraciones merecen ser legitimadas y todos nuestros deseos satisfechos.

La solución para esta epidemia depresiva que se extiende por el Primer Mundo no se halla, me parece, en el Prozac o en el Seroxat. Debería empezar, en realidad por un cambio en la conciencia colectiva.

En 1998 se han registrado en los Estados Unidos 13.000 nuevas patentes biotecnológicas. Algunas incluyen nuevos tipos de animales y plantas (85 razas de ratón; maíz, patatas y tomates transgénicos para todos los gustos; una vaca superlechera y una planta de tabaco que brilla en la oscuridad, entre otros).

En Italia un comando de terroristas ecologistas –un comando de chalados, vamos– envenenó una partida de bombones Nestlé para protestar por la utilización de alimentos transgénicos en la composición de los chocolates.

Hay que ser gañán, me dije cuando leí la noticia. Si quiere usted hacerle la pascua a Nestlé, aduzca una razón más seria, la promoción y venta de leches maternizadas en el Tercer Mundo, por ejemplo, donde las madres acaban convencidas de que es más sano, más moderno y más *civilizado* darle sustitutos químicos al bebé que permitirle mamar del pecho de su madre. Las leches maternizadas se inventaron para solucionar los problemas de aquellas mujeres que, por problemas físicos, no podían dar el pecho a sus hijos, no para crearles trastornos de salud a críos que hubieran podido disfrutar de los beneficios de una lactancia natural.

En fin, a lo que íbamos: la postura de algunos grupos ecologistas en contra de la tecnología aplicada a la alimentación me parece de un inculto subido. Y la incultura es peligrosa. La alarma desatada a propósito de los alimentos transgénicos está produciendo importantes retrasos en el descubrimiento de vías urgentes y muy asequibles de alimentación. Modificando determinados segmentos del material genético de una planta se puede alterar su fenotipo, es decir, la expresión física de su material genético. Pensemos que si se pueden obtener tomates, judías, maíz... y demás vegetales transgénicos con un mayor valor nutricional, que se desarrollen antes y que puedan crecer en condiciones climatológicas adversas, se está contribuyendo a solucionar el problema del hambre en el mundo.

Por otra parte, los tomates y las patatas *de toda la vida*, por ejemplo, son transgénicos de por sí, aunque la alteración de su fenotipo original no se haya realizado en un laboratorio. Al trasplantar las primeras cepas desde el Nuevo Mundo, y al ir seleccionando las mejores, las que se adaptaban a las nuevas condiciones, se consiguieron con el paso de las décadas y mediante cruces e injertos, los vegetales que ahora conocemos y que sin ningún temor ni aprensión consumimos alegremente en nuestras ensaladas. El laboratorio no hace sino acelerar un proceso natural.

El temor de algunos ecologistas ante todo lo desconocido o manipulado artificialmente, no parece sino una versión moderna del mito del hombre del saco. Existe el tipo de ecologista apocalíptico, ignorante y tecnófobo que pretende erigirse en nuevo salvador del mundo; y existe otro tipo de ecologista sensato, el que trabaja en los departamentos de investigación de las universidades y aborda con seriedad y sin recelos temas como la investigación transgénica o la necesidad de que ciertos alimentos lleven conservantes (en un mundo ancho y de grandes distancias no se puede comer nada fresco a no ser que uno viva en el campo, y más vale, por precaución, que el bollito que nos comemos haya pasado por un laboratorio donde se eliminen los gérmenes, las sustancias potencialmente peligrosas y la posibilidad de una indeseada salmonella).

El primer tipo de ecologista no es sino un santón al que le inspira pavor cualquier investigación, cambio o avance, un fanático tan peligroso como cualquier otro fundamentalista, y un ignorante que no es consciente de que en un mundo superpoblado no es capricho, sino necesidad imperiosa, la cuestión científica de la racionalización de los recursos alimentarios.

El riesgo de que los alimentos transgénicos o los conservantes no sean benignos existe, es cierto; pero no es mayor que el riesgo de que el honesto casero que cultiva las lechugas biológicas haga sus necesidades sobre ellas.

La tecnología no es buena ni mala *per se*. Lo peligroso es el uso que se haga de ella.

Rizando el rizo y volviendo a la clonación: entre las patentes biotecnológicas también las hay que otorgan patente comercial sobre determinados genes capaces de controlar el desarrollo de algunas enfermedades (Alzheimer, artritis, cáncer de mama) y sus aplicaciones para su cura en el ADN. John Geahart, un investigador de la Universidad Johns Hopkins, pretende clonar células de embriones humanos abortados para obtener miembros de repuesto (corazones, hígados, pulmones...) y solucionar así el problema de la escasez de órganos para los trasplantes. Hay quien habla incluso de la posibilidad de archivar el código genético de cada recién nacido y así poder fabricar repuestos vitales a su medida en caso de un accidente futuro.

De hecho, el doctor Severino Antinori, profesor de reproducción asistida en la Universidad de Roma, ya ha anunciado su intención de clonar humanos y está buscando el país en el que instalar su laboratorio, una nación cuya legislación le permita dedicarse a sus experimentos.

Eso sí, la duplicación genética presenta sus pequeños inconvenientes. La oveja Dolly fue el resultado del intento de clonación número 277. Ya pueden imaginar el (lamentable) aspecto de los replicantes bovinos obtenidos en los 276 intentos previos. Desconozco qué habrá sido de los resultados de los numerosos experimentos de clonación animal y humana de los que no se ha hablado en prensa y que se vienen llevando a cabo desde hace décadas, con mayor o menor éxito, pagados por los propios gobiernos en algunos casos y por multinacionales farmacéuticas en otros, en todo el mundo. Algunos aseguran que Bill Gates, que ha invertido miles de millones de dólares en la firma de investigaciones biotécnicas Darwin Molecular, ya se ha hecho un clon de sí mismo. Llámenme alarmista, pero es que yo, al contrario de lo que postulaban Rousseau, Fromm, Skinner o Marcuse, sostengo que el ser humano *no* es bueno por naturaleza. 1999 fue el año del euro. 1998 pasará a la historia como *el año que clonamos peligrosamente*.

Otro bocado de realidad

La UE admite una patente que permite clonar seres humanos

Europa ha roto un tabú. La Oficina Europea de Patentes, con sede en Múnich, registró en diciembre pasado, por primera vez en el mundo, una patente que permite la modificación genética de células humanas.

La patente se registró el pasado 8 de diciembre con el número EP0695351, a nombre de la Universidad de Edimburgo. Según su expediente, se permite la extracción de células de embriones para modificar sus estructuras genéticas y construir, a partir de las manipulaciones, determinados organismos.

No hay una cláusula en la que se descarte el uso de genes humanos. «Esto es sólo la punta del iceberg. Durante mucho tiempo la Oficina de Patentes ha estado bordeando la ley con manipulaciones en plantas y animales, o partes de los seres humanos. Las leyes éticas no cuentan», añadió el portavoz de Greenpeace.

En declaraciones a *The Financial Times Deutschland*, el director de Biotecnología de la Oficina de Patentes, Christian Gugerell, reconocía que se había producido un error. «Aquí se ha cometido una grave equivocación. Cuando se inscribió la patente, no se excluyeron a los seres humanos. No es tan habitual incluir esta excepción», señaló el responsable de la Oficina.

El portavoz de la Oficina, Rainer Osterwadter, explicó que la patente no será anulada de inmediato. El proceso de revisión, explicó, puede durar años antes de que se adopte una decisión definitiva.

En diciembre de 1999, la Oficina Europea de Patentes hizo caso omiso de las protestas de las organizaciones ecologistas internacionales y abrió la puerta a la manipulación en las plantas. De esta manera, comenzó a patentar el derecho a la vida, lo que a juicio de Greenpeace ha dado ahora paso a esta vía para la clonación y la manipulación genética del ser humano.

La Oficina de Patentes se financia de los ingresos que recibe por los registros. En 1998 logró unos ingresos de 1.300 millones de marcos, unos 110.500 millones de pesetas.

En Alemania está prohibida la manipulación de genes humanos. La decisión de la Oficina con sede en Múnich es también contraria a las directrices de la Unión Europea, que no permite patentar embriones humanos con fines comerciales, ni tampoco admite la reproducción humana por medio de clonación.

Noticia publicada en el diario *El Mundo*

3.2.2. Ciberamor

Los psicólogos norteamericanos –los gurús del imperio– recomiendan que el personal aproveche las vacaciones para practicar lo que se ha dado en llamar *desintoxicación informativa*. Esto es: pasarse una semana sin ver la tele, ni escuchar la radio, ni leer los periódicos, ni conectarse a Internet. ¿Y con qué objeto? Pues se supone que para recuperar el ritmo biológico natural, aprender a interpretar los mensajes del cuerpo, escuchar las voces de nuestro yo interior, y demás consignas de la jerga *new age* Yo me tomo las vacaciones y el consejo muy en serio, así que, sintiéndolo mucho, en verano no puedo comentar ningún tema de actualidad. Y tampoco puedo escribir una columna estival del tipo «cómo languidecen las ciudades abandonadas mientras el rebaño se achicharra en las playas contaminadas», porque suelo pasarme los veranos tan urbana como siempre en una ciudad –Barcelona– que de abandonada nada tiene: la han tomado unas feroces hordas de turistas (vascos, madrileños, gallegos y hasta algún sajón) que arrasan sus calles al unánime grito de «*¡Queremos playa y Corte Inglés a la vez!*».

Se supone que una periodista es una persona informada y al corriente. Se supone que a una le permiten expresar su opinión una vez a la semana en una página destacada de un periódico de difusión nacional porque las aseveraciones de una podrían interesar a algún lector o incluso podrían ser relevantes. Se supone que cada vez que me siento frente a mi ordenador portátil noto sobre mi conciencia la carga de tamaña responsabilidad. Pero en verano no me siento nada informada, nada concienciada, y en absoluto poseedora de una opinión relevante. Desconectada. Conscientemente desconectada porque, por propia decisión, opto por no leer periódicos ni escuchar la radio, ni conectarme a Internet. Y me someto a la desintoxicación informativa, escuchando el tic-tac de mi reloj biológico, que suena tan peligroso como una bomba *(Tienes treinta y tres añoooooos, estás malgastando tu viiiiiiiiiiiiiida...).* De vez en cuando me apetece desestresarme y siempre acaba por llegar el momento en el que a una le parece que ya está bien de sentirse culpable de todas las miserias del Tercer Mundo, avergonzada por las corruptelas de los políticos que nos gobiernan, escandalizada ante la ola de frivolidad y corazonismo que ha sustituido a la religión como opio del pueblo en los medios de comunicación... *Harta ya de estar harta, ya me cansé...* de experimentar emociones consecuentes a acciones de las que una no participa o no se siente responsable.

Hay una cosa, eso sí, de la que no he conseguido desengancharme: Internet. ¿Qué iba a hacer yo sin conectarme mis veinte veces diarias a la página de *The Blair Witch Project*? Mi amiga Susa, una residente en Barcelona que se toma las vacaciones en septiembre, y en cuya casa me quedo de vez en cuando, asegura que yo soy una ciberadicta. ¿Y quién mejor que Susa para asegurarlo, puesto que ella es una ciberadicta *diagnosticada*?

Mi amiga Susa se gasta medio sueldo en contarle su vida a un psiquiatra que cobra la friolera de ocho talegos por aguantar una miserable hora de la misma brasa que le aguanto yo a la Susa todas las noches y gratis. Eso sí, ahora la Sus se puede meter toda la coca que le dé la gana sin problemas de conciencia, porque desde que el psiquiatra le diagnosticó una «falta de control de los impulsos» la Susa ha decidido que de sus pasos en la tierra responda la ciencia y no ella. Pues bien, el loquero en cuestión, recién llegado de un congreso de Toronto, ha emitido un segundo diagnóstico para complementar el primero, y la Sus se acaba de enterar de que, amén de incontrolada, es ciberadicta, porque el galeno le ha dicho que, merced a sus dos horas diarias de enganche al chat de Internet, la Susa ya está considerada –al menos en Toronto– como una enferma mental. Y ahí le pregunté yo a la Susa: «¿Y tú qué coño haces colgada de la web dos horas al día?». La respuesta: «Porque es el único lugar en el que me puedo permitir ser yo misma. Ni siquiera al psiquiatra le puedo contar lo que les cuento a los del chat».

Teniendo en cuenta que la Sus es directora de programación de una cadena de televisión (*ergo* pudiente) y tiene un novio digno de figurar en la página central del *Playgirl* (*ergo* bien follada), una no puede evitar pensar, mal que le pese, que a veces las chorradas con las que abría la página (lo del ritmo biológico natural, los mensajes del cuerpo, las voces de nuestro yo interior y la desintoxicación informativa) pueden ser menos chorradas de lo que a primera vista parecieran.

No crean ustedes que los argumentos de *El show de Truman* o de *EDtv* tienen nada de original. Hay precedentes. Por ejemplo, el de Jennifer Ringley, una monada de Nueva York cuya vida ha sido retransmitida, minuto a minuto, a través de Internet, durante los últimos dos años y medio, merced a las cámaras web que esta atrevida joven ha instalado en su dormitorio, su salón y su oficina. A Jenni se le ocurrió la idea después de echar un vistazo a otro *site* de Internet, *The Amazing Fish Cam Web,* que envía imágenes en tiempo real sobre la apasionante vida cotidiana de... un pez. Y esta norteamericana visionaria pensó que sería mucho más interesante observar la vida de un espécimen humano encerrado en su metafórica pecera. Al fin y al cabo, si uno se suscribe al National Geographic Channel lo hace para ver cómo las criaturas salvajes en libertad se alimentan, duermen o copulan. Y los humanos somos animales (y bastante más salvajes que un león, si tenemos en cuenta estropicios como los de Sudán), así que no resultaba descabellada la idea de que pudiera haber interesados en observar el comportamiento de un ser humano en su propio hábitat.

JenniCam es hoy por hoy el tercer *site* más visitado de Internet (por encima del de *Playboy*).Y además Jenni, chica lista, se ha hecho rica, porque cobra cincuenta dólares trimestrales a todo aquel que quiera acceder a su privacidad. Jenni asegura que no es consciente de la presencia de las cámaras (que por lo visto son diminutas y prácticamente imperceptibles), que casi ha olvidado su presencia y que actúa como si no existieran. «*Disfruto de mi intimidad. Y disfruto compartiéndola con otros dos millones de personas que se conectan a mi vida cada día y cada noche.*» Dos millones de impenitentes curiosos que pagan alegremente su cuota para disfrutar de la oportunidad de ver a Jenni comiendo, vistiéndose, desvistiéndose, fregando los platos, sacándose un moco, rascándose el culo (por lo visto Jenni no miente al asegurar que no es consciente de la presencia de las cámaras), o, quién sabe, haciendo el amor. Porque por supuesto, con suerte, y si uno se conecta en el momento adecuado, podrá ver con quién se acuesta esta rubia, qué es lo que hace y cómo lo hace.

Puedo entender muy bien que a Jenni le guste la idea de que cada vez que alcanza un orgasmo cientos de miles de pares de ojos anónimos estén disfrutando con ella. (Quien más, quien menos, todos somos un poco exhibicionistas.) Y entiendo también que esos miles de pares de ojos hayan preferido el *site* de Jenni a cualquiera de los *sites* porno de Internet. (Quien más, quien menos, todos somos un poco *voyeurs*.) Porque nadie garantiza qué escena te vas a encontrar al conectarte a la webcam de Jenni. Y sin riesgo no hay aventura, y sin aventura no hay placer ¿*Peep show* cibernáutico, soledad compartida, exhibicionismo, *body art*? Llámenlo como quieran. Yo lo llamo, sencillamente, morbo.

A través de la ordinaria existencia de Jenni cualquiera puede encontrar consuelo a su propia vida anodina y miserable. Puede que un chico cuya novia haya anulado en el ultimísimo momento la cita del sábado por la tarde se sienta un poco menos solo viendo cómo Jenni no tiene plan más excitante que el de hacer la colada. Y a una chica a la que le acomplejen sus kilos de más le encantará ver cómo Jenni exhibe alegremente y sin el más mínimo pudor sus redondeces en ropa interior. El éxito del *site* de Jenni (como el de los *reality shows*) prueba que al común de los mortales le intriga más la vida de los seres humanos corrientes y molientes que la de los ricos, guapos y famosos (cuya vida privada es teóricamente accesible a través del papel cuché, pero siempre filtrada y distorsionada, jamás transmitida con la espontaneidad y la sinceridad de la de Jenni). La visión de la rutina de una mujercita ni guapa ni fea, más bien gordita, con una vida tan sosa como la suya o la mía, valida y legitima la normalidad de cada uno de nosotros. Así que si tiene usted un mal día, le recomiendo que se conecte al *site* de Jenni. Porque puede que ella tenga otro igual. O peor.

El milenio se derrumba, la red crece, los objetos se corrompen, los bits perduran, decía Antonio Dyaz. Servidora forma parte del 25% de la población española que dispone de ordenador, y asimismo del 75% de entre ellos que se conecta a Internet. Cifras ridículas para un país industrializado: por muy europeos que se suponga que somos y mucho euro con el que paguemos, en realidad somos tan tecnológicamente tercermundistas como a continuación explicaré.

Fuera de nuestro país, Internet ha revolucionado no sólo la comunicación, sino también los hábitos de vida y ocio. La red ha permitido que se extienda la modalidad del teletrabajo (esto es, que cada uno pueda trabajar en su propia casa conectándose vía módem a su empresa), con las ventajas que este nuevo sistema laboral supone tanto para el particular –que puede disponer de su tiempo y organizárselo como le dé la gana, mejorando su calidad de vida y sus relaciones familiares-- como para la sociedad en la que viva, que se beneficiará de las mejoras ecológicas y sociales que el cambio traiga: los trabajadores no se van a ver obligados a cubrir grandes distancias para acudir a su lugar de trabajo, de forma que los problemas de tráfico y de contaminación se reducirán sensiblemente.

Internet ha permitido también que numerosos profesionales que antes debíamos emplear interminables horas en la búsqueda de información y documentación, hayamos visto milagrosamente solventado ese problema de la noche a la mañana. Lo que antaño fuera traslado a la biblioteca, obtención del permiso pertinente, paciente espera hasta que a uno le entregaban el codiciado microfilm o documento, o (si la información venía de. otro país) cartas o faxes a la universidad u organismo correspondiente y enrevesadísimos trámites burocráticos, se resume actualmente en segundos: basta con teclear en nuestro navegador la palabra clave que nos conduzca a la información buscada, imprimir los artículos encontrados... *et voilá!*

Algunos agoreros ven en la red un instrumento del diablo y esgrimen concienzudas estadísticas para demostrarnos cómo la red fomenta la alienación del individuo: el 18% de los usuarios le roba tiempo al sueño para conectarse a Internet, un 12% deja de leer, un 11% abandona las citas con los amigos, otro 11% desatiende la escuela o el trabajo... Pero lo cierto es que un 52% deja de ver la televisión, y, tal y como está el medio, no podemos por menos que admitir que el cambio, en principio, no será para peor. Estos apocalípticos visionarios, agobiados por la tensión milenarista, suenan tan ridículos como los que en su día se oponían a la llegada del tren aduciendo que desplazarse a una velocidad superior a los ochenta kilómetros por hora supondría consecuencias nefastas e irreversibles para el organismo humano.

Si por mí fuera, usaría la red mucho más de lo que lo hago en la actualidad. Lamentablemente no puedo hacerlo porque Telefónica no me lo permite. Y no sólo por las elevadísimas y tercermundistas tarifas que me impone, sino porque mi servidor se desconecta con decir amén, y nos deja colgados a los sufridos internautas unas cuatro veces por hora, para que su compañía madre nos cobre cada intento de reconexión de forma que a los usuarios nos toque pagar por la ineptitud de la empresa.

Si queremos hacer frente al reto tecnológico no podemos vetar el uso de las propias tecnologías. Internet no proliferará en España mientras se sigan aplicando tarifas abusivas. En España, una hora de conexión a Internet se sitúa en más de 300 pesetas. En Estados Unidos, dependiendo de la compañía telefónica que se contrate, puede salir prácticamente gratis. Encomio desde aquí a todos los hackers y a los merodeadores que navegan por Internet a que hagan algo útil, para variar. *Fight the real enemy,* que dicen los yanquis. Por favor, entren en el sistema de Telefónica y bloqueen su programa de contabilidad. O quizá deberíamos ponernos de acuerdo todos los usuarios para hacer huelga de teléfono: dejemos de llamar tres días seguidos, recurramos al correo o al tam tam. O manifestémonos en la puerta del Congreso exigiendo la desmonopolización de las líneas en este país. O decoremos a base de graffitis alegóricos las dependencias de Telefónica en Gran Vía, o luzcamos camisetas con mensajes al respecto o... La cuestión es: si todos los internautas nos quejamos de lo mismo, ¿por qué no aunamos fuerzas?

No nos engañemos: Internet, a día de hoy, es un caos. Poca información útil, una dificultad terrible para hallarla, problemas técnicos constantes, más expectativas que realidades. Entonces ¿por qué soy yo una ciberadicta? Pues porque al final resulta que una se acaba conectando a Internet para encontrar la normalidad, puesto que parece que el mundo virtual es más real que el mundo del día a día. Y más sincero, como han demostrado Susa y Jenni.

3.2.3. Transexualidad medioambiental

En los años setenta los hombres con ambiciones femeninas iban en peregrinación a la Meca de la transexualidad: Marruecos. (Para más documentación veáse la película de Pedro Almodóvar *La ley del deseo,* en la que el personaje que interpretaba Carmen Maura narraba cómo, tras un incestuoso periplo marroquí en compañía de su padre, se convirtió en niña en un arrebato de amor filial.) Pero los tiempos cambian. La era *high tech* exige desplazamientos más largos. Me veo a todos los travestís del país fletando charters a Tokio. ¿Que por qué? Por la sencilla razón de que a las puertas del segundo milenio hemos descubierto la transexualidad medioambiental. Los responsables del fenómeno son unos compuestos químicos agrupados bajo el bonito nombre EDC (Endocrine Disrupting Chemicals), que de momento, y para desgracia de los travestís occidentales, sólo se han identificado en la atmósfera y en los alimentos tokiotas, y que son los responsables de que un gran número de recién nacidos varones de la ciudad nazcan con unas glándulas mamarias hiperdesarrolladas que para sí las quisiera Yvonne Reyes. Esto, cuando llegan a nacer, porque otro de los efectos de los EDC es la reducción de espermatozoides en los varones adultos.

Hago desde aquí un llamamiento a algún avispado empresario al que le sugiero el negocio de su vida: apréstese a importar atmósfera nipona y ahorre a los sufridos transexuales el calvario de los efectos secundarios de una operación de aumento de pecho. Ya que el último grito en los bares de Hollywood es la venta de pequeñas botellitas de oxígeno puro, se podrían vender en los bares de Chueca cápsulas de atmósfera nipona que las travestís inhalarían entre chupito y chupito. Los restaurantes japoneses podrían incluir un menú erótico con tempura anticonceptiva (los EDC se encuentran en las verduras a causa de las fumigaciones con pesticidas). Y ya puestos, un equipo de científicos podría estudiar el fenómeno nipón para adaptarlo con algunas variaciones al entorno patrio. Se puede diseñar, por ejemplo, el filetón transgénico de buey engordado con una mezcla especial de esteroides que garantice tras su consumo un hiperdesarrollo de los órganos genitales del temerario *gourmet,* o los callos anticonceptivos elaborados a base de tripas de cerdo criado con auténticos EDC, importados directamente del país del Sol Naciente.

Y conste que la idea del filete para cambiar de sexo no es tan visionaria como pudiera parecer a primera vista, puesto que algunos estudios han demostrado que los consumidores de carne tratada con demerol, una hormona sintética, desarrollaban un cambio en sus caracteres sexuales secundarios: aumento de la localización de grasa en diferentes partes del cuerpo, cambios en la voz y en la distribución del vello y crecimientos de senos.

Además, los últimos estudios sobre las hormonas naturales y sintéticas presentes en el entorno demuestran que la producción de esperma ha descendido en términos globales un 50% en los países industrializados durante los últimos cincuenta años; es decir, coincidiendo con el comienzo de la cría industrial de ganado y el uso de estrógenos y otras hormonas en la producción de carne. En Estados Unidos al 95% del ganado se le trata regularmente con estradiol, testosterona, progesterona y esteroides anabolizantes, por no hablar de las enormes dosis de antibióticos necesarias para controlar enfermedades cuando los animales se alimentan con piensos que tienen nada de natural (algunos, como lo demostró la epidemia de las vacas locas, se fabrican reciclando los propios excrementos del ganado o los huesos de sus congéneres sacrificados) y viven hacinados en un metro cuadrado, hundidos hasta el corvejón en orín, heces y barro, sin espacio para moverse.

Estas drogas, productos químicos y venenos figuran entre los responsables de algunas patologías humanas modernas, como el descenso en la producción de esperma y el índice de fertilidad, así como el cáncer y la creciente resistencia a los antibióticos. Por no hablar de las llamadas «enfermedades súbitas», los ataques al corazón, las trombosis y los cánceres de estómago producidos por un exceso de carne en la dieta. Para colmo, los residuos de hormonas, pesticidas, bacterias y virus presentes en la carne producen numerosas enfermedades que ya no pueden tratarse puesto que, al estar la carne tratada con antibióticos, los consumidores desarrollan una tolerancia a los mismos: es decir, la carne proporciona no sólo el agente patógeno, sino la tolerancia hacia el único sistema de acabar con él: las bacterias y virus que la carne transmite son inmunes a los antibióticos.

Alarmismo aparte, el problema de la contaminación ambiental tiene dos soluciones posibles: la romántica-natural o la práctica-artificial. Esto es, podemos luchar por reducir la emisión de gases y elementos químicos nocivos y moderar la produción industrial para no alterar la climatología y el ecosistema, o podemos adaptarnos, o sea, asumir que nuestro orden produce caos, y separar ambos mundos, el nuestro y el de nuestras consecuencias. Ya hay filósofos que han propuesto que, ahora que estamos a punto de controlar el genoma humano, utilicemos este conocimiento para preparar a nuestros descendientes para lo que se les avecina, y diseñemos criaturas resistentes a la contaminación, la radiactividad y los alimentos químicos. Un ser humano podrá nacer con diversas alteraciones genéticas manipuladas específicamente para mejorar su adaptación al medio. Después sería sometido a diferentes intervenciones para dotarle de implantes diversos que mejorarán su rendimiento, su resistencia física, su percepción sensorial, su velocidad de cálculo o su potencia sexual. Habría que implantarle además unos filtros de aire o líquidos para poder respirar en una atmósfera venenosa... Otros científicos opinan que este diseño genético no será necesario puesto que la propia evolución se encargará de ello.

En fin, serafín... Esperemos que un tema parecido no fuera la estrella de la última conversación que mantuvieron los dinosaurios.

3.2.4. La venganza de Gaia

Quizá ustedes se hayan preguntado alguna vez, como yo, cuál es la razón por la que, en general, el varón homosexual es más guapo que el heterosexual. Bien, científicos del mundo mundial se han exprimido las neuronas intentando hallar una solución a este fenómeno sin arribar a ninguna conclusión. Finalmente, servidora, tras arduos esfuerzos de investigación, ha llegado a elaborar una teoría concluyente que arroja luz sobre este curioso fenómeno.

En primer lugar hemos de referirnos a la teoría de Gaia, según la cual la Tierra es un ente pensante y capaz de tomar decisiones propias, y capaz de tomar decisiones propias. Para entender esto deberíamos redefinir nuestra concepción de «pensamiento», no entendida como la capacidad humana de verbalizar y sentir, sino como la capacidad de cualquier organismo de adaptarse al entorno y defenderse de los ataques.

De esta manera, en su momento, Gaia exterminó merced a una oportuna glaciación a la insidiosa raza de los dinosaurios, que amenazaban con desequilibrarle el ecosistema a base de devorar sin criterio ninguno cuanta hierba y bicho hallaban a su paso. Actualmente Gaia planea hacer lo propio con la raza humana que le organiza pruebas nucleares, le monta invasiones con misiles, le suelta vertidos radiactivos en sus oceános y le está destrozando la capa de ozono. La inteligente Gaia ha optado por un sistema de exterminio mucho más sutil que una simple glaciación: la programación genética. Esta impronta hace que el mismo cromosoma que convierte a determinados varones en homosexuales les impela de forma ineludible a adaptarse cual camaleón a las corrientes estéticas imperantes. Esto se consigue mediante un sistema de alomimetismo (dícese del fenómeno según el cual en un grupo animal –los peces en el cardumen, las ovejas en el rebaño, los pájaros en la bandada etc...–, el grupo tiende a seguir a un líder e imitar sus comportamientos). Así, si el Dj del Arena o del Xenon va al gimnasio tres veces por semana, toma sesiones de rayos UVA, se compra la ropa en Gaultier y se tiñe y corta el pelo en Dessange, sus fieles no querrán ser menos y se esforzarán por estar tan vigoréxicos, y tan morenazos como él y por no quedarse atrás en lo que a estridencias de modelerío se refiera.

Por supuesto aquí entraríamos en la famosa polémica de ¿el homosexual nace o se hace? Bien, el homosexual nace, aunque alguno se haga (más que nada porque es más divertido: no hay bares con cuarto oscuro, ni saunas, ni bares *leather* para heterosexuales, al menos de momento y en Madrid). Y ¿por qué nace? Pues porque la Naturaleza, que es muy sabia, ha diseñado un gen que se distribuirá aleatoriamente entre algunos individuos para que éstos no se reproduzcan y evitar de esa manera la elevadísima tasa de población que resultaría de un crecimiento de ésta en progresión aritmética; es decir, la que resultaría si todos los individuos se reprodujeran. Y me dirán ustedes, ¿para qué hacer eso? Si la Naturaleza quisiera que la población se mantuviera estable, ¿no sería más sensato recurrir a otro método de reproducción que asegurase que cada individuo dejara tras de sí un solo individuo idéntico, como la partenogénesis o la clonación? Pues no, porque de ser así los genes no se podrían recombinar y la raza no podría evolucionar, esto es, no podría mutar ante circunstancias adversas como cambios genéticos o glaciaciones.

Hoy en día sabemos que entre las seis y ocho semanas posteriores a la gestación, el feto masculino recibe una dosis masiva de andrógenos, que son los encargados de crear los testículos, y una segunda dosis, que es la responsable de transformar su estructura cerebral. Los investigadores apuntan que si el feto masculino no recibe la cantidad suficiente de hormonas en ese momento, es muy probable que el futuro bebé sea gay tras la pubertad.

Sin embargo, la razón de la homosexualidad no está en la recepción de hormonas, sino en los genes. Para que una dosis insuficiente de andrógenos desemboque en homosexualidad, el feto debe poseer el «gen gay», una característica impresa en la secuencia X2928 del cromosoma X. La posibilidad de que el gen sea determinante depende de la presencia de andrógenos/testosterona entre las seis y las ocho semanas después de la concepción.

Por si no lo han entendido: ¿qué significa que un gen sea determinante? Un gen es determinante cuando determina una característica, y es dominante cuando esta característica se manifiesta. Por ejemplo, uno puede haber heredado el gen de la diabetes, pero no llegar a manifestarse nunca debido a que siga una dieta baja en azúcar y grasas. El gen que causa la diabetes sólo cuenta con un 30% de posibilidades de llegar a ser dominante. Los que son portadores del «gen gay» tienen una posibilidad de entre 50-70% de llegar a ser homosexuales, dependiendo de la cantidad de hormonas que reciba el embrión.

De esta forma la homosexualidad sería una orientación inalterable, como ser pelirrojo y tener pecas.

Yo he leído no sé qué estudio americano según el cual los homosexuales eran más receptivos a la publicidad debido al hecho de la poca representación visible que como colectivo social habían tenido. Me ofrecen algo, luego reconocen que existo, luego no soy un bicho raro. También hay una teoría que demuestra que los hijos adoptados se acaban pareciendo a sus padres más que los hijos naturales, como mecanismo de defensa, para que los quieran más. Así, los homosexuales copian a los líderes de su comunidad porque esperan el mismo resultado, ¿no? Y luego está lo del principio de atracción según el cual los científicos dicen que los hombres se dejan seducir por la vista y las mujeres por el oído. Lo que confirmaría, en cierto modo, mi teoría. Si tienes que ser gay, parécete a George Michael antes que a Elton John... Ahora sólo queda que ellas decidan parecerse más a Anne Heche y menos a Martina Navratilova...

Entretanto el varón heterosexual, impelido por el cromosoma que dicta su opción sexual y por ende su escasa adaptación a las corrientes estéticas imperantes, desarrolla una antiestética tripita cervecera antes de los treinta años, se siente incapaz de combinar una camisa y una corbata con propiedad y se resiste cual numantino a abandonar a su barbero de toda la vida. La hembra heterosexual, condenada a desear un varón que no puede satisfacerla, limita la frecuencia de sus encuentros sexuales, con lo que la tasa de reproducción de la raza disminuye sensiblemente (y es por eso que en el mundo civilizado la frecuencia de nacimientos ha descendido dramáticamente hasta situarse prácticamente en tasa de crecimiento cero). De esta manera se cumple la venganza de Gaia. Y si no se creen mi teoría, basta con que se pasen por mi calle (Atocha) y comparen entre los dos especímenes: los homosexuales que abarrotan el club gay Velada y los heteros que pululan por la sex shop Mundo Fantástico, sita casi enfrente. Van a ver entonces cómo me dan la razón...

3.3. EL TAN ESQUIVO Y BUSCADO AMOR: Incompatibilidades entre la concepción de pareja tradicional y el ritmo de vida de la mujer de hoy. ¿Cómo adaptarse?

3.3.1. Identificar el amor: el hombre ideal

Mi hombre ideal debería poseer la mirada transparente de Montgomery Clift bajo las cejas enarcadas de Sean Connery, el ceño atormentado de Jeremy Irons, los pómulos afilados de Willem Dafoe, los sensuales morritos de Mick Jagger, pero aderezados con el labio partido de Humphrey Bogart, la nariz griega de Marcello Mastroianni, la mandíbula cuadrada de Pierce Brosnan, la sonrisa amable de James Stewart, las delicadas manos de Dirk Bogarde, las yemas de los dedos de Warren Beatty, el pulgar prometedor del chico Martini *(se llame como se llame),* la elegancia gestual de Miguel Bosé, la voz profundamente oscura de Constantino Romero, pero combinada con el matiz susurrante de Robert de Niro, los brazos escultóricos de Dimitri Belocherchev, los vastos hombros de Gregory Peck, los abdominales perfectos de Mark Van der Loo, las piernas inacabables de Rupert Everett, la graciosa elegancia de Cary Grant, el balanceo de caderas de Jim Morrison, el torso tallado en músculo de Nacho Duato, el magnetismo volcánico de Marlon Brando, la encantadora placidez de Epi Teleñeco, la ironía desdeñosa de Robert Mitchum, la sobria dureza de Clint Eastwood, el canalleo profesional de Jack Nicholson, la chulería simpática de Paul Newman, el estudiado desaliño de Damon Albarn, los pantalones de cuero de Han Solo, la penetrante lucidez de Fernando Savater, la contenida ternura de Josep Vincent Marqués, la sobrenatural inteligencia del Doctor Spock, la desaforada imaginación de Spielberg, la afilada ironía de Oscar Wilde, la capacidad de análisis de Douglas Copeland, la prosa inimitable de Gustave Flaubert, el sentido del humor de Woody Allen, el aparato genital de Rocco Siffredi, (combinado con el desaforado priapismo de Casanova), la cuenta corriente de Donald Trump (siempre que la distribuyera con la mayestática esplendidez de un Luis II), y el corazón orgullosamente femenino de Pedro Almodóvar.

Se lo perdonaría casi todo... pero preferiría que no poseyera el concepto del trabajo de Alessandro Lecquio, ni el concepto del mundo del padre Apeles, ni el concepto de la decoración de Davor Súker *(ay, esa piscina y su fondo de azulejos con el escudo del Real Madrid)*, ni la pijería graciosona de Ricardito Bofill, ni la inquina carroñera de Jesús Mariñas, ni el arribismo pseudoliterario de Ángel Antonio Herrera, ni el verbo florido de Jesulín de Ubrique, ni el estridente modelerío de Rappel, ni la empalagosa cursilería de Arturo Fernández *(don´t call me chatina, please)*, ni la trasnochada pedantería de Jaime Campmany, ni los desvaríos homófobos de Camilo José Cela, ni los alegatos carcas de Vizcaíno Casas, ni el ideario rancio de Gironella, ni el peinado engominado de Mario Conde, ni la sonrisa postiza de Julio Iglesias, ni el ssilbante ssilabeo de su hijos *(¿sabess?)*, ni los rasgos fisonómicos de Jordi Pujol, ni el sentido de la oportunidad de Javier Solana, ni la megalomanía electoral de Rojas Marcos, ni el machismo pretérito de Fran Rivera *(¿mi Eugenia? ¡En casa como debe ser!)*, ni el insolidario mercantilismo de Álvarez del Manzano, ni el criterio estético de José Luis Moreno, ni la furibundia nacionalista de Jon Idígoras, ni la agresividad incontenible de Álvarez Cascos, ni la jocundería chabacana de Chiquito de la Calzada, ni el cerebro raquítico de Pedro Carrasco, ni la manufacturada vida sentimental de Enrique del Pozo, ni la descarada impostura de Daniel Ducruet, ni las explosiones coléricas de Javier Clemente, ni la vulgaridad carpetogañana del doctor Cabeza, ni el discurso monosilábico de Poli Díaz, ni la displicencia jerarquizante de José Luis de Vilallonga, ni la flacidez abdominal de don Manuel Fraga, ni los delirios de grandeza de Ruiz Mateos, ni el anacronismo violento de Sanz de Ynestrillas, ni la lengua viperina de Carlos Ferrando, ni la sosísima haraganería de Cayetano Martínez de Irujo, ni la torpeza manifiesta de Bill Clinton, ni la inconsciencia etílica de Yeltsin, ni los despilfarros exhibicionistas de Kashogi, ni la melindrosa pacatería de Emilio Aragón, ni la capacidad para mentir de Octavio Aceves, ni la acelerada grosería de Pocholo Martínez Bordiu... Pero, sobre todo, sobre todo, creo que a ningún hombre podría perdonarle la *ostentórea* prepotencia de Gil y Gil.

3.3.2. Encontrar el amor: el flechazo

Mi primera reacción al leer la lista de los hombres y mujeres más deseados y deseadas de España suele ser, por supuesto, la decepción: *(«¡Aaaargh! ¡Yo NO salgo!»)*. Debe de ser porque, según la estadísticas, soy demasiado mujer-mujer para lo que le gusta al varón ibérico. Y es que, según las tales estadísticas, al varón ibérico le gustan morenas y más bien delgadas y yo soy morena, pero de las de tipo pantojil. Pero el caso es que mi amiga Ruth, que es pelirroja, de ojos marrones y pechos pequeños, y que, de acuerdo con las estadísticas de marras, debería estar más sola que un bebé en un bosque, atrae a los moscones –en el trabajo, en los bares, en el metro– como la luz a las polillas. Así que (autoestima obliga) pienso pasarme las susodichas estadísticas por el forro de los mismísimos (ovarios, si es que los ovarios tienen forro).

Bromas aparte, al hablar sobre qué es lo que hace que nos prendemos por una persona u otra hace falta traer a colación el famoso debate sobre la polaridad naturaleza-educación (o, como dirían los teóricos anglosajones, *nature vs. nurture*). Es decir ¿tiene nuestra conducta un origen biológico?, ¿o sigue vigente el concepto de John Locke de la *tabula rasa*, según el cual cada niño es como una hoja en blanco sobre la cual la cultura escribe la personalidad? A medio camino entre deterministas y behavioristas, creo que podríamos concluir que los comportamientos humanos –la atracción sexual entre ellos– constituyen una compleja mezcla de fuerzas ambientales y hereditarias.

Mezclemos, pues, y tratemos de elaborar un esquema aproximativo de los diferentes factores que pueden inducir a una mujer a desear a un hombre.

Existen, por supuesto, unos gustos masculinos y femeninos innatos y universales, impresos en nuestro código genético, y de los que depende la supervivencia de la especie. Machos y hembras humanos tendemos a considerar atractivos a sujetos de ojos brillantes, pelo reluciente, piel suave y personalidad vivaz; es decir: nos atraen los indicadores de salud, pues, genéticamente hablando, nos conviene emparejarnos con individuos capaces de engendrar o concebir criaturas sanas. Las hembras tendemos, impulsadas por la tiranía de nuestro programa de evolución, a buscar un buen cazador, que no sólo nos garantice la concepción de unos cachorros con mayores posibilidades de supervivencia, sino también su crianza. Deseamos, pues, un macho fuerte y atlético que abandone cada mañana la cueva con predador entusiasmo y vuelva a ella cada noche con un mamut bajo el brazo. Nos sentimos atraídas, en consecuencia, por los hombres con cuerpo en forma de V: anchas espaldas, cintura estrecha, brazos y piernas fuertes.

El olfato también cuenta. Este sentido está más desarrollado en las mujeres, y se agudiza en el ciclo menstrual, cuando la mujer ovula y sus genes la impulsan a hacerse con un macho, pues es el momento ideal para quedarse embarazada. El cerebro femenino descifra el estado del sistema inmunológico de un hombre y, si es complementario o superior a su propio sistema, lo encontrará atractivo, ya que los sistemas inmunológicos complementarios suponen una ventaja para la descendencia, puesto que hereditariamente tendrán más posibilidades de supervivencia.

En cuanto a los hombres, se sienten atraídos por las mujeres cuya medida de cintura se encuentre en torno al 67-80% de la de sus caderas, porque se las supone más fértiles y con mejor salud que el resto.

Lo que nuestros genes no saben es que las cuevas han sido sustituidas por oficinas insalubres, y que los hombres ya no batallan contra mamuts sino contra el Lotus. Pero, qué quieren, el progreso humano va más deprisa que la evolución de sus códigos cromosómicos. Debe de ser por eso que, si bien la mayoría de las mujeres se han inclinado tradicionalmente por el tipo físico de aguerrido y potente hombre de verdad (ojo, que siempre hay excepciones) y por eso a Pierce Brosnan y a Brad Pitt se les considera unos sex symbols y Jeremy Irons nos gusta sólo a una inmensa minoría (que diría la publicidad de La 2), el caso es que si una pregunta entre su círculo de amigas, la mayoría le responderán, más o menos abiertamente, que buscan al amor de su vida entre los varones con más estudios, con más dinero y con mejor empleo (ojo, repito, siempre hay excepciones: yo misma siempre me cuelgo de lo más lumpen).

En sociología a esta tendencia de las mujeres a sentirse atraídas por tipos de mayor estatus económico y social se la llama *hipergamia*. Y obviamente este fenómeno no responde a condicionantes de herencia biológica, sino a factores sociales y culturales. La hipergamia es la que explica esas parejas genéticamente desequilibradas a las que desgraciadamente nos tiene tan acostumbrados el papel cuché, constituidas por sesentón senil achacoso y encogido (forrado de millones, eso sí) con maciza de buen ver y apabullante lozanía, prácticamente desconocida antes de su provechoso desposorio.

Pero también existen los condicionamientos de familia, cultura y ambiente, que pueden darse a veces de narices con algunos de los presupuestos citados en el párrafo anterior. Pues, aunque pocas, las hay que reconocerán que les gustan los bajitos y las hay incluso que se pirran por los huesos de Santiago Segura (que será todo lo simpático que ustedes quieran, pero que no tiene pinta de plusmarquista olímpico, precisamente). La solución a esta aparente contradicción entre el imperativo atávico y ciertos gustos particulares podríamos hallarla en un conjunto personal e intransferible de factores psicológicos de cada individuo que el sexólogo John Money bautizó como «*mapa del amor*». Esto es: un molde repleto de circuitos cerebrales que determinan lo que excitará a una persona sexualmente. Los niños desarrollan esos mapas entre los cinco y los ocho años de edad como resultado de asociaciones con miembros de su entorno: ciertos rasgos de personalidad de sus amigos y parientes les resultarán atractivos, mientras que otros quedarán ligados a incidentes perturbadores; y así, los recuerdos formarán un patrón dentro de su mente, un molde subliminal de lo que en un futuro atraerá y de lo que producirá rechazo. En la adolescencia, esos mapas sexuales se tornarán bastante concretos en cuanto a detalles de fisonomía y temperamento. Y más tarde, al encontrar a alguien que encaja en ciertas características, uno se enamora y proyecta sobre esa persona el propio mapa del amor. En otras palabras: que, aunque no nos demos cuenta, puede que a las españolas nos gusten más los hombres morenos (como sugieren las estadísticas) porque nuestros familiares, por regla general, lo son. Y que a algunas les guste Santiago Segura porque lo asocian con un amiguito del colegio que les compraba caramelos, vaya usted a saber.

Lo cierto es que, aunque en ese momento no nos demos cuenta, el receptor de nuestra proyección amorosa es más un soporte investido que un ser real, y generalmente difiere bastante del ideal que creemos intuir en él (como confirmaremos al desenamorarnos). Pero una deja de lado esas construcciones y se derrite por el deseado, que no es tanto la persona real como el ser que una ha construido. Y es por esta razón por la que una cierta falta de familiaridad resulta esencial en la atracción sexual. Casi nunca nos cautivan las personas a las que conocemos de toda la vida, porque las conocemos demasiado bien como para idealizarlas: el misterio es fundamental en el atractivo erótico.

Eso, que no falte el misterio. Las barreras, los obstáculos, la persecución..., la ex novia celosa, la madre castradora o el impertinente amigo del alma que no hace sino ponernos verdes. Si una persona nos resulta difícil, atraerá inmediatamente nuestro interés. Es por eso por lo que la historiografía amorosa de la mayoría de las mujeres está señalada con el inevitable episodio de relación con un hombre casado o un extranjero (como decía mi amiga Marta a propósito del matrimonio –el de los otros, claro–, *estorba pero no impide*). Porque el elemento de conquista es esencial en la atracción. Y así, si existen impedimentos reales, los obstáculos intensifican la pasión. Es lo que se conoce como el *efecto Romeo y Julieta*.

Lo que queda claro es que lo que hace que nos sintamos atraídas por una persona es una constelación de factores simultáneamente presentes que resulta imposible racionalizar.

Efectivamente, el amor y sus posibles manifestaciones están culturalmente determinadas en muchos aspectos. En algunas culturas el amor en su forma ideal está orientado más bien cósmicamente que hacia otra persona, y en ciertas comunidades hacia Dios o los dioses. En nuestro mundo occidental se dirige básicamente hacia otro individuo. Incluso hay pueblos que rechazan por regla general cualquier relación basada en los sentimientos (algunas tribus de Nigeria, por ejemplo). En semejantes sociedades guerreras es muy importante la atención a la autoridad y a la consiguiente subordinación, por lo cual resulta esencial someter los sentimientos de los individuos a un estricto control y condicionarlos desde el principio para que repriman o eliminen sus manifestaciones afectivas.

Es decir, si asumimos que la idea del amor cambia en cada cultura, tendremos que admitir que la idea del amor dentro de una misma cultura también cambiará cuando lo haga la sociedad que haya creado esta concepción. La expresión occidental de las relaciones y la vida en común ha de transformarse. Tradicionalmente la institución del matrimonio se fundaba y se mantenía según los estereotipos de varón proveedor (el que trabaja fuera de casa) y mujer distribuidora (la que organiza el hogar). En estos casos se entendía que lo que mantendría a la pareja no sería la pasión sexual o las afinidades intelectuales sino intereses comunes como el cuidado de los hijos, la preservación del patrimonio familiar o la consecución gracias a los nietos de una cura de rejuvenecimiento. Esos intereses estabilizaban la pareja de forma que, en el ideal, sus miembros se tratarían con camaradería y amistad durante toda la vida, como lo que eran: dos socios unidos mediante un contrato vitalicio regulado por el Estado. Y en el peor de los casos el hombre se dedicaría a disponer como le diera la gana, con la mayor alegría, de su vida, mientras su sumisa mujercita le esperaba en casa con la pata quebrada.

Pero la institución del matrimonio se somete cada vez a más exámenes y se pone en tela de juicio. La interpretación occidental del casamiento –que, en relación al resto del mundo representa, por cierto, un modelo *minoritario* de vida en común– necesita sin duda una revisión urgente desde los inicios de la emancipación femenina. Porque cuando la mujer es autosuficiente requiere a un *amante*, un compañero, un camarada, y no a un patrono, ni a un sustituto de padre.

Esta revisión debería empezar por replantearse la noción tradicional de amor eterno, en la que se funda la concepción tradicional de familia, que requería que el enlace nupcial durara toda la vida para que el patrimonio familiar se preservara intacto de unas generaciones a otras. El amor es un lenguaje, pero el matrimonio no es más que uno de sus dialectos, no su Real Academia. La mayoría de las mujeres empezamos a asumir que si nuestra vida va a durar ochenta años lo más posible sea que vivamos no El Amor de Nuestra Vida, sino una serie de amores sucesivos.

Todas construimos fantasías de lo que podría ser el hombre de nuestra vida. Y luego viene la cruda existencia diaria, en la que acabamos pactando con la realidad. Seguro que la gran mayoría de las mujeres que han convertido a Ricky Martin, a Richard Gere o a Kevin Costner en el parangón que corona el imaginario de sus sueños más lúbricos, se acuestan cada noche al lado de tipos del montón (de ésos con sus michelines, sus glúteos flojos, su alopecia incipiente o declarada, y su confesada devoción por el fútbol y la cerveza Mahou). Pero accesibles. Porque basta con echar un vistazo a nuestro alrededor para comprobar que como las exigencias de las españolas tuvieran que atenerse a las que impone la publicidad, los cuerpos danone o los anuncios de ropa, aviadas estaban las heterosexuales. Todas célibes o lesbianas, oiga.

Hay un anuncio muy gracioso de jerseys en el que sale un modelo bombonazo, de ésos que en la vida real sólo encuentra una en los bares gays, pillado justo en el momento en el que se está quitando el jersey, lo que nos deja ver sus increíbles abdominales. El eslogan del fabricante de tejidos reza: «*Desengáñate: NUNCA tendrás este cuerpo. ¡Pero puedes comprar el jersey...!*».

No, si la que no se consuela es porque no quiere...

3.3.3. ¿Mantener el amor?: La compatibilidad

Nos lo pensamos mucho antes de comprar un piso o un coche. Primero sopesamos las *ventajas* de la posible inversión (frenos ABS, elevalunas eléctricos, cuatro balcones, calefacción central...) frente a los *inconvenientes* (guardabarros espantosos, escasa aceleración, paredes de gotelet, cañerías en mal estado...). Si los primeros superan a los segundos, nos preguntamos: *¿Vale lo que cuesta?* (¿Es un chollo, es un capricho?, ¿merece la pena pagar dos millones, o veinte?...). Si la respuesta es *sí*, nos queda un segundo interrogante: *¿Es financiable el precio?* (¿Accederá nuestro banco a respaldar esa hipoteca?, ¿podemos, con nuestro sueldo, comprometernos a pagar religiosamente unas letras más o menos onerosas cada mes?...). Si la respuesta vuelve a ser sí, compramos.

Algo parecido sucede con el amor. Primero nos sentimos atraídos por determinadas cualidades de una persona (timidez –a quien le guste–, extroversión –a quien le divierta–, esa forma tan particular de rascarse la nariz o su encantadora manera de encoger los hombros...), y si compensan a lo que consideremos sus imperfecciones (es demasiado tímido, o excesivamente sociable, o no nos gusta esa forma tan particular de rascarse la nariz o resulta fastidioso que encoja los hombros cada vez que se le propone algo...), optamos por seguir adelante e invitarle al cine, o enviarle flores, o llevarle a cenar, o meterle una pastilla de Viagra en el gin tonic, qué sé yo, y decidimos pagar por su compañía con lo que quiera que se nos exija (no demasiados polvos con otras personas, propósito de ser menos tímidos o menos parlanchines, dejar de rascarnos la nariz o de encoger los hombros...).

La pregunta que nunca nos hacemos, y deberíamos hacernos, es ¿soy emocionalmente solvente para financiar esta relación?, ¿me conceden crédito mis propias fuerzas? Porque hay personas incompatibles, que jamás deberían compartir una cama, y mucho menos plantearse vivir juntas. Hay parejas que viven en una situación constante de terrorismo íntimo en la que cada uno va minando inexorablemente la felicidad, la autoestima, incluso la salud del contrario. Hay parejas que nunca deberían haberse enamorado: las que no comparten una misma concepción de la existencia.

Un consejo: si es usted celoso, no se enamore de un promiscu@; si es usted un obses@ de la limpieza, no se líe con un desordenad@; si es usted un defensor a ultranza de la familia nuclear y los valores morales, no persiga a un bisexual o un politoxicómano. No funcionará. Su banco emocional no puede respaldarle, por mucho que esa persona le atraiga como la luz a la polilla, por mucho que crea que sus virtudes eclipsan a sus defectos. Y no crea, jamás se le ocurra pensar, que las personas cambian. No se enamore de alguien por cómo es para intentar transformarle acto seguido. La redención no existe, excepto en los catecismos, porque las cualidades más profundas de una persona, las que conforman definitivamente su personalidad son, afortunadamente, inamovibles. (Excepto tras largos y tortuosos procesos de terapia, y no querrá usted perder los mejores años de su vida intentando que un psiquiatra le transforme a su pareja.) Y me dirán ustedes que no se puede comparar a un amante con un piso o con un coche... ¿Y por qué no? Al fin y al cabo, un amor puede influir mucho más en nuestras vidas que cualquier posesión material, así que ¿por qué no vamos a ser igual de cuidadosos al elegir una relación que a la hora de adquirir un inmueble? Pero no lo somos. Desgraciadamente la pasión es inevitable e incendiaria. Pasión niega reflexión, pasión meditada es oxímoron. Y las arcas de nuestros bancos emocionales nunca estarán lo suficientemente saneadas como para subvencionar nuestros enamoramientos.

3.3.4. Atenerse a la realidad: el turismo sexual de la mujer inteligente

Hace muchos años, en mi tierna juventud, cuando la expresión *turismo sexual* todavía ni se utilizaba, recuerdo haber leído un artículo en algún suplemento dominical en el que Rosa Montero, hablando sobre La Habana, venía a decir algo así como que en aquella ciudad la mujer más horrorosa podía sentirse Marilyn Monroe, a tenor de los piropos que en la calle acostumbraban a dedicar a cualquier fémina los calientes aborígenes. La semilla germinó y años después se ha puesto de moda entre el artisteo local (las actrices, las presentadoras de televisión y las folclóricas) eso de emprender viaje a Cuba y volver con un hombretón despampanante colgado del brazo. Pero ojo, que no es oro todo lo que reluce. Difícil será que el tal hombretón consiga en la madre patria honrada ocupación

–o simplemente, permiso de trabajo–, y para más inri el galán importado suele contar con un nutrido plantel de familiares (padres, hermanos, tíos, primos, ex mujer y niños), a los que hay que ir a visitar de vez en cuando cargada de regalos cual Rey Mago. Dejando de lado las implicaciones morales de esta práctica (porque se podrían sacar a colación conceptos subyacentes tan peligrosos como los de paternalismo capitalista, explotación del Tercer Mundo, o prostitución encubierta), me pregunto yo si una mujer inteligente quiere repetir el esquema que ha visto en su familia (yo pago, y tú obedeces), pero al revés. Y me dirán ustedes que tal y como está el patio (con los mejores ejemplares cazadísimos y amarradísimos a las faldas de sus santas, y el resto una panda de gañanes de tripita cervecera compromisofóbicos y futboladictos), tampoco existen muchas opciones dignas a la hora de conseguir el tan ansiado amor y el no menos ansiado sexo (ambos conceptos significan a veces lo mismo, pero no voy a entrar aquí en disquisiciones epistemológicas). Que no cunda el pánico, en cualquier caso. Hay más cosas en el cielo y la tierra... Un festival de jazz, por ejemplo, proporciona la oportunidad de conocer a los más hermosos ejemplares de la raza afrocaribeña, pero éstos vestidos de Armani de los pies a la cabeza, titulados por Berkeley y titulares de cuenta corriente nutrida. Sin necesidad de gastarse doscientos verdes en billete de avión y bono de hotel, a dos pasos de casa como quien dice... ¿Se puede pedir más?

El plan de acción a seguir se desarrollará de la siguiente manera: hágase usted con un abono del Festival de Jazz de Vitoria (11.000 pesetas, una ganga) y, por supuesto, búsquese alojamiento en la capital administrativa del País Vasco (Vitoria-Gasteiz, donde se hace la ley). Reserve con antelación, eso sí, porque dos días antes del evento es imposible conseguir habitación incluso en la peor pensión de mala muerte. Establecida en la capital, y con su abono en el bolsillo, pasee su palmito por todos los conciertos (hay tres al día: uno en el Teatro Principal, donde tocan los artistas de más vanguardia, *lo last de lo last*, y los otros dos en el Polideportivo Mendizorrotza, donde van los consagrados, por decirlo de alguna manera). Advertirá usted que no suele haber muchas mujeres en los conciertos de jazz, y menos aún, mujeres solas. Las que hay ejercen, por lo general, de *acompañantas de*, lo que las descarta como potenciales competidoras, de forma que la proporción intergéneros es exactamente inversa a la de Australia: tres hombres por cada mujer. No tema ir sola: el ambiente distendido y convivial (qué bonito me ha quedado esto) le garantiza que no le faltará compañía para el palique. Al entendido de jazz, como al aficionado a los toros, le gusta compartir su entusiasmo y comentar los mejores momentos de la jugada con el que tiene al lado. ¿Que no tiene usted pajolera idea de jazz y no sabe distinguir entre Betty Carter y La Niña de la Puebla? No problemo. Haga como hacía en misa de pequeñita y siga a la congregación. Aplauda cuando los demás aplaudan, álcese en pie cuando el resto lo haga (o cuando a usted le apetezca: quedará muy *outsider* y muy individualista) y entorne los ojos con aire de profunda satisfacción cuando entre el solo de piano. Amén del placer derivado de la música (descubrirá con sorpresa que el jazz le gusta y que incluso reconoce las canciones: al fin y al cabo la mayoría de las bandas sonoras de sus películas favoritas, e incluso de sus anuncios favoritos, derivan de *standards* de jazz), los conciertos le proporcionan la ocasión ideal para evaluar la calidad del material fagocitable y determinar cuáles van a ser sus objetivos. El resto es fácil: acabado el concierto, diríjase usted al Hotel Canciller, donde se organizan las jam sessions posteriores a Mendizorrotza, y donde se encontrará con todos los músicos ávidos de compañía. Acódese en la barra, pida un gin tonic, adopte su mejor pose de Reina del Hielo (recuerde siempre que no hace falta ser despampanante para estar divina: basta con creérselo) y aguarde confiada. Si lo considera necesario, haga ojitos con el objeto de sus deseos. Antes de media hora, palabrita del niño Jesús, tendrá usted un pretendiente. Ya he dicho que las mujeres constituyen un bien escaso por estos lares, y es bien sabido que los músicos buscan apoyo tras un concierto. En cuanto vea la ocasión convenza a su pieza para que le acompañe a bailar... El resto es cosa suya.

3.4. LAS PUÑETERAS FECHAS SEÑALADAS: Cómo adaptar las festividades del calendario tradicional a las expectativas de la mujer moderna

3.4.1. Navidad: Universo bebé

Hace diez o veinte mil millones de años toda la materia y la energía actualmente presentes en el universo estaban concentradas con una densidad muy elevada en un punto matemático sin dimensión. Y de pronto, una titánica explosión cósmica, el Big Bang, originó una expansión de estas materia y energía que todavía no ha cesado. Para intentar probar la validez de esta teoría, algún científico condensó elevadísimas cantidades de hidrógeno y helio en una cámara de vacío a fin de provocar una explosión análoga al Big Bang primigenio. A este experimento se le conoce como la creación de un *universo bebé*.

El concepto de Universo Bebé, si no recuerdo mal (y mi Alzheimer va de mal en peor), creo que se refiere a la posibilidad teórica (por ahora) de crear pequeños big-bangs en miniatura en un laboratorio. Al parecer haría falta una cantidad de energía desmesurada (algo así como las chispas que saltaban entre Bogart y Bacall) y así demostraría la probable existencia de mundos paralelos, big-bangs en cadena y la evidencia de que Dios se compró un Cheminova en Toys'R'Us y se dedicó a hacer chapuzas que cualquier ser inteligente en una civilización grado II o superior (estamos en el grado 0, parece ser), podría perpetrar como si de una barbacoa se tratara.

Universo bebé es el que se forma en el hogar cada Nochebuena cuando se introducen en una cámara de vacío (el comedor familiar) elementos químicamente incompatibles cuyo contacto es susceptible de provocar combustión. La colisión de estos elementos degenera inevitablemente en un colapso gravitatorio, una explosión de dimensiones cósmicas. ¿A quién se le ocurre sentar a la misma mesa a la suegra y el yerno que se odian con energía atómica, a los niños infernales que han aprendido desde la más temprana edad que la mejor forma de doblegar la voluntad de sus padres es chantajearlos con la amenaza de una rabieta cataclísmica, a la cuñadita adolescente –las estrellas jóvenes son las más calientes, según reza la astrofísica– cuya radiación hormonal deja chiquita a las más potentes reacciones termonucleares, a la nuera malcasada rebosante de amargura derrochando sin cuidado su capital de hidrógeno combustible, y al paterfamilias borrachín famoso por unas explosiones de mala leche que nada tienen que envidiarle a las ondas de choque de las supernovas?

La frecuencia de suicidios entre las galaxias es alta: muchas de ellas se hacen estallar a sí mismas. Poseedoras de núcleos muy luminosos, su brillo fluctúa en escalas temporales de semanas. Cuanto mayores y más desorganizados sean sus chorros de radiación, más probabilidades existen de que la galaxia estalle. De esta manera, cuanto más numerosa sea la familia, y cuanto más desorganizadas las relaciones entre sus miembros, mayor la posibilidad de que la cena del veinticuatro degenere en bronca familiar.

La Navidad es una festividad instaurada por la Iglesia

cristiana para sustituir a las tradicionales fiestas paganas que celebraban el solsticio de invierno. No existe ninguna prueba testimonial, ni en la Biblia ni en los evangelios apócrifos ni en ningún documento romano o judío de la época, de que Jesús de Nazaret hubiese nacido en invierno, así que lo que estamos celebrando, sin saberlo, es una confirmación de cambio enraizada en el subconsciente colectivo: el cambio de estación, la muerte de la madre naturaleza que renacerá con el solsticio de primavera. De hecho, la tradición del árbol de Navidad deriva de la costumbre sajona y nórdica de danzar alrededor de un abeto a la luz de la luna llena, en el cambio de luna que daba paso al solsticio de invierno.

Odio tanto la Navidad, y las cenas familiares, y las compras de última hora y las aglomeraciones en el mercado... que tentada estuve este año de marcharme a un bosque y bailar yo sola alrededor del primer pino que me encontrara. Pero después de ver *El proyecto de la bruja de Blair* se me han quitado las ganas de pasearme por un bosque de noche para el resto de mi vida. Lástima.

3.4.2. San Valentín: Más que ayer y menos que mañana

Me parece verdaderamente sádico que haya un día al año especialmente destinado a recordarle al común de los mortales que no se puede vivir sin amor (como decía el cónsul de *Bajo el volcán*). Lo digo porque si llega el 14 de febrero y uno está enamorado y es correspondido, entonces las cosas van bien, y hasta se puede permitir uno ignorar los constantes recordatorios de los centros comerciales sobre la necesidad de obsequiarle al ser amado con un bonito presente, aduciendo que son todo maniobras capitalistas y que en realidad el romance no depende de fechas señaladas, ni se mantiene a base de consignas mercadotécnicas. Pero si uno está sin pareja, estas diatribas antimercantilistas suenan a excusa de tres al cuarto, y cualquiera pensaría –y con razón– que, en realidad, cuando criticamos los esfuerzos publicitarios por integrarnos en la tradición sajona del regalo de San Valentín, no hacemos sino intentar ocultar el denigrante hecho de que *una vez más* este 14 de febrero *nadie* nos va a regalar una mísera caja de bombones en forma de corazón.

Una, que el resto del año presume de mujer libre e independiente, se siente en estas fechas una solterona amargada y neurótica que no ha encontrado un alma caritativa que la aguante. ¿Y cómo podría verse a sí misma de otra forma si el bombardeo mediático se empeña en hacerle creer que una mujer sin pareja es algo así como un donut sin agujero? Sólo una treintañera que sienta el mecanismo del reloj biológico pendiendo sobre su destino cual espada de Damocles podrá entender la desazón que me acomete, no sólo a mí, sino a varias de mis amigas cuando se aproxima la fatídica fecha del 14F; inminencia que no podemos ignorar, por mucho que lo intentemos, porque ahí están la radio, la televisión, los anuncios de los periódicos y las vallas publicitarias para recordarnos, cual siniestra sibila, el señalado día que nos amenaza.

Sin embargo, a mí se me han ocurrido diversas estratagemas de contraataque para poder sobrevivir a la aciaga jornada sin excesivo detrimento de la autoestima:

1) *Orgía de San Calentín*. Invite usted a todos sus conocid@s solter@s y sin compromiso a una fiesta en su hogar. Instale bombillas rojas en todas las lámparas, reparta preservativos y psicotrópicos a go-gó y asegúrese de que el champán corre como la espuma... La aparición inmediata de Cupido está garantizada.
2) *Equipo de Emergencia de Misión Imposible*. Su pandilla de amig@s solter@s deben preparar la salida de

la noche del sábado en función de un único objetivo: esto es, que ninguno de los presentes deberá volver al hogar sin compañía. Los normales reparos en cuanto a físico, condición social, extracción cultural, etc..., que normalmente dificultan/impiden el establecimiento de relaciones íntimas, deberán ser aparcados, por una noche, atendiendo a la crucial importancia de la fecha. En caso de desesperada necesidad, pueden ustedes recurrir a las páginas de la sección de contactos de cualquier periódico.

3) *Velada del Amigo Invisible,* en la que todos l@s amig@s solter@s podrán intercambiarse bonitas velas, bolígrafos, carpetas o jabones en forma de corazón comprados en el todo a cien de la esquina, primorosamente envueltos en papel color rojo pasión y acompañados de una tarjeta que diga «te quiero apasionadamente».

4) *Adquisición del último número del* Hola: consuélese pensando que no es usted el único/a. Todos los indicios apuntan a que Mar Flores –bella, exitosa y rica– también estará sola en San Valentín.

Si ninguno de los anteriores trucos funciona, métase usted en la cabeza una obviedad, que no deja de ser cierta a pesar de la mucha ironía que se haya vertido al respecto: el amor no se mide en regalos y no se siente más intensamente en unas fechas que en otras. No se ama más ni menos el 14 de febrero, como no se valora más a la madre de uno el primer domingo de mayo que el último jueves de junio. Tampoco en Navidad se debe sentir uno más cercano a su familia que en agosto, y la primavera llega justo en su solsticio, no cuando lo anuncian las vallas publicitarias. Así que convénzase de que lo que realmente importa no se puede medir, ni pagar, que ni se compra ni se vende el cariño verdadero y que, en cualquier caso, no tenía usted por qué seguirles el juego a las grandes multinacionales que han importado la tradición sajona para hacer la jugada millonaria del fin de las rebajas.

¡Ah! Y ni se le pase por las mientes enviarle, cual Cecilia, un ramito de violetas a un antiguo amor: según me ha explicado la florista, el precio de las flores se triplica en San Valentín.

3.4.3. Vacaciones: Una temporada en el infierno

Probablemente George Sand fuera la última europea que disfrutó de la paz de Mallorca. A día de hoy la isla dista mucho de ser el paraíso de sol y playa que prometen los folletos turísticos. Gracias a Abel Matutes, a la especulación, a la invasión alemana, a la falta de escrúpulos de inversores y constructores..., a lo que sea, el caso es que la ciudad de Palma se ha convertido en un crimen estético y ecológico, y en el resto de la isla una se las ve y se las desea para encontrarse con una cala no ya no contaminada, sino medianamente limpia.

Y llega el día en que millones de españoles inauguran sus vacaciones de verano. Y, por muy tópico que sea decirlo, para la mayoría no significarán un descanso sino todo lo contrario. Cada playa, cada aeropuerto del país, cada vestíbulo de hotel estará tan transitado como Picadilly Circus a las doce de la mañana. Y no solo aquí. Olvídense del viejo sueño de dar con un paraje idílico y recóndito en el que disfrutar de un merecido reposo en relativa intimidad. Si es paz lo que buscan, mejor se quedan en casa.

A nivel mundial el turismo representa una industria que maneja al año 4,4 trillones de dólares (han leído bien: trillones). El Consejo Mundial de Turismo espera que la cifra llegue a 10 trillones en el año 2010. El año pasado las líneas aéreas internacionales transportaron billón y medio de pasajeros, 600 millones de entre los cuales se desplazaron a otro país para pasar las vacaciones. De entre esos 600 millones de turistas, el 90% optaron por lo que ha dado en llamarse «turismo tradicional», esto es, el consabido paquete avión + hotel elaborado por una agencia de viajes (o avión + hotel + guía).

En cuanto al 10% restante, es decir, los que viajan mochila al hombro y guía Fodor's en mano en busca de los enclaves más apartados, tampoco ellos se van a librar de la pesadilla. Al fin y al cabo, hacen falta unos cuantos miles de cuerpos aceitosos para arruinar una playa de diez kilómetros en la Costa del Sol, pero basta con un puñado de honrados *ecoturistas* para hacer lo propio con un minúsculo pueblecito de *meos* en Chaing Mai, Tailandia. Cuando yo estuve allí, hace cinco años, los habitantes de la aldea supuestamente inexplorada, que no contaba con agua corriente ni televisión, ya llevaban walkmans y camisetas de Michael Jackson, amén de que estaban más que dispuestos a negociar la venta de una de sus hijas por unos cuantos cientos de dólares. (Al fin y al cabo, llevan vendiéndolas durante siglos a cambio de una dote bastante menos sustanciosa.) A estas alturas cualquier playa de Bali se parece a un *mall* comercial de Dallas. En la retiradísima isla de San Blas, en Panamá, cuna de los indios Cuna (carísimo llegar allí, carísimo alojarse en los escasos albergues para viajeros), ya hay un Hard Rock Café. Los carpinteros de Ubud, un pueblecito perdido de Indonesia, han incorporado imágenes de Elvis a su tradicional repertorio de doncellas y bestias mitológicas (por cierto, según parece, el tamaño de los pechos de las vírgenes de madera ha crecido considerablemente para adaptarse a los gustos de los compradores americanos). Por no hablar del pesado aquel que, en uno de los cayos más apartados de la costa de Oaxaca, México, hasta el que nos habíamos desplazado en un viaje de tortura –jeep traqueteante, carretera sin pavimentar serpentina y tortuosa, sol de justicia– en busca de una playa más o menos desierta, nos arruinó la mañana solucionando quién sabe qué negocios a grito pelado desde su teléfono móvil. En fin, que atrás quedaron mis años de peregrinajes mochileros y excursiones más o menos jipiosas y *alternativas* (?) a Mauritania, Chiapas, Tailandia del Norte o los bosques de Canadá. Paz de espíritu obliga, vacaciones urbanas. Me quedo en mi ciudad como haría cualquier persona sensata. Y le recomiendo a usted que haga lo propio.

4. Adenda

El test Etxebarria: ¿Eres una mujer desesperada?

Un test destinado exclusivamente a lectoras solteras y mayores de 25 años que te confirmará si tu caso está perdido o si, por el contrario, aún hay vida más allá de la vida de soltera.

Deberás leer las proposiciones expuestas y contestar SÍ si te sientes identificada o NO en el caso contrario. Dado que no existe la opción NO SÉ, en caso de duda decídete por la opción que más te atraiga, aunque no coincida al cien por cien con tu parecer.

	SÍ	NO
1. No consigo decidir si el sexo opuesto me preocupa menos de lo que debiera o me preocupa demasiado	☐	☐
2. Me pregunto por qué ese cretino estúpido que en en realidad no me importa nada y además follaba fatal ha dejado de llamarme	☐	☐
3. Creo que sufriré un ataque de nervios si mi madre vuelve a llamar para anunciarme la boda de alguna prima o hija de conocido	☐	☐
4. Me acuerdo demasiado de los novios a los que dejé hace tiempo	☐	☐

5. A veces me pregunto si he arruinado ya mi última posibilidad de vivir una relación estable — SÍ ☐ NO ☐

6. Creo que mimo en exceso a mi perro/gato/canario/sobrino *(táchese lo que no proceda)* — SÍ ☐ NO ☐

7. Mis últimas relaciones nunca han superado la barrera de las seis semanas — SÍ ☐ NO ☐

8. Me embobo mirando cochecitos de niño en la calle — SÍ ☐ NO ☐

9. Cada mañana me pregunto por qué rasgo físico por el que no puedo hacer absolutamente nada me va a tocar angustiarme hoy — SÍ ☐ NO ☐

10. A veces me pregunto si el amor es algo más que una mera reacción bioquímica programada para que nuestros genes se transmitan — SÍ ☐ NO ☐

11. A veces me pregunto qué es preferible: tener una pareja que te amargue la vida, tener una pareja a la que amargarle la vida o amargarte la vida tú solita — SÍ ☐ NO ☐

12. Me angustia la posibilidad de que nunca encuentre a alguien que me convenga — SÍ ☐ NO ☐

13. Me angustia la posibilidad de que la persona que me convenga no me guste — SÍ ☐ NO ☐

14. Sospecho que la frustración sexual engorda — SÍ ☐ NO ☐

15. No comprendo por qué las chicas delgadas impresionan tanto a los hombres — SÍ ☐ NO ☐

16. Me pego unos atracones salvajes de chocolate pero luego los compenso bebiendo solamente Coca-Cola light — SÍ ☐ NO ☐

17. No sé si me siento atraída por gente a la que odio o es que odio a la gente por la que me siento atraída — SÍ ☐ NO ☐

18. No sé si el amor compensa el sufrimiento o es el sufrimiento el que compensa el sufrimiento — SÍ ☐ NO ☐

19. El fregadero de mi cocina está empezando a criar hongos — SÍ ☐ NO ☐

20. Gasto demasiado dinero en ropa — SÍ ☐ NO ☐

21. Y demasiado dinero en lencería carísima que nunca tengo ocasión de usar — SÍ ☐ NO ☐

22. Cuando llego a casa lo primero que hago es verificar si hay mensajes en el contestador automático — SÍ ☐ NO ☐

23. Y lo segundo que hago es verificar si hay mensajes en el servidor de correo electrónico — SÍ ☐ NO ☐

24. Las dos secciones que más me interesan del periódico son el horóscopo y la programación de la televisión — SÍ ☐ NO ☐

25. Si pudiera pagarme unos zapatos de Farrutz quizá no me sentiría tan insignificante — SÍ ☐ NO ☐

26. Me tiño el pelo, uso crema para el contorno de los ojos y gel anticelulítico — SÍ ☐ NO ☐

27. Mi trabajo no colma mis necesidades de autoestima — SÍ ☐ NO ☐

28. Me gustaría saber si el hecho de preguntarte si es posible que empieces a estar desesperada implica que de verdad estás desesperada — SÍ ☐ NO ☐

29. Me pregunto si acaso será el constante e intrusivo zumbido de la desesperación el que me impide tomarme a broma a estas preguntas — SÍ ☐ NO ☐

30. Sospecho que este test es políticamente incorrecto — SÍ ☐ NO ☐

Resultados:

De 25 a 30 SÍES: A tu alrededor ves parejas felices y sonrientes y aquí estás tú, contestando un test absurdo, sentada sola frente a esa taza de café amargo como tu alma. Tu actual y triste situación deriva de las conflictivas ideas sobre el amor que interiorizaste de niña a través de la contemplación de la relación de tus padres. Tal vez lo que necesitas sea años de dolorosa y cara terapia para poder resolver tus conflictos. O tal vez deberías pensar en ir a casa y ver la tele hasta que te quedes traspuesta a las tres de la madrugada frente a los anuncios de teletienda.

Quizá eres demasiado inteligente para ser feliz. Quizá no te convenga seguir haciendo tests de este tipo.

De 15 a 25 SÍES: No hay cosa que más desees que conocer el verdadero amor, pero lo cierto es que lo deseas tanto que de hecho nunca has intentado conseguirlo. Sólo sales con gente inadecuada para ti y además siempre acabas encontrándole un defecto a los candidatos... eso, claro está, cuando los candidatos no te abandonan justo en el momento en que empezabas a encontrárselos. Si tus amantes no quieren comprometerse, te asustas demasiado como para presionarles, y si quieres, entonces te asustas demasiado como para decir «sí», no sea que cometas el peor error de tu vida. Recuerda: si no te decides a elegir entre los cretinos te verás limitada a que los cretinos te elijan a ti.

De 5 a 15 SÍES: La enumeración de las muchas y variadas virtudes de tu amor te ocupa el día entero. La conciencia de su natural superioridad es para ti la mayor fuente de placer. Aunque él repita que jamás se casará y que odia a los niños, tú sabes que en realidad estáis hechos el uno para el otro. No sigas leyendo este texto si en realidad a ti lo que te gustan son los libros de Barbara Cartland. O si no, quizá deberías empezar a considerar la idea de meterte menos éxtasis cuando sales de marcha los fines de semana.

De 0 a 5 SÍES: Tú no lo sabes, pero en realidad fuiste abducida de niña por una nave alienígena y los extraterrestres te reprogramaron la mollera mediante la implantación de un diminuto microchip en tu cerebro. Siento hacértelo saber de forma tan súbita y cruda, pero técnicamente ya no eres humana. Contacta con Mulder y Scully en el FBI o con A.C.E.R.O., la Asociación de Contactados Europeos con Recuerdos Oclusivos.

5. PUNTO Y FINAL. BIBLIOGRAFÍA

Son las tres y media de la mañana. Este manuscrito estaría completo si se me ocurriera una conclusión coherente que cerrara como broche de oro esta bonita diatriba sociológica-antropológica-psicológica... que me he marcado. Pero como no soy ni socióloga ni antropóloga ni psicóloga, no quiero que haya una conclusión. Si has llegado hasta aquí, sólo me queda agradecértelo y esperar que tú saques tus propias conclusiones.

Si deseas hacérmelas llegar, he abierto a tal efecto una dirección de correo electrónico: *hablaperra@hotmail.com*

Eso sí, no garantizo respuesta personalizada, por cuestiones de tiempo. Lo siento mucho (la vida es así, no la he inventado yo...)

Diferentes extractos de este libro se han publicado en forma de artículos en los diarios *El Mundo* y *Diario 16*, y las revistas *Woman*, *Elle*, *Marie Claire* y *Paris Match*.

Los datos aportados en el libro se han extraído de artículos de prensa y de la siguiente bibliografía:

ADRIANSENS, JUAN. *La seducción*, Martínez Roca, 2000.

ALIAGA, JUAN VICENTE; G. CORTÉS, JOSÉ MIGUEL. *Identidad y diferencia: sobre la cultura gay en España*, Editorial Egalés, 1997.

BONET, JOANA Y CAVALLÉ, ANA. *Mi vida es mía*, Plaza & Janés, 2000.

BUXÓ REY, M. JESÚS. *Antropología de la mujer; cognición, lengua e ideología cultural*, Anthropos; editorial del hombre, 1991.

CALIFIA, PAT. *El libro de la sexualidad lesbiana; el don de Safo*, Hablan Las Mujeres, 1993.

CALIFIA, PAT. *Public Sex; the culture of radical sex*, Cleis Press, 1994.

CANTARELLA, EVA. *Según Natura; la bisexualidad en el mundo antiguo*, Akal Universitaria, 1991.

COE, SUE. *Dead Meat*, Four Walls Gignot Windows, 1996.

DEBORD, GUY. *La sociedad del espectáculo*. Edición facsímil.

DYAZ, ANTONIO. *Mundo artificial*, Editorial Temas de Hoy, 1997.

ENDREICH, BARBARA, y ENGLISH, DEIRDRE. *Por su propio bien*, Altea-Taurus, 1990.

ESTRELLA DE DIEGO. *El andrógino sexuado; eternos ideales, nuevas estrategias de género*, Visor; colección La Balsa de la Medusa, 1992.

EVANS, LIZ. *Women, Sex and Rock 'n' Roll; in their own words*, Pandora, 1994.

FADERMAN, LILLIAN. *Odd Girls and Twilight Lovers; a History of lesbian life in twentieth-century America*, Penguin Books, 1992.

FALUDI, SUSAN. *Reacción; la guerra no declarada contra la mujer moderna*, Anagrama, 1993.

FINDLEN, BARBARA. (Ed.) *Listen Up; voices from the next feminist generation*, Seal, 1995.

FISHER, HELEN E. *Anatomía del amor; historia natural de la monogamia, el adulterio y el divorcio*, Anagrama, 1994.

FRENCH, MARILYN. *La guerra contra las mujeres*, Plaza & Janés, 1993.

FRIEDMAN, BETTY. *La mística de la feminidad*, Ediciones Júcar, 1974.

GIL CALVO, ENRIQUE. *La mujer cuarteada*, Anagrama, 1991.

—, *Medias miradas. Un análisis cultural de la imagen femenina*, Anagrama, 2000.

GOODMAN, JONATHAN. *Modern Murder File*, Editorial Mandarin, 1995.

HARRIS Y YOUNG (EDS). *Antropología y Feminismo*, Editorial Anagrama, 1979.

HARRIS, MARVIN. *La cultura norteamericana contemporánea; una visión antropológica*, Alianza Editorial, 1996.

HOFF SOMMERS, CHRISTINA. *Who Stole Feminism? How women have betrayed women*. Simon & Schuster, 1995.

HOOKS, BELL. *Outlaw Culture; Resisting Representations*, Routledge, 1994.

KAY MARTIN, M; VOORHIES. *La mujer: un enfoque antropológico*, Anagrama, 1975.

LANE, BRIAN. *Chronicle of 20 th Century Murder*, True Crime, 1995.

LERNER, GERDA. *La creación del patriarcado*, Editorial Crítica, 1990.

MAIR, LUCY. *Matrimonio*, Barral Editores, 1974.

MANSELBERG, ROSSE. *Mass Murderers*, Pinnacle, 1993.

MEAD, MARGARET. *Masculino y Femenino*, Minerva Ediciones, 1994.

MIEDZIAN, MYRIAM. *Chicos son, Hombres serán; cómo romper los lazos entre masculinidad y violencia*, Horas y horas, 1995.

MOI, TORIL. *Teoría Literaria Feminista*, Cátedra, 1995.

MORIN, EDGAR. *El Paradigma Perdido, El Paraíso Encontrado*, Editorial Kairós, 1974.

MUNDER ROSS, JOHN. *What Men Want; mother, fathers, and manhood*, Harvard, 1994.

MUNDER ROSS, JOHN. *The Male Paradox*, Simon & Schuster, 1992.

ODINA, MERCEDES; HALEVI, GABRIEL. *El factor fama*, Anagrama, 1998.

OZEKI, RUTH. *Carme*, Mondadori, 1999.

PAGLIA, CAMILLE. *Sex, Art, and American Culture*, Penguin Books, 1992.

PAGLIA, CAMILLE. *Sexual Personae*, Penguin Books, 1992.

PAGLIA, CAMILLE. *Vamps & Tramps*, Penguin Books, 1995.

PALACIOS, JESÚS. *Psycho Killers: anatomía del asesino en serie*, Editorial Temas de Hoy, 1998.

PEASE, ALLAN Y BARBARA. *Porqué los hombres no escuchan y las mujeres no entienden los mapas*, Amat Editorial, 2000.

POLLIT KATHA. *Reasonable Creatures; essays on women and feminism*, Vintage, 1995.

RICH, ADRIENNE. *Sobre mentiras, secretos y silencios*, Icaria Editorial, 1983.

RIVERA GARRETAS, MARÍA-MILAGROS. *Nombrar el mundo en femenino; pensamiento de las mujeres y teoría feminista*, Icaria, 1998.

ROBERTSON, PAMELA. *Guilty Pleasures; Feminist camp from Mae West to Madonna*, I.B.Tauris & Co Ltd, 1996.

ROIPHE, KATIE. *The Morning After*, Hamish Hamilton, 1994.

RUSHKOFF, DOUGLAS. *The Gen X Reader*, Ballantine, 1996
SAGAN, CARL. *Cosmos*, Editorial Planeta, 1997.
SCHELL, ORVILLE. *Modern Meat. Antibiotics, Hormones and the Farmaceutical Farm*, Random House, 1984.
SCHNEIR, MIRIAM. *The Vintage Books of Feminism*, Vintage, 1995.
SMITH, JOAN. *Misogynies*, Vintage, 1996.
SPARKE, PENNY. *As Long as it's Pink; the sexual politics of taste*, Harper Collins Publishers, 1995.
STEINEM, GLORIA. *Revolución desde dentro*, Anagrama, 1994.
WOLF, NAOMI. *Promiscuidades, la lucha por ser mujer*, Editorial Planeta, Colección Boulevard, 1998.
WOLF, NAOMI. *El mito de la belleza*, Emecé Editores, 1991.
WOLF, NAOMI. *Fire with Fire*, Vintage, 1993.
WURTZEL, ELIZABETH. *Bitch; in praise of difficult women*, Doubleday, 1998.
WURTZEL, ELIZABETH. *Nación Prozac*. Ediciones B. 1996.

ESTE LIBRO HA SIDO IMPRESO
EN LOS TALLERES DE
LITOGRAFIA ROSÉS, S. A.
PROGRÉS, 54-60. GAVÀ (BARCELONA)